나는 어떤 죽음에도
익숙해지지 않는다

나는 어떤 죽음에도 익숙해지지 않는다

어느
응급실 의사의
삶에 관한
기록

파존 A. 나비
지음
이문영
옮김

△ 사람의집

일러두기
원주는 미주로 처리하고, 각주는 모두 옮긴이의 주이다.

아내 비비언과 누이 바린에게 이 책을 바칩니다.

이 책의 모든 등장인물과 상황은 응급실에서 실제로 경험한 내 기억에 기반한다. 하지만 특정 개인과 의료 사례에 관한 설명을 바꾸었다. 이름과 나이, 성별, 직업, 지리적 위치, 가족 관계, 병력과 같은 다른 특징(머리형이나 문신에 대한 설명 포함)을 수정했다. 이러한 수정으로 인해 살아 있거나 죽은 사람과의 유사성이 발견된다면 그것은 오롯이 우연이며 의도된 것이 아니다.

차례

제1부

제2부

프롤로그
새로운 코로나바이러스

다음은 전국에서 근무하는 응급실 의사들이 주고받은 문자 메시지다.

2020년 2월 28일

LA 모두가 경악할 만한 말도 안 되는 코로나바이러스 이야기가 있습니다. 가족 네 명이 한국에서 돌아온 직후 열과 기침 증세를 보이고 있어요. 그들의 가까운 가족이 한국에서 입원했대요. CDC*에서 뭐라고 했을 것 같아요?

DE 설마 검사하지 말라고 했나요?

SE 알고 싶지 않네요.

KB 새 지침에는 검사하라고 되어 있어요.

---

* 미국 질병 통제 예방 센터Centers for Disease Control and Prevention.

LA　하하, 맞아요. 검사하지 말랍니다.

WS　그렇다니까요. CDC는 검사를 원치 않아요. 우리 병원에도 그런 환자들이 많아요. 우리가 보건부에 전화하면 항상 검사하지 말랍니다.

BX　환자가 없다고 말하려면 환자를 발견하지 않는 게 최고의 방법이죠.

2020년 3월 2일

WS　○○ 병원에 코로나19 환자가 한 명 발생했어요.

KB　맨해튼에서 두 번째 환자인가요?

WS　검사로 확진된 첫 환자일 겁니다.

SE　NYC와 LA에 퍼지지 않았다고 생각하는 건 말도 안 되는 거죠. 아무도 검사하지 않을 뿐이에요.

2020년 3월 5일

ES　×× 병원에도 코로나19 환자가 한 명 발생했어요.

KB　지역 주민을 검사한 사람 있나요? NYC 보건부는 지금 접촉자와 여행자만 검사하고 있어요.

QS　맞아요. 우리는 아직 주민들을 검사한 적 없어요.

BX　지금 NYC에 있다면 바이러스에 감염될 가능성이 큰데 참 답답합니다.

ES　그러니까요.

HO　usajobs.gov*에서 내일부터 지구를 탈출할 우주 비행사를 모집한대요.

2020년 3월 11일

ES　여기도 시작했어요. 호흡 곤란 환자에게 삽관술을 하려고 해요. 양쪽 폐 모두 사이질 폐렴**입니다. 저산소 호흡 기능 상실이고요.[1] 환자가 많아지면 엄청난 혼란이 올 겁니다.

WS　ES, 그건 거의 확실해요. 병원마다 난리예요! ○○병원, ××병원, ○×병원, 우리 병원.

ES　맞아요.

KB　방금 코로나19 확진자에게 삽관을 했어요. 코삽입관이 효과가 없어서 산소 마스크가 필요하면 진행이 빠를 가능성이 큽니다. 나라면 튜브를 꽂을 준비를

* 미국의 연방 정부 채용 공고 사이트.

** 허파 꽈리 사이나 허파 안의 사이질 조직, 혈관 주위 조직에 염증이 생기는 폐렴. 호흡 곤란과 기침 증상이 나타난다.

할 거예요.[2]

DE   나도 같아요.

WS   빨리 삽관하는 게 나아 보입니다. 소스 관리죠. 물론 산소 호흡기와 중환자실이 동날 테지만요.

KB   인공호흡기vents가 떨어질 때까지 나라도 그렇게 할 겁니다.[3]

2020년 3월 20일

KB   방금 내가 입원시킨 모든 환자를 후속 조치했어요. 전 연령대이며 모두 입원할 때 호흡 곤란은 없었지만, 저산소증과 부정적인 가슴 엑스레이 결과, 그리고 나이 등 다른 요인이 있었고, 그중 90퍼센트가 현재 삽관을 했어요.

JJ   와, 말도 안 돼요. 모두 코로나19 확진인가요?

QS   네, 이 환자들은 내 환자들이고, 방금 중환자실과 준중환자실 환자들의 차트를 확인했는데 대부분 비슷해요.

WH   여러분 모두 보고 싶군요. 방금 교대 근무가 끝났어요. 지금은 거의 모두가 확진자예요.

KB   우리는 인공호흡기를 낀 환자는 아무도 내보내지 않고 있어요.

〈우리는 인공호흡기를 낀 환자는 아무도 내보내지 않고 있어요.〉 내 친구는 문자 메시지에 이렇게 썼다. 그의 언어는 많은 걸 말해 주고 있었다. 물론 내보내는 사람은 마땅히 구조자가 아니라 압제자여야 한다. 그래서 국가가 의료인을 영웅으로 찬양하지만, 실제 상황은 훨씬 더 복잡하다는 걸 우리는 알고 있었다.

올바른 행동 방침이 무엇인지 분명히 알지 못한 채 우리는 허둥지둥 조처했다. 우리는 효과가 있을지 없을지 확실히 모르면서 약을 처방하고 치료했다. 정보가 없다고 해서 치료하지 않을 수는 없었다. 그래서 우리의 노력은 기껏해야 다음과 같은 역설을 낳았다. 우리는 환자를 질병에서 구하기 위해 할 수 있는 일을 했고, 후에는 그런 노력에서 그들을 벗어나게 하려고 할 수 있는 일을 했다.

이는 드문 일이 아니다. 올바른 행동 방침이 명확하고 도움이 되는 행동과 해로운 행동이 뚜렷하게 구분되는 이야기 전개를 우리는 선호하지만, 그러한 이야기 전개는 내 경험의 현실을 전혀 반영하지 못했다. 정직한 이야기는 전혀 명확하지 않다. 인생의 많은 일이 그렇듯이 각본도 없고 완벽한 해결책도 없었다. 종종 그렇듯이 우리는 일련의 난감한 상황 속에 존재했다.

현실은 미묘하고 모호하며 감지하기 힘들다. 현실은

구조자와 압제자의 역할을 동시에 수행한다. 현실에서 우리는 행동이 불완전하다는 것을 알면서 행동하며, 앞날에 무슨 일이 일어날지 확실히 모르면서 앞으로 나아간다.

한마디로 인생은 복잡하다.

나는 문자 메시지를 그만 보고 휴대폰을 다시 주머니에 넣었다. 응급실 근무를 마치고 자전거를 타고 집으로 막 돌아왔지만, 2020년 봄 병원을 꽉 채웠던 불안의 안개가 나를 따라왔다. 편안함을 되찾기 위해 우선 내 몸과 소지품의 오염 물질을 제거해야 했다. 마스크 앞면이든 신발 옆면이든 헝클어진 머리카락이든 내가 바이러스를 집에 끌어들였다는 것을 의심하지 않았다.

이미 습관이 되어 있었지만 아직 무심코 그 일을 할 수 있을 정도로 익숙해지지 않았다. 운전 교습생처럼 동작의 방법과 순서를 생각해야 했다. 에볼라 위기 때는 이 단계, 즉 보호 장비를 제거하는 단계가 가장 중요했다.[4] 의료 종사자들이 에볼라 바이러스에 감염될 가능성이 가장 컸기 때문이다. 제대로 사용하면 장비가 작동했다. 작동하지 않았다면 대부분은 사람의 실수 때문이었다. 무심코 코를 긁거나 부주의하게 얼굴 마스크를 벗는 바람에 감염되었고 일부는 영영 회복하지 못했다.

이 사실은 내게 이상한 아이러니로 다가왔다. 격렬하

고 위험한 환경에서 힘든 하루를 보낸 후, 숨을 내쉬고 긴장을 풀었을 때가 어쩌면 우리에게 가장 위험한 때였을지 모른다. 생명을 구할 수 있는 삽관, 다급한 환자로 인해 아드레날린이 치솟는 환경, 숨을 죽이며 환자들의 호흡을 확인하는 초조한 순간들…….

이런 순간이 확실히 가장 긴박하게 느껴졌다. 하지만 모든 것이 잦아들어 위험이 뚜렷하지도, 보이지도 않을 때가 우리에게 가장 취약할 수 있었다. 마스크를 벗는 평범한 행동은 느리게 진행되는 자살의 가능성을 내포했다. 그것은 폭풍 속 적진의 후방에서 위험한 비행 전투 임무를 성공적으로 마친 후, 평온하고 화창한 낮에 비행기를 착륙시키다가 추락하는 것과 다를 바 없었다. 용두사미로 끝났지만 다른 어떤 일만큼 현실적이고 영구적인 결말이었다.

하지만 에볼라의 경험에서 배울 수 있는 것에는 한계가 있었다. 코로나19 상황은 에볼라 상황과 아주 달랐다. 에볼라 위기 때 내가 일했던 맨해튼 병원은 뉴욕시의 에볼라 수용 센터로 지정되었다. 우리는 에볼라 바이러스 감염자로 추정되는 수많은 환자와 실제 감염자들을 진료했다. 하루 내내 우리는 대부분 평소 복장을 했고, 질병이 의심되는 환자들을 보기 전에만 잠시 개인 보호 장비

PPE*를 착용했다. 그 후 우리는 도핑 코치에게 보내졌는데, 그의 역할은 우리가 보호 장비를 세심하게 벗도록 안내하는 것이었다. 오염된 장비를 조심스럽게 벗는 이 단계는 너무 중요해서 전문가들은 우리 의사들이 혼자서는 올바르게 수행하지 못할 것이라고 믿었다. 코로나19 위기 동안에는 코로나 수용 병원으로 지정된 기관이 없었다. 모든 병원이 자연스럽게 그런 병원이 되었기 때문이다. 도핑 코치 또한 없었던 이유는 근무 시간에 실제로 보호 장비를 벗을 만큼 코로나19의 위협에서 자유로운 순간이 아예 없었기 때문이다.

그래서 나는 한 번도 장비를 벗은 적이 없었다. 근무가 끝나고 한참이 지난 후에도 나는 병원 마스크를 얼굴에 단단히 고정한 채 맨해튼 거리를 달렸다. 마스크의 금속 클립이 계속 내 콧대를 파고들었지만, 집에 도착해서야 마침내 나는 마스크를 벗었다.

나는 아파트 건물 안으로 들어가 자전거를 어깨에 걸치고 우리 아파트로 가는 계단을 올라갔다. 평소에는 엘리베이터를 타곤 했지만, 최근에는 교대 근무를 마치고 돌아올 때 사용을 피했다. 내가 살던 건물에는 나이 든 세

---

* Personal Protective Equipment. 감염 예방을 위하여 주로 의료 종사자가 착용하는 장갑, 마스크, 가운, 고글 등의 보호 장비를 말한다.

입자들이 많이 있었는데, 그들의 미소는 잘 알고 있었지만 몇 년 동안 같은 복도를 쓰면서도 그들의 이름을 알지 못했다. 오랜 기간 마주치기만 했는데도 헐렁한 푸른 군화를 신은 은발의 노부인, 카모 바지와 찢어진 데님만 입는 중얼거리는 노신사, 날씨와 상관없이 〈날씨 좋죠, 그죠?〉라고 말을 건네는 주름진 부인에게 나는 특별한 애정을 갖게 되었다. 고개를 끄덕이고 인사 정도 주고받았을 뿐이지만, 이 사람들은 내 삶에 깊이 스며들어 있었다. 새로운 습관을 들이기 시작한 건 그들이 걱정되었기 때문이다.

내가 자전거를 메고 4층 계단을 올라간다는 걸 알고는 아버지가 웃었다. 아버지는 웃으며 〈당나귀가 기수에게 복수할 때가 됐구나〉라고 말했다. 나는 눈을 굴렸지만 그의 변함없는 태평함과 낙관주의에 감탄했다.

그는 전기나 수도 시설 없이 자랐고 개발 도상국에서 가난하게 성장하던 형제 몇이 대수롭지 않은 질병으로 죽는 것을 목격했다. 아버지가 고난을 경험했는데도 삶에 대한 긍정적인 태도를 얻었는지, 아니면 아마도 고난 때문에 그런 태도가 생겼는지 나는 항상 궁금했다.

전염병이 크게 퍼지고 응급실 사망자가 증가하고 친구들과 가족들이 병에 걸리기 시작하면서 마침내 나는 이 이론을 시험해 볼 기회가 왔다고 생각했다. 지금의 비극이 나를 아버지처럼 더 낙관적으로 만들까, 아니면 덜 낙관적으로 만들까?

아파트 열쇠를 꺼내 먼저 데드볼트를 풀고 나서 메인 자물쇠를 풀었다. 나는 열쇠를 집어넣고 돌려 자물쇠를 풀면서 문손잡이는 만지지 않았다. 코로나 구름 속에서 열 시간을 보내고 나서 집에 돌아왔을 때, 코로나 환자를 열심히 치료하는 산부인과 의사인 아내가 묻혀 온 바이러스 입자가 내게 옮겨 올 뿐만 아니라 내가 집 안에 바이러스 입자를 퍼뜨려 아내에게 옮길까 봐 두려웠다.

물론 이 시기는 팬데믹 초기에 뉴욕시의 시체 보관소가 넘쳐나 거리에 주차된 냉장 트레일러에 시체를 보관할 때였다. 그때 집과 병원을 출퇴근하는 의사들과 간호사들은 바이러스를 옮길까 봐 가족을 호텔이나 시댁/친정으로 보내 자발적 이산가족이 되었다. 의과 대학들은 경험이 없어도 열정 넘치는 새내기 의사로 최전선을 강화하기 위해 학업을 마치기도 전에 학생들을 졸업시켰다.

그때 우리는 새로운 코로나바이러스에 대한 엄청난 양의 정보를 그야말로 분치기로 배우고 있었다. 이후 연구에서는 오염된 표면에서 바이러스가 전염되는 경우가 드물다고 입증되었지만, 초기 연구는 문손잡이와 같은 물체가 질병의 중요한 매개 역할을 한다고 시사했다.[5] 이 모든 사실에도 나는 가끔 내 방역이 과도하다는 것을 알았다. 「진정해, 문손잡이만 돌리면 아무 일도 없을 거야.」 온종일 일하느라 피곤함에 찌든 나는 문을 그냥 통과하고 싶은 마음이 간절해 이렇게 되뇌었다. 그렇지만 또 다른 직장 동료가 죽었거나 위독하다는 이야기를 들을 때마다 나는 방역에 더 열을 올렸다.

내가 일했던 두 병원 중 한 곳의 집계에 의사 두 명이 사망했다는 기록이 포함되었다. 추가로 두 명의 의사 보조원이 중환자실에 입원했다. 한 명은 목구멍에 호흡관을 넣어서 멈춘 호흡 기능을 기계가 대체했고, 다른 한 명은 심장이 완전히 포기하지 않도록 대동맥에 풍선 펌프를 넣었다.

QS 끔찍한 뉴스입니다, 여러분. 대니가 지금 삽관술을 받고 있어요. 그는 밤사이에 들어왔고, 내가 그를 돌보고 있었는데 고유량 코 삽입관High-flow nasal cannula[6]을 꽂았더니 괜찮아졌어요. 방금 일어나서 차트를 확인했고 그가 빌어먹을 삽관을 하고 있어요.

FN   지금 전화할게요.

그 몇 주 동안 수많은 의사, 의사 보조원, 간호사, 사무원, 엔지니어, 관리 직원 들이 병에 걸렸다. 내 전화가 끊임없이 울리며 도시 전역의 동료들이 병에 걸렸다고 알렸다. 내 옆에서 일했던 의사가 어느 날 병원에 입원했다. 다음 날에는 내가 방금 근무를 시작한 병원에서 함께 일했던 야간 직원이 죽었다.

ES   (동료의 죽음을 알리는 사진을 전송함)

WS   세상에나!

SE   사진을 보니 기분이 정말 엿 같네요.

WS   그가 많이 웃었던 게 기억나요. 그리고 항상 친절했어요.

CA   그는 매우 친절했고 항상 긍정적인 태도를 보였어요. 너무 끔찍해요.

JJ   항상 후드 티에 금목걸이를 하고 있었죠.

ES   맞아요, 반지도 많이 끼고 있었고요.

KB   그의 자전거도 정말 화려했죠.

이들 중 몇몇은 친한 친구들이었고, 커피를 마시기 위

해 줄을 서서 기다리는 동안 자전거의 펑크 방지 타이어나 유망한 래퍼를 주제로 짧은 대화만 나눴던 지인들도 있었다. 하지만 내 아파트에 사는 노인들처럼 시간이 흐르면서 그들은 내 일상의 일부로 자리 잡고 있었다.

ES 우리의 수련의 시절에 사라가 있었어요. 지금은 야간 담당이에요. 바로 지난 화요일에 그녀와 함께 있었는데 그땐 괜찮았어요. (그녀는) 지금 코로나19에 걸려 중환자실에서 삽관 중이에요. 끔찍해요. 임신 39주째인가 그래요.

WS 세상에, 끔찍하네요.

LA 끔찍해요. 제왕 절개술을 했나요?

ES 처음에는 그렇지 않았지만, 내 생각에 (산소가 아닌) 호흡이 점점 어려워지고 pH 유지력이 떨어지고 있어서 병원에서 불과 몇 시간 전에 제왕절개 했어요.[7] 아기는 신생아 중환자실에서 삽관 중이고요.

AT 젠장, 끔찍하군.

JJ 가슴 아프네요.

스웨터가 느슨해지고 축 늘어져서야 스웨터의 실이 보이는 것처럼, 나는 그들의 부재를 느끼고 나서야 그런 일상적인 관계가 큰 영향을 미쳤음을 진정으로 인식하기 시작했다.

> **DD**   소식 들었어요? ○○가 방금 죽었대요.
>
> **FN**   오, 젠장. 진짜요? 말도 안 돼요. 이건 너무해요. 정말 확실해요? 지난주에는 ××가 죽었어요. ○○가 위중하다는 건 알았지만 두 사람을 헷갈린 거 아니죠?
>
> **DD**   100퍼센트 확실해요. 둘 다 죽었어요.

그 후 몇 주 동안 나는 아침 커피를 홀짝이면서 죽은 친구들과 동료들을 떠올리곤 했다. 최전선 의료 노동자들을 찬양하는 언론 기사와 우리가 잃은 사람들을 기리는 사망 기사에 그들의 얼굴이 여기저기 실렸다. 너무 많은 사망자가 발생하면서 사망 기사는 종종 얼굴 사진과 간략한 일대기로 채워진 여러 쪽의 양면 기사로 제공되었다. 왠지 그 기사들은 모종의 섬뜩한 고등학교 졸업 앨범 같았다. 그들의 얼굴은 미소를 띠고 있었고, 우리는 그들의 삶에 대해, 즉 그들의 성격이 어떠했는지, 그들이 어떤 조직에 속했었는지, 그들이 어떤 취미를 즐겼는지 알게 되었다. 몇 년 동안 함께 일했던 외과 의사가 언제나 기꺼이 도움을 주는 미소를 머금은 상냥한 남자라고 이미 알고 있었지만, 그가 불교 수도원에서 시간을 보냈고, 열렬한 암벽 등반가였으며, 음악 학위가 있다는 사실을 국가 출판물에서 알게 된 것은 왠지 이상했다.

나는 어느새 이런 기사들과 웹사이트들을 북마크하고 있었다. 내가 당시의 실제 상황을 기억하는 것이 중요하다고 느껴졌다.

나는 아파트로 들어가 손바닥에 손 소독제를 눌러 짰다. 나는 그때쯤 내 얼굴의 영구적인 고정 장치처럼 느껴지기 시작한 일회용 N95 마스크를 조심스럽게 벗었다. 나는 머리의 가장 먼 곳에 손을 뻗어 아래쪽 고무 밴드를 잡고 얼굴 앞쪽으로 감았다. 다음에는 위쪽 밴드로 돌아가서 이 단계를 한 번 더 반복했다. 그리고 마스크를 위쪽 고무 밴드만 잡고 벗겼지만 쓰레기통에 버리지는 않았다.

언론에 널리 보도되었듯이 그 당시에 개인 보호 장구의 공급이 부족했다. 병원들은 환자 한 명과 대면할 때 사용하는 일회용 장비를 며칠 동안 계속해서 사용할 것을 권고하기 시작했다. 한때 자유롭게 사용할 수 있었던 안면 마스크는 이제 자물쇠와 열쇠를 쥔 관리자가 지키고 있었다. 배포된 이 마스크는 종종 새것이 아닌 이미 사용된 것으로 우리 병원이 최근에 실시한 안면 마스크 〈재활용〉 프로그램의 결과물이었다. 아내와 나는 우리 병원들의 보호 장비가 곧 바닥날까 두려웠다. 그래서 뉴욕시의 의료 종사자 대부분과 마찬가지로 우리는 우리의 장비를 보존하기 위한 시스템을 만들었다.

우리는 동료 심사 학술지에 발표된 연방 지침이나 권고 사항을 따르지 않고 문자 메시지를 상세히 살펴보고 소셜 미디어를 검색해서 우리의 시스템을 정착시켰다. 우리의 정상적인 정보 채널은 종종 실제 상황보다 몇 주 뒤처져서, 우리가 얻은 정보 대부분은 개인 경험이나 바이러스 자체를 직접 경험한 친구들과 동료들의 비공식 네트워크에서 나온 것이었다. 오래 휴면 중이던 전국 응급실 의사 친구들의 단톡방이 지난 몇 주간 전에 없이 활기를 띠었다.

아이의 출생이나 직업적인 수상 등 삶의 중대한 소식을 알리기 위해 사용했던 단톡방은 이제 바이러스에 관한 실시간 정보의 생명 줄로 떠올랐다. 우리는 뉴스 기사와 주요 데이터, 학습 요점 역할을 하는 개인의 바이러스 경험을 공유하고 서로의 병원에 입원한 가족을 확인해 달라고 부탁했다.

각자의 경험을 종합함으로써 우리는 우리 중 누구도 스스로 알아낼 수 없었을 패턴을 함께 알게 되었다. 예를 들어, 숨을 헐떡이는 환자에게 정확히 언제 삽관해야 하는지, 환자의 생존 가능성을 극대화하기 위해 어떤 인공호흡기를 사용해야 하는지, 그리고 정확히 누가 가장 위험한 상황인지 같은 것들이었다. 우리는 호기심을 가지고 개인이 관찰했던 사실이 나중에 이 질병에 대한 지식으로 확인되는 것을 지켜보았다. 데이터로 확인되기 몇 주 전에 우리는 흑인과 황인 환자들이 유행병으로 지나치게 심한 타격을 받고 있다는 것을 알았다. 우리는 전혀 존재하지 않았던 질병 조합, 예를 들어, 코로나19와 만성 폐색폐 질환을 동시에 앓는 환자에게 스테로이드 혹은 분무기 치료의 적절한 사용에 관한 임시 치료 계획을 개발했고, 후에 우리의 임시 해결책은 공식 권고 사항으로 발표되었다.

뉴욕시의 거의 모든 병원 시스템에 눈과 귀를 열고 우리는 병원 문서의 〈배포하지 마시오Do Not Distribute〉라고 쓰인 워터마크를 무시하고 우리가 손에 넣을 수 있는 모든 정보를 공유했다. 우리의 고용 계약에는 의학 지식을 영업 비밀로 취급하는 법적 조항이 포함되어 있었지만, 우리는 서로 정보를 제공하면 생명을 구할 수 있다는 걸 알았다. 그래서 일종의 지하 협력 과정에서 우리는 스마트폰을 사용하여 의료 시스템의 비효율성을 회피했다. 시애틀, 로스앤젤레스, 휴스턴, 덴버, 뉴욕의 거의 모든 자치구에 있는 응급실 의사들이 끊임없이 대화를 나누면서 코로나 팬데믹의 최첨단에 있었다. 우리가 우리의 최고 자원이었고, 우리는 그것을 알고 있었다.

LA　KB, 인공호흡기 배포 위원회의 권고 사항이 있었나요? 인공호흡기를 누구에게 씌우고 떼는지에 대한 권장 사항이 있나요? 그리고 뭐가 우선일까요? (생명 윤리법, 폐질환?)

KB　아직이요. 하지만 계획은 심장 대상부전*이 시작되면 관을 제거하고 인공호흡기 단 환자들을 계속 재평가하는 겁니다.

LA　예외적으로 인공호흡기를 씌우지 않는 환자는 없나요? (우리 병원에) 전달하려고 묻는 겁니다. 다음 주에 우리가 같은 상황이 될 것 같아요.

DE　여러분에게 『랜싯』에 실린 기사를 전송했어요. 이 연구에서 생존자와 비생존자의 특징을 비교했

---

* 심장이 몸에 필요한 혈액을 제대로 공급하지 못하는 상태.

어요. 지난 1월 우한에서 발생한 환자는 191명에 불과했어요. 32명만이 인공호흡기를 달았고, 이 중 31명이 사망했어요. 예후에 유용할 수 있고, 특정수의 유리한 특징을 지닌 가장 심각한 중증 환자를 선별하는 데 유용할 수 있겠어요.

LA 네, 그 연구의 효력이 더 컸으면 좋겠는데 검토해 보니 좋아 보여요.[8]

KB 우리도 환자에게 인공호흡기를 달지 않는 예외적인 경우가 있어요. 우리 병원의 내일 상황을 보낼게요.

아내와 내가 보호 장비를 아껴 쓰는 최선의 전략을 알아내기 위해 살펴본 곳이 이 비공식 전문가 네트워크였다. 우리는 다른 사람들이 어떻게 장비 부족을 해결하는지 알기 위해 여기저기 물어보았다. 한 동료는 싱가포르에 사는 사촌이 주위에 뒹구는 N95 마스크 묶음을 우편으로 보냈다고 알려 줬다. 또 다른 사람은 중국에 있는 친구들로부터 마스크를 배달받았다. 덴버, 시애틀, 휴스턴의 동료들은 재사용이 가능한 산업용 마스크를 샀다.

다른 세 명의 친구는 오염된 바이러스를 죽이기 위해 근무 후에 마스크를 오븐에 구워 일회용 마스크 공급을 연장하는 방법을 고려했다. 충분한 열로 마스크를 멸균한다는 발상이었지만 마스크의 모양이 망가질 정도로 강한 열을 사용하지는 않았다. 그들은 오븐의 정확한 설정 온도와 마스크를 굽는 시간을 신중하게 논의했다.

WS 보호 장비가 너무 걱정되네요. 개방된 구역에 환자들이 있는데 장비가 없어요. 말 그대로 장비 없이 불타는 건물에 파견된 소방관이나 전쟁터로 가는 군인이 된 느낌이에요.

AT 우리는 부상 구역의 안면 마스크가 다 떨어졌어요. 이건 말도 안 돼요.

SE 난 내가 사용하려고 재사용할 수 있는 고글과 얼굴 보호막을 샀어요.

CA 병원이 의사를 안전하게 지켜줄 수 없는 건 정말 큰 문제입니다.

QS 내 사촌이 방금 N95 마스크 80개를 보냈어요. 같은 지역이라면 필요한 마스크를 좀 나눠 줄 수 있어요.

SE 그건 그렇고, 보급품을 구하려는 사람들에게 말하자면 나는 교체할 수 있는 카트리지를 사용하는 P100 마스크를 손에 넣을 수 있었어요. N95 마스크가

다 떨어지면 이게 내 마지막 줄이 될 것 같아요.

DE   난 공급이 부족할 때 쓸 그런 제품 중 하나가 있지만, 지금은 그런 마스크를 찾을 수 없어요.

BX   N95 마스크를 화씨 160도로 30분 동안 가열하면 코로나19 바이러스가 죽지만 N95 기능은 보존돼요. 옷핀을 이용해 오븐의 금속 표면에 닿지 않게 해요. 혹시 다른 생각 있어요?

DE   그 방법은 연구된 것이라서 합법적이라고 생각해요.

SE   연구자들은 대장균을 병원균으로 사용했어요. 그 온도에서 비슷한 바이러스 변성이 일어나겠지만, 코로나바이러스는 아직 공식적으로 검사되지 않았어요. 그래서 100퍼센트 추정할 수 있는지 모르겠어요. 없는 것보다는 낫겠죠

BX   아마 내가 직장에서 받은 갈색 봉투보다는 나을 겁니다.

우리의 생명을 지켜줄 마스크를 굽는다는 게 마음이 편치 않아서 나는 다른 방식을 택했다. 예비 연구에 따르면 신종 코로나바이러스는 표면에서 최대 72시간 동안만 생존할 수 있다고 한다.9 그렇다면 내 아이디어는 기다리

는 것이었다. 나는 사용한 마스크를 그냥 놔두면 바이러스가 수명을 다해 자연사할 수 있다고 생각했다. 마스크를 효과적으로 멸균하는 데 3일이 걸린다면 네 개의 마스크를 돌아가면서 무한정 쓸 수 있다. 내가 이 아이디어를 제안하자 동료들은 이 계획에 장점이 있다는 데 동의했다. 이들은 모두 오늘날 응급 의학 분야에서 일하는 최고의 훈련을 받은 의사들이었다. 그들이 이 논리가 타당하다고 동의한다면 그럴 가능성이 매우 크다.

그래서, 문자 메시지의 축복으로 아내와 나는 이 전략을 실행했다. 우리는 일회용 마스크를 쓰레기통에 버리는 대신 우리 아파트 입구의 옆 벽에 못으로 박은 갈고리에 매달았다.

SE   바라건대, 여러분도 집에서 가족들을 고려하겠죠. 나는 우리 집에 욕실/너저분한 방을 설치해 거기서 샤워하고 내 물건을 모두 보관했어요.

BX   어떻게 그렇게 했어요? (정식으로 욕실/너저분한 방으로 만든 공간인가요?)

SE   여분의 화장실에 큰 용기를 갖다 놓고 내 모든 의료용품과 수술복을 넣어요. 신발은 아파트 밖에 있는 〈더러운〉 쓰레기통에 넣고 무균 절차를 사용하여 걸어 들어와서 아무것도 만지지 않고 (양말 발로 걸으면서) 욕실/너저분한 방으로 바로 가요. 나는 특정 가방, 소모품, 신용 카드 등을 〈더러운〉 것으로 정해 놓고 병원 밖에서는 사용하지 않아요. 기본적으로 바깥 물건과 집 안 물건을 엄격히 구분해서 사용해요. 양쪽 다 사용하는 건 차 열쇠와 전화기뿐인데, 퇴근해서 집에 걸어 들어갈 때마다 닦아요.

LA   아직 걸리지 않았다면 우리 모두 걸릴 겁니다. 최대한 휴식을 취하고 건강을 지켜서 면역 체계를 유지하고 보호 장비로 바이러스 노출을 최소화하고 병원 밖에서 노인과의 모든 접촉을 최소화/피해야 해요. 말도 안 되는 상황이 올 겁니다. 모두의 무사와 행운을 빌어요.

나는 마커를 꺼냈다. 〈마지막 사용 4월 13일.〉 나는 포스트잇 메모지에 일종의 역 유통 기한을 적었다. 그러고 나서 오늘 매달려 있는 마스크 옆에 그것을 붙였다. 소독제로 손을 비비고 나서 나는 적어도 사흘은 된 중고 마스크를 찾으려고 벽을 쭉 훑었다. 마스크를 발견하고 나는 다음 교대 근무를 생각하며 그것을 갈고리에서 들어 올려 갈색 종이봉투에 집어넣은 다음 출퇴근용 백팩에 넣어 지퍼를 채웠다. 나는 알코올 패드로 마커를 닦고 다시 뚜껑을 닫았다.

우리 자신과 가족을 안전하게 지킬 장비의 부족을 막으려고 이런 행동을 했을 때 우리가 근무하는 병원의 공식 입장은 우리가 히스테리에 빠져 있다는 것이었고, 우리의 행동이 불필요하다고 말했다. 언론 성명서와 광고 캠페인에서, 병원 측은 모든 직원이 필요한 모든 PPE를 얻을 수 있다고 반복해서 견해를 밝혔다.

예를 들어, 뉴욕시 어느 병원의 간호사들이 보호용 의료 가운 대신 비닐 쓰레기봉투를 쓰고 있는 사진이 신문의 1면에 실렸을 때,[10] 해당 병원의 대변인은 문제의 사진에서 〈간호사들이 쓰레기봉투 아래에 적절한 PPE를 입은 것이 분명히 보인다〉라며[11] 우리에게 그 문제를 넘어가 달라고 요청했다. 또 다른 예로, 다른 뉴욕시 병원은 직원들에게 적절한 수준의 PPE를 제공하지 않는다는 비판에 대해 〈가짜 뉴스〉라고 일축했다. 그들은 실제로 그들이 항상 CDC 지침을 준수한다고 주장했다.[12]

이 마지막 부분은 엄밀히 따지면 사실이었지만 실질적으로는 의미가 없었다. CDC는 〈병원들의 의료 종사자 보호 능력을 알 수 없다〉라고 인정했음에도 불구하고 의료 종사자들이 〈최후의 수단〉으로 사용할 수 있는 보호 장비로 손수건, 반다나, 스카프를 공식적으로 허가했다.[13] 국가가 심각한 보호 장비 부족에 직면한 상황에서, 그 지침은 시험과 연구의 자신감이 아니라 공급 제한이라는 절박함에서 나온 권고였다. 그런데도 〈CDC 지침〉은 이제 사실상 그런대로 괜찮은 의료 장비를 모두 포함했기 때문에 우리 병원들은 지침을 충실히 준수한다고 주장하기 위해 많은 것을 제공할 필요가 전혀 없었다. 이는 산업 안전 보건청이 현장에서 일할 때 딱딱한 헬멧 대신에 야구 모자를 써도 된다고 승인한 후에 건설 책임자들이 근로자가 보건청이 승인한 보호용 머리 장비를 항상 이용할 수 있다고 주장하는 것과 같다. 안전 지침에 실체가 없다면, 그것을 충실히 준수한다는 주장은 거의 확신을 주지 못한다.

그런 이유로, 현실을 말하자면 우리 병원들이 심각한 장비 부족에 직면해 있고, 그것을 처리하기 위한 의심스러운 전략을 이미 가동하기 시작했다. 이러한 전략에는 〈N95 마스크 연장 사용 계획〉 또는 새로운 〈자외선 재활용 프로그램〉과 같이 전문적으로 들리는 명칭이 달렸지만, 이러한 말들이 실제 상황보다 우리에게 더 확신을 심어 주는 데 사용되는 기발한 문구임을 우리는 알았다. 우리는 모두 30대 중후반의 의사들로 기관들이 영어 저작권을 침해한 시대에 자랐다. 그들이 내놓은 단어들은 실제의 의미와는 사뭇 달랐다.

우리는 혁신적 금융 솔루션을 제공한다고 주장하는 은행들이 제공하는 학자금 대출로 대학 등록금을 냈지만, 그 혁신은 대공황 이후 가장 큰 경제 위기에 이바지했다. 우리는 다양성과 포용을 열렬히 추구한다며 뻐기는 의과 대학들의 말을 들었지만, 바로 그 기관들이 다양하고 혜택받지 못한 배경을 가진 학생들에게 기회를 주는 일을 체계적으로 부정했다.[14] 우리는 〈저소득층〉을 돕겠다는 약속을 자랑스럽게 강조한 사명서에 기초한 레지던트 수련 프로그램을 선택했지만, 암 치료비를 감당할 수 없는 환자들이 파산 법원으로 가고 주택을 압류당하는 동안 같은 기관들이 금전 기부자들의 비위를 맞추기 위해 안간힘 쓰는 모습을 보았을 뿐이다.

우리는 우리 시대의 이 교훈을 마음 깊이 새긴 세대였다. 그래서 우리 병원들이 자신 있게 〈N95 마스크 연장 사용 계획〉과 〈자외선 재활용 프로그램〉에 대해 안심시켰는데도, 우리는 이것이 진실성이 없는 문구라고 의심했다. 나머지 사람들처럼 우리의 지도자들 역시 이해하지 못하고 어떻게 해야 할지 잘 모른다는 것을 우리는 알았다. 개인 보호에 중대한 일회용 소모품을 재활용하거나 연장 사용해서는 안 된다는 것을 세밀히 검토하는 일은 상식이나 다름없었다.

CA　　복도에서는 마스크를 쓰지 말라고 합니다. 환자들이 우리를 보고 겁을 먹는다고요.

SE　　혹시 여러분은 예외의 경우를 평가할 때마다 N95를 쓰나요? 우리는 에어로졸을 분무하지 않는 한 외과용 마스크만 쓰라는 말을 듣고 있어요

DE　　확실히 진정한 계획이 없네요.

우리처럼 우리 병원들도 허둥대고 있었다. 시간 단위로 정책이 바뀌었다. 예를 들어, 위기 초기에 많은 병원이 직원들에게 직장에서 안면 마스크를 사용하지 말라고 경고했다. 코로나19에서 안전한 장소로 인식되고 싶다는 열망, 그리고 직원들이 마스크를 착용한 모습이 환자들을 안심시키기는커녕 겁을 줄 것이라는 판단에 따라[15] 일부 병원에서는 마스크 사용을 금지하기로 했다.[16, 17] 병원에서 마스크를 착용한 의사와 간호사 17명이 〈불복종〉[18]으로 분류되고 때로는 직위 해제되기도 했다.[19] 말할 것도

없이 어느 날 병원 내 마스크 사용을 금지하는 정책이 다음 날 사용을 의무화하는 정책으로 바뀌었다.

코로나19 검사를 안내하는 계획도 이와 유사하게 정책 변화에 영향을 받았다. 초기 검사 지침에서 주로 바이러스 양성 반응 환자에게 노출된 환자만 검사를 받게 했다.[20] 물론 당시에는 검사가 너무 제한적이었기 때문에 코로나19에 걸린 대다수 사람이 실제로 양성 반응을 보인 사람과 접촉했다고 주장할 수 없었다. 그래서 환자들은 그들에게 바이러스를 감염시킨 사람이 검사받을 수 없었다는 이유로 검사를 거부당했다.

사실상 우리는 병을 입증하기 위해 환자가 돌고 돌아야 하는 부담을 지웠다. 그러나 곧 계획이 바뀌어 응급실에 도착한 이유와 상관없이 모든 환자가 병원에 입원하기 전에 코로나19 검사를 받아야 했다. 이런 식으로, 어느 날 분명히 코로나19에 걸린 환자에게만 검사를 엄격하게 제한하는 정책은 고관절 골절 환자라도 검사를 단호하게 요구하는 정책으로 바뀌었다. 모든 새로운 계획은 이전의 계획과 매우 확실히 모순되더라도 똑같이 변치 않는 자신감, 그리고 안전하다는 확신과 함께 거창하게 발표되었다.

KB 우리는 펜타닐*이 떨어졌어요.[21]

WS 지난주에 ×× 병원에서 프로포폴[22]이 다 떨어졌다고 들었어요. ES, 정말이에요?

ES 네, 맞아요.

KB 정맥 주사용 펌프가 얼마 안 남았어요.[23]

ES 정맥 주사용 펌프는 우리도 문제입니다. 정맥 주사 아지트로[24]가 부족해요.

BX 우리 부서 전체가 지금 휴대용 인공호흡기[25]에 의지하고 있어요.

RO 우리 병원은 사실상 검사를 안 하는 것 같아요. 미친 짓 아닙니까? 도시에 아직 드라이브 스루 진료소가 있어요. 환자들에게 어떤 검사도 없다고 설명해야 한다는 게 정말 이상한 경험이죠.

SE RO, 여기도 마찬가지입니다. 지금 검사와 병원의 수용 능력이 대부분 바닥났어요.

AT ○○○는 확실히 알아채고 있어요. 주와 연방의 계획이 없다는 게 정말 화나요. 왜 얼간이들이 우리를 대표하는 거죠?

WS 검사 상황이 말도 안 돼요.

---

* 아지트로마이신. 호흡기계 병원체에 의한 감염을 치료하는 데 일차적으로 사용된다.

RO 　난 병원체인 바이러스는 무섭지 않아요. 관리자가 실제 상황을 파악하고 있는 병원이 없는 것 같아서 그게 더 무서워요.

미국은 공급 부족을 공급 저장 강화의 조처로 해결하기보다는 대체로 이러한 중요한 공급품의 사용 지침을 완화하는 것으로 대응했다. 예를 들어, 위기 초기에 생명을 구하는 N95 마스크를 더 제조하는 국방 물자 생산법을 발동하는 대신, 연방 기관은 이러한 마스크가 대부분 상황에서 더 이상 사용될 필요가 없다고 우리에게 알렸다.[26]

2020년 2월 초에는 코로나19가 공기 전파로 확산한다는 증거가 있었다. N95 마스크로는 막을 수 있지만 간단한 수술용 마스크로는 막을 수 없었다.[27] 일본과 같은 나라들은 그러한 증거를 바탕으로 안전 계획서를 설계했고, 팬데믹 초기에 미국도 일부 그렇게 했다. 사실 초기 CDC 지침은 코로나19에 걸린 환자를 치료하는 모든 상황에서 N95 마스크를 사용할 것을 권고했다. 그러나 공급이 줄어들면서 이러한 권고 사항이 변경되었다. 2020년 3월 10일, CDC는 지침을 개정하면서 N95 마스크의 공급망이 수요를 충족시킬 수 없으니, 간단한 수술용 마스크를 사용하는 것은 코로나19 환자를 치료하는 의료 종사자들에게 〈수용할 수 있는 대안〉이 될 것이라고 말했다.[28] 이는 정부가 대기근에 농민들을 지원해 식량을 더 많이 생산하게 하지 않고, 식량이 부족하니 이제 세 끼를 먹지 말라고 시민들에게 알리는 것과 맞먹는 일일 것이다.

RO 방금 우리 병원으로부터 이메일을 받았어요. 아주 분명히 변명하며 발뺌하는 내용이네요. 내 상사는 공기 전파가 아니라 비말을 주의하는 방법에 대한 자료를 몇 개 공유했어요. 병원이 우리를 엿 먹이고 있어요.

CA ××에서도 같은 말을 하고 있어요.

KB 넵, 여기도 그래요.

RO 우리 병원이 비말에 대한 CDC 지침을 인용하는 이유는 보호 장비가 없어서 누군가가 아프거나 죽거나 고소하면 책임을 지고 싶지 않아서라고 생각해요, 정말로.

ES 미친 짓이죠! 팬데믹이 발생하고 N95 공급이 줄어들면서 공기 전파에 대한 지침이 슬그머니 사라졌어요. 우리는 공기로 전파되지 않는다고 결정을 내릴 수 없어요. 사실 우리는 이제 공기 전파가 훨씬 더 많다는 걸 알고 있는데 말이죠.

코로나19를 팬데믹으로 선언한 지 1년여 만에 CDC는 지침을 다시 한번 업데이트했다. CDC는 2021년 5월 7일에 신종 코로나바이러스의 공기 전파가 결국 〈바이러스가 전염되는 핵심적인 방식〉이라고 선언했다.[29]

코로나바이러스 팬데믹의 첫 12개월이 끝날 무렵, 3,600여 명의 미국 의료 종사자가 코로나19로 사망했다. 『카이저 헬스 뉴스』와 『가디언』의 조사 결과, 이러한 죽음 중 많은 수가 예방 가능했다고 한다. 조사 결과에서는 〈마스크와 기타 개인 보호 장비의 광범위한 부족, 코로나19 검사의 부족, 불충분한 접촉자 추적, 정치인의 일관성 없는 마스크 지침, 고용주의 실수, 정부 규제 기관의 작업장 안전 규칙의 느슨한 시행이 모두 의료 종사자의 위험 증가에 이바지했다〉라고 결론지었다.[30]

우리 시스템이 경련을 일으키자 내가 한때 돌봤던 독일 환자가 떠올랐다. 뉴욕시에서 휴가를 보내던 그는 보도에서 발을 헛디뎌 종아리에 열상을 입었다. 우리 응급실에 도착한 그는 인내심이 있고 유쾌했으며 상냥했다. 나는 그의 종아리를 평가해 부위를 마취하고, 상처를 씻어 감염을 일으킬 수 있는 파편과 세균을 없애고, 상처를 여러 바늘 꿰맸다.

그가 떠나려 할 때 나는 충동적으로 그가 미국 의료 시스템을 어떻게 생각하는지 물어보았다. 그는 미소를 지으며 유쾌한 태도를 유지했지만, 미국의 의료 체계는 그가 의료 기관에서 겪은 〈가장 혼란스럽고 가장 좌절한〉 경험이라고 망설임 없이 말했다.

미국의 의료 비용이 끔찍하다는 이야기를 들은 그는 보도에서 발을 헛디뎌 넘어진 후에 다리 상처로 피를 흘리면서도 병원비가 무서워서 실제로 응급실에 갈 수 없었다고 말했다. 대신 그는 호텔 방으로 돌아와 혼자서 지혈할 방법을 찾았다. 그럴 수 없다는 것을 알고 그는 응급실 치료 비용을 문의하기 위해 여러 지역 병원에 전화를 걸었다. 수건으로 피를 닦으며 몇 시간 동안 전화를 걸며 많은 시간을 지체한 끝에 그는 치료비가 저렴할 수 있는 도시 보건소를 추천받았다. 하지만 보건소에 도착한 그는 환자 분류를 기다리는 동안 병원 바닥의 피 묻은 바늘과 대체로 〈더럽고 위험하고 말도 안 되는〉 환경을 목격했다. 〈그것은 확실히 세계 최고 국가에서 기대할 만한 환경은 아니었어요〉라고 그가 말했다. 그곳은 아니라고 판단한 그는 병원을 나와 여전히 피를 흘리며 걸어가다가 그날 내가 일하고 있던 병원에 운을 맡겼다. 우리 병원에 도착한 그는 몇 시간을 기다린 후에야 나와 다른 의사가 그날 맡은 환자의 진료를 마치고 마침내 그를 돌볼 수 있었다.

「여긴 미국이에요. 전 세계를 여행해 본 내 경험에 비추면 가난한 개발 도상국에서 본 병원들이 오늘 내가 겪은 일보다 더 체계적이라고 말할 수 있어요.」그가 말했다. 그는 나에게 왜 우리 미국인이 그런 제도를 참느냐고 물었다. 나는 아무런 대답도 하지 못했다. 그는 내게 고맙다고 인사하고 진심 어린 미소를 지으며 문밖으로 걸어 나갔다. 나는 바보 같은 미소를 지어 보였다.

그의 비판을 생각하면서 나는 처음에 그의 가혹함을 전혀 익숙하지 않은 시스템을 탐색해야만 하는 부상당하고, 고통스럽고, 좌절감에 휩싸인 남자의 과장법이라고 일축했다. 그러나 어쨌든 나는 우리 시스템이 개발 도상국이 제공하는 시스템보다 실제로 더 나쁘다고 생각할 수 없었다. 하지만 코로나19가 한창 유행할 때가 되어서야 어쩌면 그럴지도 모른다는 생각이 들었다.

그 순간 나는 우리의 경험을 간파했다. 우리는 장기적이고 반복적으로 사용하기 위해 연구되지 않고 허가되지 않은 기술을 이용하여 일회용 마스크를 멸균하고 보관하는 미국의 의사였다. 세계에서 가장 부유한 나라에 사는 우리가 병원, 정부, 공식적인 운영 경로가 아닌 싱가포르와 중국에서 우편으로 보내 주는 친구와 친척으로부터 생명 보호 장비를 얻고 있었다. 우리는 최근에 이 나라들에 자원 부족 국가라는 딱지를 붙였을 것이다. 우리는 한국과 베트남 같은 나라들이 바이러스의 확산을 막기 위해 증거에 기반한 조치를 이용하는 것을 목격했다. 반면에 우리 정부는 같은 증거를 무시하고 필요한 장비를 얻으려고 노력하기보다는 기존의 장비를 권고하는 방식을 택했다.[31,32,33] 우리는 뉴질랜드와 같은 나라의 지도자들이 의료 종사자들의 보호 장비를 얻기 위해 노력하는 모습을 보았지만, 우리 대통령은 우리가 장비를 훔친다고 비난을 했다.[34,35]

그를 만난 지 몇 년이 지나서야 나는 마침내 내 독일 환자가 무심코 했던 말이 정확했다는 걸 깨달았다. 앤서니 파우치* 박사가 코로나19 위기 동안 미국의 성과가 지구 상의 〈다른 모든 나라 대부분보다 열등했다〉라고[36] 말하기 훨씬 전에, 독일 환자는 우리의 성과가 부진할 거라고 경고했다. 그가 우리 시스템에 익숙하지 않아 과하게 가혹한 관점을 지녔던 게 아니라 내가 이 시스템에 익숙한 탓에 지나치게 관대한 관점을 지녔을 수 있었다는 걸 뒤늦게 깨달았다. 그 순간에 깨달은 진실은 우리가 독일의 기준뿐만 아니라 전 세계의 기준에도 미치지 못한다는 것

* 전 국립 알레르기 전염병 연구소 소장으로 코로나19 시기에 백악관 사령탑 역할을 했다.

이었다.

WS　　중국과 파키스탄에서는 완전히 밀봉된 보호복을 입고 있어요. 빌어먹을 미국에서는 우리 옷장에서 반다나를 찾으라는 건가요? 미친 짓이에요.

DE　　처음에 당국은 에볼라 때처럼 대응하려고 했어요. 그때 CDC는 우리에게 비닐 가운과 얼굴 보호 마스크만 있으면 된다고 말했어요. 그 후 텍사스의 중환자실 간호사 두 명이 에볼라에 걸리자 권고안이 바뀌었고요.[37]

나는 마침내 주머니를 비웠고 열쇠와 지갑을 문 옆에 있는 통에 넣었다. 나는 사용한 마스크와 수술복이 있는 방에서 나머지 삶이 있는 방으로 건너갈 준비를 하면서 알코올 패드로 휴대폰의 각 면을 꼼꼼히 닦았다.

아파트 입구에 서서 나는 계속해서 수술복과 양말, 속옷을 세탁물 봉투에 넣었다. 아내는 오늘 하루가 어땠느냐고 물었고, 나는 뭘 그런 걸 묻느냐는 듯 시큰둥하게 대답하고(아마 〈괜찮았어〉라고 했을 것이다) 주제를 바꿨다.

옷을 벗고 발가벗은 채 나는 마침내 샤워하려고 욕실

로 달려갔다. 아내가 내 누드 질주를 응원했고 우리 둘 다 웃음을 터뜨렸다. 나는 우리가 새롭고 우스꽝스러운 내 일상을 두고 웃는 것이기를 바랐지만 확실히 말하기는 어려웠다.

나는 몸을 말렸고 마침내 우리 삶의 모든 흐름을 바꿔놓은 바이러스에서 해방되었다. 친구들과 동료들 외에도 우리는 바이러스에 감염된 가족들이 있었다. 우리는 그들이 치료받고 있는 병원에 전화를 걸어 내가 직접 치료하지 않는 이 환자들을 확인했다.

장인어른이 병에 걸렸다는 소식을 듣고 우리는 밤마다 전화를 걸었다. 우리가 들은바, 장인어른은 호흡을 멈췄고, 구급차가 도착했고, 구급대원들이 그의 목에 호흡관을 넣었고, 가장 가까운 응급실로 그는 이송되었다. 그 외 상황은 전혀 알지 못한 채 우리는 그가 이송된 병원에 전화를 걸었다.

응급실 직원이 전화를 받았다. 그녀의 목소리만으로 장인어른이 세상을 떠났음을 알았던 기억이 난다. 그의 이름을 말하자 곧바로 그녀의 목소리가 느려지고 톤이 가라앉았다. 그것은 응급실에서 일하는 우리에게 익숙한, 죽음 앞에서만 자신에게 허락하는 차분함이었다. 많은 시급한 현안 중에서도 가장 시급한 문제를 우선순위에 놓아야 하는 곳에서 그 어떤 문제도 더 우선시하지 못하게 만드는 단 하나의 문제가 있다.

연구에 따르면 응급 의사는 평균적으로 한 시간에 열두 번 이상 방해받는다.[38] 환자와 부러진 발목에 관해 이야기하는 동안 우리는 심전도에 관한 이야기를 들을 수 있다. 우리는 차에 치인 사람이 구급차에 실려 오고 있다는 통보를 받는 중에 폐렴으로 고통받는 환자로부터 비켜 달라는 요청을 받을 수 있다. 우리는 자살을 생각하고 있는 환자와 대화를 나누다가 빨리 방에서 나가 발작을 막일으킨 환자를 돌봐 달라는 요청을 받을 수 있다.

그러나 환자가 사망하면 우리는 대개 방해받지 않는다. 동료들은 우리가 고인의 가족과 대화하는 섬세한 임무를 처리할 수 있도록 우리의 일을 봐주고 우리의 시급한 상황에 대응할 것이다. 그들은 그러한 순간에 관심과 주의를 집중할 수 있도록 우리를 방해하지 않는다. 누군가가 죽었을 때만 우리는 자신에게 약간의 평온을 허용한다. 그래서 우리는 죽은 환자의 가족들과 이야기할 때 목소리를 느리게 하고 톤을 낮출 수 있다.

JJ   비비언 아버지는 어떠세요?

FN   다들 고마워요. 장인어른은 사시지 못했어요.

모두 걱정해 주고 도와주셔서 정말 감사해요. 겨우 59세에 가셨네요. 부디 조심하세요.

KB   파즈, 비비언에게 안부 전해 줘요. 너무 유감이네요.

장인어른이 소규모 사회적 거리 두기 장례식장에서 묻힌 지 몇 시간 후, 우리는 그의 여동생 마리아가 응급실로 급히 이송되고 있다는 전화를 받았다. 불과 몇 시간 전에 화상 채팅으로 오빠의 장례식에 참석했을 때 비교적 건강해 보였던 그녀가 이제 자신이 일주일 전의 오빠와 거의 같은 상황에 부닥쳤다는 것을 알게 되었다.

FN   안녕하세요, 비비언의 고모가 지금 삽관술을 받고 브루클린에 있는 ○○○ 병원에 있어요. 거기서 일할 만한 사람을 알고 있나요? 고마워요.

RO   맙소사, 끔찍하군요.

CA   유감이군요, 파즈, 당신과 비비언을 생각하면요.

JJ   세상에, 정말 딱하게 됐네요, 여기저기 물어볼게요.

KB   파즈, 미안해요, 아는 사람이 아무도 없어요.

WS　파존의 지인이 거기에 있대요. 우리는 NYC 인맥이 두터워요. 정말 어디든 있어요. 우리는 거의 항상 아는 사람을 찾을 수 있어요. 필요하면 계속 찾아요. 나는 집 밖이라 문자와 이메일을 보낼 수 있어요!

우리는 비비언의 고모를 돌보고 있는 응급실에 전화를 걸었다. 담당 의사는 동료의 친구였다. 환자와 개인적인 관계를 맺으면 환자를 돌보기가 더 어렵다는 걸 알기에 나는 우리가 방금 그의 저녁을 더 어렵게 만들었다고 생각했다.

그는 숨을 깊이 쉬더니 우리에게 상황을 설명해 주었다. 마리아가 평상시보다 세 배나 빠른 속도로 숨을 쉬었지만, 혈중 산소 농도가 정상의 3분의 1 정도밖에 되지 않는다고 말했다. 그는 먼저 간 오빠처럼 그녀 역시 호흡관을 꽂아야 한다고 알려 주었다. 곧 기계식 인공호흡기의 도움을 받으며 그녀가 중환자실로 옮겨졌다.

마리아의 상태가 위독했기 때문에 우리는 마리아의 치료 팀에 밤마다 전화를 걸게 되었다. 양쪽 집안의 유일한 의사인 아내와 나는 주로 의료 연락책 역할을 했다. 의사라면 알 법한 전문 용어에 익숙한 우리는 치료 팀으로부터 업데이트를 받은 다음 그 내용을 번역해 아내의 가족들에게 전달했다.

마리아의 혈압이 떨어지는 것을 막기 위해 두 가지 약물을 최대량으로 지속해서 주입해야 했고, 호흡을 위해 기계식 인공호흡기가 필요했다. 그녀가 입원한 첫 며칠은 다사다난했고 많은 설명이 필요했다. 마리아의 남편, 아들, 딸이 상황을 파악하는 데 우리의 역할이 매우 중요했다.

하지만 며칠 지나지 않아 마리아의 병세는 심각하긴 했지만 안정되었다. 그녀가 죽음으로부터 잠시 떨어져 있는 동안 호전되지도 악화하지도 않고 며칠이 지나갔다. 그래서 우리의 연락이 놀라울 정도로 쉬워졌다.

「어제 이후로 달라진 게 없어요.」 우리가 오늘 저녁에 치료 팀에게 들은 말이다. 그래서 우리는 마리아의 남편과 아이들에게 〈어제 이후로 달라진 게 없대요〉라고 말했다.

예후가 암울하다는 것을 알기에 우리는 앞으로 일어날 일에 대한 희망을 표현하는 일과 앞으로 일어날 일에 대한 현실적인 이해 사이에서 조심스럽게 처신했다. 몇 년 동안 나는 희망의 말을 건넬 때는 신중하고 적절히 조율해야 한다는 것을 어렵게 배웠다. 물론 희망을 너무 적게 주면 타인의 세계를 조급하게 무너뜨릴 수 있지만, 과한 희망에 부풀게 하면 잘못된 낙관주의가 생겨 나중에 더 파괴적인 경험으로 이어질 수 있다.

「우리가 최선을 바라야 하지만, 너희 엄마가 지금 위독하니 그런 결과도 확실히 가능할 수 있어.」 마리아의 자녀들이 아내와 나에게 엄마가 죽을 것 같으냐고 물었을 때 우리가 사촌들에게 말했다.

전화를 끊었을 때 다른 집의 아파트 벽 쪽에서 기침 소리가 들렸다. 지난 며칠 동안 이웃 중 한 명이 병에 걸린 것이 분명했다. 아내와 나는 그 소리의 출처를 정확히 밝히려고 애썼었다. 기침의 출처가 하루 내내 바뀌는 것 같았다. 어떤 때에는 우리 침실 벽 반대편에서 들리는 러셀테리어를 키우는 젊은 여자의 소리 같았다. 그러나 또 어떤 때에는 우리 바로 위층에서 기침 소리가 들려왔다. 또 다른 때에는 마치 우렁찬 기침이 사방에서 한꺼번에 들려오는 듯 기침이 우리를 둘러싸는 것 같았다. 왠지 그것이 맞는 것 같았다. 사방팔방에서 우리에게 몰려오는 듯한 코로나19의 소리는 질병 자체에 대한 우리의 경험을 구체적으로 나타내고 있었다.

나는 휴대폰을 닫기 전에 마지막으로 문자를 한번 훑어보았다.

QS   지금까지 코로나바이러스로 입원한 환자 중에 좋은 소식 있나요?

BX   솔직히 이제는 알아보지도 않아요.

KB   없어요.

QS   나도 마찬가지예요. 삽관하지 않은 30세 남자 한 명이 있었는데, 그는 상태가 호전되어 가정용 산소기를 가지고 퇴원했어요.

DE   내 환자는 아니지만 내가 일하는 병원에서 92세 남성을 방금 퇴원시켰어요.

ES   우리는 일부를 퇴원시켰지만, 그들 대부분은 오랫동안 인공호흡기에 의지할 것 같아요.

ES   그러다가 사망하겠죠.

KB   그렇죠.

JJ   이크, 무섭네요.

ES   여기는 엉망이에요.

KB   지금은 힘든 시기예요. 여러분들이 있어서 정말 다행이에요.

RO   나도요. 여러분, 사랑해요.

WS   여러분. 직장 의료 보험을 이용해 정신과 의사나 치료사를 만나는 게 나쁠까요? 내가 이 일을 감당하려면 실질적인 도움이 필요해요. 그 점은 이미 꽤 분명하게 느껴져요.

하루 동안 바이러스를 잔뜩 묻힌 후에 나는 휴대폰의
전원을 껐다.

나는 저녁 식사를 준비하기 시작했다. 그러는 동안 비비
언이 와서 니콜라스 크리스토프가 편집한 『뉴욕 타임스』
사설란의 영상을 보여 주었다. 그것은 팬데믹 기간에 뉴
욕시의 분주한 응급실을 들여다보는 동영상이었다.

흔들리는 카메라 앵글과 전문적으로 편집한 장면들이
있었다. 영상의 배경 음악은 감정에 호소하는 듯했고 설
명하는 성우의 목소리는 침울했다. 의사들과 간호사들이
긴장되고 다급한 목소리로 말하는 사이 중환자들이 복도
로 몰려드는 모습이 보였다. 피할 수 없는 기계의 불협화
음, 머리 위에서 들리는 안내 방송, 전화벨 소리, 인간의
고통은 내 뱃속에서 물리적인 반응을 일으켰다. 나는 경
외심을 갖고 영상을 보다가 깜짝 놀랐다. 「세상에, 아비규
환이 따로 없군.」 내가 아내에게 말했다.

나중에야 나는 그 영상이 단순히 실제 내 경험을 이야
기 형식으로 보여 준다는 것을 깨달았다. 나는 불과 몇 시

간 전에 뉴욕시 응급실에서 바쁜 근무를 마치고 집에 돌아왔다.

우리가 매일 경험하는 삶이 아닌 우리 삶의 복합체를 보기는 어려울 수 있다. 반복되는 일상은 삶을 위장한다. 우리는 종종 아주 익숙한 것들을 조사하고 분석하지 않는다. 때때로 우리는 익숙한 것들을 새로운 각도에서 보면서 그 실체를 제대로 파악할 필요가 있다.

한번은 스페인어를 배우다가 스페인어로 〈그늘〉을 뜻하는 〈솜브레sombre〉라는 단어를 우연히 알게 된 적이 있다. 나는 곧바로 모자가 우리 머리 위에 얹는 그늘막이므로 그것이 〈솜브레로〉*의 어원임을 알아차렸다. 그런 이해력은 기능적 목적이 전혀 없었다. 그런데도 그것은 내가 배우기 시작한 언어의 깊이와 뉘앙스를 이해하는 데 도움이 되는 일종의 연결 역할을 하여 내 식견을 높였다. 그것은 정확히 나에게 익숙하지 않기 때문에 가능한 연결이기도 했다. 원어민이라면 나처럼 어쩔 수 없이 단어 하나하나를 해부하고 조사하고 점들을 잇기는 어려울 것이다. 그래서 내부자는 전문 지식을 내세우지만 외부자는 새로운 분석의 혜택을 누린다는 것을 알게 되었다.

* 스페인, 멕시코 등지에서 쓰는 중앙이 높고 챙이 넓은 모자.

이런 식으로 중립적이고 외부인의 관점에서 내 경험을 보여 주는 이 영상을 보았을 때 나는 퍼뜩 깨달았다. 수년 간 나는 내 직업에 익숙해져 있었다. 나는 혼란에 빠진 인 간 삶의 광경과 소리, 그리고 그것들을 처리하기 위한 소 란스러운 노력에 적응되었다. 그때, 순식간에 나는 그것 의 실체를 알 수 있었다.

〈아비규환이 따로 없군〉은 내가 표면상 매일 겪는 일상 을 두고 한 말이었다.

그러나 영상을 다 보고 오랫동안 내 마음에 남았던 것은, 그것이 코로나 팬데믹 기간의 내 응급실 경험이 아니라 평소의 내 응급실 경험과 너무 비슷하게 느껴졌다는 점이 다. 팬데믹 기간에 매우 흔했던 개인 보호 장비를 제외하 면 비디오는 언제 어느 응급실에서나 볼 수 있는 장면처 럼 느껴졌다. 그 영상은 내가 겪은 지난 몇 주에 대한 경 종이 아니라 지난 몇 년에 대한 경종이었다.

내가 한 번도 발을 들여놓지 않은 병원에서 촬영된 이 영상을 나는 바로 알아볼 수 있었고 굉장히 친숙했다. 영 상을 보고 있자니 유체 이탈을 경험하거나 상황은 좀 다 르지만 판박이처럼 똑같은 대체 현실을 들여다보는 듯한 느낌이 들었다. 간호사들이 다른 상표의 수술복을 입고 있었고 벽이 다른 색으로 칠해져 있었지만, 빠르게 울리는 모니터는 여전히 환자가 인체의 한계선 끝에서 흔들린다는 걸 알렸고, 복도에 쌓여 있는 들것들은 여전히 자원보다 환자가 더 많다는 것을 나타냈으며, 의사와 간호사의 긴장된 목소리는 여전히 직원들이 지치는 시점을 넘어 몇 단계 더 일하고 있음을 의미했다. 모든 장면이 너무 익숙해서 영상을 보는 게 아니라 마치 경험하는 것 같았다.

서서히, 그리고 시간이 흐르면서 나는 그 모든 것에 익숙해져 있었다. 몸부림치는 몸과 고통스러운 신음은 보통 일이 되어 버려 호소력을 잃었다. 그 영상은 내 폐부를 찔렀다. 우리가 코로나바이러스와 싸울 때 의료인들이 얼마나 격렬하고 극단적인 상황에 부닥쳤는지 보여 주려는 의도였지만, 나는 그 영상을 보고 우리가 〈항상〉 겪는 일상이 얼마나 격렬하고 복잡한지를 마침내 인식하게 되었다.

코로나 팬데믹을 과소평가하려는 게 아니다. 의심할 여지 없이 이 전염병은 우리가 이전에 마주했던 그 어떤 병보다 치명적이었다. 어쨌든 우리는 공기를 통해 확산하는 바이러스에 직면했고 그래서 많은 수의 감염자가 죽었다. 우리는 이 병에 대해 거의 알지 못했고 어떻게 치료해야 하는지도 거의 알지 못했다. 수많은 환자가 죽었다. 친구들과 동료들도 죽었다. 가족들도 예외가 아니었다. 나는 환자들에게 사망을 선언했고 사회적 거리 두기 장례식에 참석했다. 적지 않은 응급실 의사 친구들이 생전 처음으로 정신과 치료를 받아야 한다고 느꼈다. 몇몇은 의료계를 완전히 떠나고 싶다고 의사를 밝혔다.

의심할 여지 없이 이 유행병은 지속적인 흔적을 남겼다.

하지만 사실은 코로나 팬데믹이 우리 일의 본질을 바꾸지는 않았다. 팬데믹이 상황을 더 어렵게 만들었을지는 모르지만, 반드시 다르게 만든 것은 아니었다. 내가 팬데믹 기간에 직면했던 가장 어려운 상황은 사실 바이러스 자체와는 거의 관련이 없었다.

코로나19 사태가 시작된 봄, 나는 어느 노령 환자에게 코로나바이러스 중증이라고 진단을 내렸다. 그는 산소 농도가 떨어지고 있었고 혈액 검사 결과 예후가 좋지 않았다. 그러나 내 일을 어렵게 만든 것은 내가 그에게 제공할 의료 서비스가 아니었다. 그의 열을 내릴 타이레놀을 주문하고 호흡 곤란을 치료할 비침습적 인공호흡기를 착용하게 하는 것은 쉬운 일이었다.[39] 그때 내 일을 매우 어렵게 만든 것은 우리가 제공하는 의료 서비스를 둘러싼 모든 것이었다.

그 환자는 나에게 앞날을 어떻게 예상해야 할지 물었다. 나는 그에게 진실을 말했다. 미래를 예측하기는 불가능하고, 그와 같은 상태에 있던 사람 중 다수가 나았지만 상당수는 그러지 못했다고 말했다. 그때 나는 그의 상태가 위중하고 심각한 상황이라 그를 중환자실에 입원시킬 것이라고 말했다. 나는 이어 그가 관리를 잘 받고 있고, 그가 회복할 수 있도록 우리가 최선을 다해 과학과 기술, 인류가 허용하는 모든 것을 제공할 것이라고 말했다.

내 직업을 어렵게 만든 것은 그의 말에서 묻어나는 태연함과 그의 눈에 뚜렷이 드러나는 두려움을 조화시키는 일이었다. 내 직업을 어렵게 만든 것은 내가 그에게 〈관리를 잘 받고 있다〉라고 말했을 때, 그리고 우리의 관리가 그의 최종 결과에 영향을 미칠 힘이 거의 없음을 알면서도 〈우리가 최선을 다할 것〉이라고 말했을 때 그가 고개를 끄덕이는 모습을 보는 일이었다. 내 일을 어렵게 만든 것은 내가 전달하는 진실을 정확히 어떻게 말할 것인가 결정하는 일이었다. 상황을 모호한 채로 남겨 두고 〈많은 사람〉이 〈나았다〉라고 말하고 〈상당수〉는 〈낫지 못했다〉라고 말하는 것만으로 충분했을까? 아니면, 구체적으로 그가 후자에 속할 가능성이 더 크다고 전달하는 것이 중요했을까? 내가 〈상당수〉가 〈낫지 못했다〉라고 말했을 때 내가 의미한 것은 그들이 죽었다는 것이었을까? 사실을 정확히 알려 그에게 맡기는 것과 단순히 잔인하게 행동하는 것 사이의 경계선은 정확히 어디였을까?

전 세계 수백만 명의 목숨을 앗아간 백 년에 한 번 발생할 공기 전파 전염병의 한가운데서, 실제로 내 일을 몹시 어렵게 만든 것은 대화를 구성하는 최고의 방법을 결정하는 일이었다.

코로나19 사태의 첫 여름에, 나는 간호사 두 명, 호흡치료사 한 명, 환자 기사 한 명, 구급대원 두 명에게 어느 차가운 알몸의 사망 시간을 알렸다. 내 직업의 의학적인 부분은 어렵지 않았다. 내 환자는 나를 만나기 한 시간여 전에 맥박이 끊겼다. 내가 이 환자에게 제공한 의료 서비스는 그의 사망을 인정하고 그것을 선언한 것뿐이었다.

그때 의료 행위를 매우 어렵게 만든 것은 그것이 사람들이 하는 일이라는 점이었다. 구급대원들은 죽은 환자의 아내가 병원으로 오는 중이었다고 말했다. 남편이 호흡곤란을 호소하기 시작한 후 그녀가 그를 태워 병원으로 운전해 오는 길이었다. 하지만 도중에 그와 아내가 목적지에 도착하기 전에 그가 의식을 잃어 길가에 그를 내려놓았다고 말했다. 그들이 현장에 도착했지만 환자는 이미 죽어 있었고, 환자의 어린 딸이 어머니의 차 안에서 지켜보는 가운데 고속도로 갓길에서 흉부 압박을 시작했다고 말했다.

여기서 내 일을 어렵게 만든 것은 남편이 죽었다는 소식을 내게 듣기 위해 방으로 걸어가는 환자 아내의 모습을 지켜보는 일이었다. 어린 딸을 품에 안은 그녀는 누가 봐도 임신한 몸이었다. 내 일을 어렵게 만든 것은 그녀에게 힘든 이 시기에 누군가 도우러 올 사람이 있느냐고 내가 물었을 때 그녀가 〈아니요, 여기서 전 혼자예요. 남편과 저뿐이었어요. 우리는 이 나라에 온 지 몇 달밖에 안 됐어요〉라고 말하는 것을 듣는 일이었다. 내 일을 어렵게 만든 것은 내가 방금 한 말을 다시 해달라는 엄마의 요청에 〈그래요, 그는 죽었어요〉라고 말했을 때, 귀를 쫑긋 세우며 나를 쳐다보는 어린 딸의 모습을 보는 일이었다. 딸은 그 전에 무슨 일이 있었는지 대체로 인식하지 못하고 있었지만(엄마가 몸을 들썩이며 흐느끼는 동안 인형을 가지고 즐겁게 놀았다), 그 전에 일어난 모든 일을 아무렇지 않게 여겼던 아이에게 그 말이 의미가 있다는 것은 분명했다.

내가 방금 차갑고 창백한 남자에게 손을 얹고 사망을

선언할 때 실제로 내 일을 매우 어렵게 만든 것은 의학과는 아무 상관이 없었고, 단순히 그 순간 네 살짜리 아이가 실제로 얼마나 많은 것을 이해했을지, 그리고 아이가 얼마나 기억할지 궁금해하는 일과 관련이 있었다.

코로나 사태가 시작되고 첫 가을, 심장 박동에 이상이 있는 환자를 돌봤다. 그의 심장 박동은 불규칙했을 뿐만 아니라 너무 빨리 뛰고 있었다. 치료하지 않고 방치하면 심장 마비를 일으켜 혈압이 떨어져 사망할 수도 있었다. 하지만 심전도 결과를 해석하고 심장을 느리게 하고 안정시키는 약물을 투여하는 일은 간단했다. 사실, 그 환자는 어떤 상황인지, 그를 치료하려면 어떻게 해야 하는지 내게 말했었다.

「나는 여름에 심방 된떨림* 진단을 받았어요.」그가 했던 말이 기억난다. 「8월에 치료를 위해 절제 수술을 할 예정이었지만, 팬데믹으로 조종사 자리를 잃었어요. 비행기 운항이 전면 중단되어 우리 모두 실직했기 때문에 공항 전체가 거의 폐쇄되었어요. 실직으로 의료 보험이 중단되

---

* 심방 근육이 규칙적으로 수축하지만, 너무 잦은 수축 운동을 하는 병적인 상태. 심방 잔떨림으로 옮겨 가는 경우가 많다.

어 수술받을 수가 없었죠.」그는 실직했고, 보험을 잃었고, 병원 비용이 무서워서 심장이 뛰는데도 몇 시간 동안 응급실에 오는 것을 피했다고 말해 주었다. 그는 눈물을 글썽이며 내게 말했다.「음성 메시지를 수없이 남겼지만 아무도 응답 전화를 하지 않았어요.」

내 일을 어렵게 만든 것은 내가 그의 딜레마를 만들어 낸 바로 그 시스템의 일부임을 알면서도 그저 고개를 끄덕이며 그의 말에 수긍할 수밖에 없다는 점이었다. 내가 그의 심박수를 되돌리는 데 필요한 약값을 그가 감당할 수 없을 것이다. 내 일을 어렵게 만든 것은 내가 그를 입원시킨 지 한참 후에 컴퓨터의 전자 의료 기록에서 그의 치료 과정을 추적하다가 그가 입원한 지 사흘 만에 또다시 심장 박동이 이번에는 훨씬 더 위험한 수준으로 바뀌었다는 것을 아는 일이었다. 결국 그의 심장이 멈추었다. 병원 직원들은 짧은 죽음의 순간에서 그를 되살리기 위해 여러 가지 약물과 함께 흉부 압박을 시행해야 했다. 물론 몇 달 전에 문제가 처음 발견되었을 때 필요한 치료를 받을 수 있었다면 그가 처한 모든 상황(그의 죽음과 그 이후의 소생술을 포함해)이 필요하지 않았을 것이다.

그때 내 일을 매우 어렵게 만든 것은 단지 제도의 실패 때문에 인생 경험에 〈죽음〉을 포함할 수 있는 우리 지역

사회의 일원이 존재한다는 사실이었다.

코로나 팬데믹의 첫 겨울, 나는 코로나19 증상으로 응급실에 도착한 연로한 남편과 아내를 돌봤다. 그 무렵에 코로나19 치료제가 나오기 시작했다. 식품 의약품 안전처는 바이러스에 결합해 복제를 둔화시켜 질병으로 인한 증상 악화를 막는 데 도움이 되는 정맥 주사 약물인 단클론 항체의 긴급 사용을 승인했다. 당시 어떤 연구는 치료가 효과적이었고 부작용이 거의 없다고 입증했다.[40, 41] 물론 그 약을 권하는 일은 어려운 결정이 아니었다.

나는 병원 약국에 전화를 걸어 투여를 준비했다. 약사는 내 환자 둘 다 그 약을 사용할 자격 기준에 부합한다는 데 동의한 다음, 둘 중 누가 그 약을 받아야 한다고 생각하느냐고 물었다. 나는 내가 잘못 들은 줄 알았다. 「아, 사실 둘 다 필요해요!」 나는 분명히 하려고 했다. 그러자 약사는 당시 전국적으로 약이 부족해 우리 병원 전체가 일주일에 몇 번 배달되는 소량의 복용량만 받고 있다고 알려 주었다. 내가 전화를 걸었을 때 그녀는 우리 병원에 단 일회분 복용량만 남아 있다고 말했다.

내 일을 어렵게 만든 것은 이 부부와 함께 앉아서 그들 중 한 명은 치료받을 것이고 나머지 한 명은 치료받지 못하고 귀가해야 한다고 설명하는 일이었다. 나는 따라야 할 기준 없이 난감하기 짝이 없는 윤리적 딜레마를 헤쳐 나가야 했다. 올바른 행동 방침을 지시하는 원칙이 없었다. 물론 원칙이 있을 수 없었다. 실제로 〈올바른〉 행동 방침 따위는 전혀 없었다.

그때 실제로 내 일을 매우 어렵게 만든 것은 올바른 행동 방침이 존재하지 않는 상황임을 알지만 어쨌든 행동해야 한다는 점이었다.

간단히 말해, 각각의 모든 상황에서 내 일을 매우 어렵게 만든 것은 언제나 내 일을 어렵게 만들었던 것과 같은 종류였다.

이런 식으로 코로나19는 새로운 것이었을지 모르지만, 그것을 치료하기 위해 우리가 겪어야 했던 사회적, 감정적, 관료적, 철학적 상황의 복잡한 얼개는 새롭지 않았다. 코로나19 위기가 오기 훨씬 전에도 우리는 환자들과 어려운 대화를 나누어야 했고, 가족들에게 사랑하는 사람이 죽었다고 말해야 했고, 의료 시스템의 믿기 어려운 잔인성을 목격해야 했으며, 해결책이 없는 윤리적, 도덕적 딜레마를 헤쳐 나가야 했다. 전염병은 우리 일의 본질을 바꾸지 않았다. 그것은 응급실에서의 삶을 질적으로 다르게 만든 것이 아니라 양적으로 다르게 만들었다.

당시에 코로나 팬데믹은 다를 바 없었지만 일이 더 많

앉다. 코로나바이러스 대유행 당시 응급실의 업무량이 10점 만점에 13점까지 치솟았다면, 사실 이전에는 항상 10점 만점에 감당하기 어려운 11점이었다.

팬데믹 전부터 우리는 한계를 넘어섰다. 전염병이 돌기 전부터 우리는 우리가 목격한 수많은 비극을 이해하기 위해 사용했던 틀과 도식이 적합하지 않다는 것을 알고 있었다. 전염병이 유행하기 전부터 우리의 시스템은 그것이 지원하고 도와야 할 사람들을 실망시켰다. 전염병이 유행하기 전부터 우리는 직업상의 위험으로 의료 종사자들을 잃고 있었다. 전염성 바이러스 때문이 아니라 탈진과 자살 때문이었다.[42]

2021년 4월

JJ   여러분 ○○ 기억해요? (그는 우리보다 몇 년 먼저 레지던트를 마쳤고) 캘리포니아주로 이주하기 전에 대학 병원에서 잠시 의사로 일했잖아요.

JJ   방금 페이스북에서 그가 자살했다는 소식을 봤어요. 너무 슬퍼요. (이미지 전송)

BX   염병할.

WS   오, 이런. 정말 슬프네요.

2018년 1월

ES (다음과 같이 시작하는 기사 링크 보냄) 〈어제 오후에 NYC에서 젊은 의사가 또 건물에서 투신해 사망했다. 그녀는 자신이 살던 건물의 입구에 떨어졌다.〉

SE 젠장, 병원 의사인가요?

BX 네, 또요.

BX 그 병원에서 최근에 다른 의사도 죽었어요.

KB ES, 보내줘서 고마워요.

PK 우리는 ○○○에서 이 소식을 알았어요. 우리가 모든 레지던트에게 전화를 걸어 설명하고 생존을 확인했거든요.

FN 세상에나.

PK 끔찍해요!

UP 공유해 줘서 고마워요. 모두에게 사랑을.

그때 코로나19는 레킹 볼*이 아니라 확대경이었다. 그것은 미국 의료를 망가뜨리지는 않았지만 언제나 있어 왔던 그 실체를 드러냈다.

* 철거할 건물을 부수기 위해 크레인에 매달고 휘두르는 쇳덩이.

코로나 팬데믹이 닥치기 훨씬 전에 우리의 경험은 힘들고, 이상하고, 혼란스러웠다. 팬데믹이 닥치기 훨씬 전에 우리의 일상은 해답이 없는 난감한 상황에 마주하고 나서 그것에 대응하는 것이었다. 일상적으로 우리는 설명할 수 없는 비극, 논리의 영역을 넘어 존재하는 상황, 해결할 도구가 없는 상황에 있었다. 우리의 일은 몇 조각이 빠진 아름답게 만들어진 직소 퍼즐에 맞지 않는 퍼즐 몇 조각이 던져진 것과 다를 바 없었다.

너무 자주 우리는 이 태피스트리를 감상하는 법을 배우는 대신 쩔쩔매게 하는 빠진 조각들을 무시하며 그것들이 없는 척한다. 아내가 퇴근해 돌아와서 응급실의 하루가 어땠는지 물었을 때처럼, 우리는 종종 우리를 불편하게 하는 것들을 피하고 비껴간다. 우리는 자신에게 호의를 전혀 베풀지 않고 있다. 속도를 늦추고 사물을 있는 그대로 보는 것은 고유의 가치가 있다. 결국 구름을 마주해야만 환한 언저리를 볼 수 있다.

그래서 응급실에서 다른 사람의 경험을 담은 영상이 놀라웠다면, 아마도 나의 경험도 마찬가지라고 생각해야 했을 것이다. 자세히 살펴볼 때가 된 것이었다.

이 모든 것을 염두에 두고, 나는 우선 코로나 팬데믹 당시 응급실 의사로서의 경험을 이야기하고 싶었다. 내 의도는, 그런 순간들 속에 숨어 있는 뉘앙스, 감정의 깊이, 복잡한 아름다움을 강조하기 위해 우리의 상황에 관해 글을 쓰는 것이었다.

하지만 이어서 응급실의 일상적인 내 경험을 이야기할 것이다. 나는 코로나19 이전의 세상에서 응급 의사로 일했다.

방금 설명한 이유로 나는 의도적으로 전염병 이전의 세상에 관해 쓰기로 결심했다. 그것은 되돌아볼 가치가 매우 큰 우리의 정상적인 세계다. 코로나19 시대에 내가 겪은 이야기는 예외적인 상황에서만 마주칠 감정, 딜레마, 역설이 혼합된 것으로 쉽게 치부될 수 있다. 그렇지 않다. 우리가 팬데믹을 경험한 방식은 우리가 그전에 살았던 방식의 직접적인 결과였다. 그리고 우리의 삶이 팬데믹 전에 심오하고 복잡했기 때문에 팬데믹 역시 지나간 후에는 그럴 것이다. 그렇지 않은 척하는 것은 우리에게 도움이 되지 않을 것이다.

코로나 팬데믹의 진짜 이야기는 그 극단성을 통해 어떻게 우리 삶의 정상적인 흐름을 뒤흔들 수밖에 없었는가 하는 것이었다. 팬데믹은 우리가 잠시 멈추고 한 걸음 물러서서 우리의 삶을 팬데믹 기간의 이상하고 힘겨운 에피소드가 아니라 항상 그래 왔던 이상하고 힘겨운 현실로 보게 했다. 코로나 팬데믹 이야기는 하이라이트 영상을 통해서가 아니라 백미러에 비춰 전할 이야기다.

다음에 나올 이야기는 일상적인 동시에 예외적인 내 실제 경험이다. 물론 평범하지 않은 응급실에서 일어난 평범한 하루에 관한 이야기다. 나는 응급실의 삶을 들여다보고 냉정하게 둘러보려고 했다. 늘 있었던 밤하늘의 별들을 새삼 감상하기 위해 시각을 바꾸는 것처럼, 이 경험을 적으면서 이전에 놓쳤을지 모를 심오하고 새로운 시각을 발견했으면 좋겠다. 궁극적으로 그것은 삶을 점검하려는 시도다.

마지막으로 미리 일러두자면 내 이야기에는 답이 없다. 그저 있는 그대로의 삶을 보여 줄 뿐이다. 여러분도 마음을 열고 나와 함께 과거의 같은 장면을 신선하고 새로운 눈으로 보기 바란다. 내가 글을 쓰면서 깨우쳤듯이 여러분도 깨우치기를 소망한다.

제1부

삶은 언제나 공식의 경계를 허물어 버린다.
— 앙투안 드 생텍쥐페리, 『전시 조종사』 중에서

제1장
죽음의 전령

뉴욕시 외곽 한 자치구의 작은 지역 병원에서 야간 근무가 끝나갈 무렵, 소수로 구성된 우리 의료진, 즉 간호사 십여 명, 환자 기사 세 명, 의사 보조원 한 명, 지칠 줄 모르는 의료 서기, 그리고 나는 빨간 전화기의 벨이 울리자 현기증이 났다. 1980년대의 유선 전화기에는 발신자 표시가 없었지만 아무도 그것이 필요하지 않았다. 빨간 전화기는 죽음의 전령인지라 여기로 걸려 오는 전화는 언제나 누군가가 죽었거나 죽어 가는 중이어서 우리에게 오고 있다는 의미였다.

담당 간호사는 수첩을 집어 들고 전화선 반대편에서 들려오는 목소리에 귀를 기울였다. 잡음 때문에 잘 들리지 않았지만, 그녀는 눈을 가늘게 뜨고 상대의 목소리가 흐릿해서 잘 보이지 않는 이미지인 양 앞쪽을 열심히 응시했다. 20년이 지나서 21세기가 되었지만 우리는 여전히 전화 연결 상태를 믿을 수 없었다. 그녀가 메모를 휘갈겨 쓰는 동시에 나는 그녀의 글씨를 읽었다.

43세 여성. 맥박 없음 × 30분. 심폐 소생술CPR 진행 중. 삽관. 6분 후 도착 예상.

우리는 모두 한숨을 쉬며 도착을 준비하기 시작했다. 죽은 여자가 구급차에 실려 우리 응급실로 오고 있었다. 그 외에 이 여자의 죽음은 되돌릴 수 없었다. 그녀는 죽었다.

이는 구급대원의 기술이나 우리 자신을 비판한 것이 아니라 단순히 인체의 한계를 설명한 것이었다.

일부 죽은 환자들은 다시 살아날 〈수도〉 있다. 수 세기 동안 독창성과 엄격한 과학 연구, 때로는 터무니없는 행운이 만나 기관 내 삽관, 중앙 정맥 주사, 에피네프린*과 같은 마법의 도구가 우리에게 주어졌다. 우리는 호흡이 멈춘 사람들의 숨을 되돌릴 수 있고, 〈E〉까지 내려간 사람들의 혈액 탱크를 다시 채울 수 있으며, 심지어 멈춘 심장을 속여서 다시 한번 뛰게 할 수도 있다. 현대 의학의

* 신경 전달 물질의 하나. 교감 신경을 자극하여 혈압을 상승시키고, 심장 박동 수와 심장박출량을 증가시킨다.

기적을 통해 죽은 환자의 극소수가 다시 살아나 저승에 갔다 온 이야기를 들려주기도 한다. 그것은 물론 성배다. 자신을 부활시키는 사람이라고 생각하는 것만큼 의사에게 기분 좋은 건 없다.

그러나 죽은 이 환자는 우리에게 그런 만족감을 주지 않았다. 우리가 모두 알듯이 이 환자는 살아나지 않았다. 평결은 이미 내려졌고 의학이 제공하는 최선의 것도 호소력을 발휘할 수 없었다. 우리 환자는 30분 동안 맥박이 없었다. 그렇게 오랫동안 심장이 제대로 뛰지 못하면 산소가 너무 오랫동안 부족해져 뇌가 의미 있는 회복의 기회를 얻을 수 없다. 물론 뇌가 죽으면 나머지는 부질없는 일이다.

그런데도 우리는 장갑을 착용하고 장비를 준비했다. 아마도 통신 오류 때문에 환자가 30분이 아니라 3분 동안 맥박이 없었을지 모른다. 어쩌면 실제로는 맥박이 있었는데 구급대원이 단순히 느끼지 못했을 수 있다. 어쩌면 환자가 얼어붙은 호수 바닥에서 발견되어 되돌릴 수 없는 사망 원칙의 드문 예외일 수도 있다(〈죽은 사람이 따뜻할 때까지는 죽은 것이 아니다〉라는 가르침이 있다). 아니면 내가 과학에 과하게 의존하기는 하지만 기적이 일어날지도 모를 일이다. 결국 응급실에서 일하면서 배운 한 가지 교훈은 보이는 것만큼 확실한 것은 없다는 것이다.

빨간 전화기의 벨이 울린 후에 유일하게 확실한 것은 우리의 열 시간 야간 근무가 이제 아침까지 연장된다는 점이었다.

도착하는 사이렌 소리가 커지면서 남아 있던 불확실성이 날아가기 시작했다. 구급차가 짐 싣는 곳으로 달려가는 속도와 트럭 안에서 확실하지 않지만 단호하게 들리는 목소리로 보아 기적이 일어나지 않은 것이 분명했다. 회생의 기회가 있든 없든 우리는 우리가 조처해야 하는 또 하나의 시신을 받아야 했다.

자동문이 열리고 차가운 겨울 공기가 우리 응급실로 밀려들자 환자가 들것에 실려 들어왔다.

우리는 제각기 전선을 연결하고, 정맥 주사 선을 삽입하고, 외상 가위로 옷을 자르는 등 허둥대며 자기 역할을 했다. 티브이에서 묘사하는 장면과는 달리 고함은 들리지 않았다. 겉으로 보기에 드라마 같은 일은 전혀 일어나지 않았다. 우리 팀은 조용히 제 할 일을 하며 구급대원들이 주는 정보를 기다렸다.

나　　자, 여러분. 무슨 일인지 말해 줄래요?

구급대원　　선생님, 43세 여성입니다. 낮에 남편에게 복통과 가슴 통증을 호소하다가 숨이 차서 911에 전화를 걸었어요. 우리가 도착했을 때 환자는 워키토키*로, 문제가 없어 보였어요. 사실 괜찮아 보였어요. 왼쪽 팔꿈치 안쪽에 18 규격 정맥 주사를 꽂고 액을 투여하기 시작했는데 갑자기 쓰러졌어요. 맥박이 없었고 심전도가 무수축 상태여서 우리가 심폐 소생술을 시작했습니다. 튜브를 끼우고 에피네프린 5회분을 환자에게 투여했고요.[43]

윈스턴과 루이스는 내가 아는 최고의 구급대원이었다. 그들은 눈꼴이 실 정도로 좋은 사람들이었고, 수술용 장갑과 근성만으로 유혈과 구토 상황을 처리하는 타입이었다. 항상 좋은 기운과 나쁜 소식을 함께 불러오는 듯한 남자들이었다. 나는 그들을 전적으로 신뢰했기에 통신 오류나 맥박을 놓쳤다는 생각을 빠르게 접었다.

나   지금까지 총 얼마 동안 맥박이 없었어요?
구급대원   이제 거의 40분입니다.
나   어느 순간 맥박이 돌아왔나요, 아니면 내내

* 워키토키Walkie-talkie. 〈걷고 말한다〉는 뜻의 의학 전문 용어. 큰 곤경에 처하지 않은 상태를 나타낸다.

맥박이 없었나요?

구급대원   계속 맥박이 없었어요.

나   여러분이 할 일은 다 한 것 같은데, 할 일이 또 뭐가 있을까요?

구급대원   (아직도 숨이 차고, 30분 동안 쉬지 않고 땀을 흘리며, 눈에 띄게 좌절한) 아, 젠장. 서류 작업요?

의료의 가장 이상한 점 중 하나는 상황이 자체 추진력을 지닌 것처럼 보인다는 것이다. 종종 일들이 일어나고 왜 그 일이 일어나는지 완전히 명확하지 않다. 구급대원들, 나, 간호사들, 우리는 모두 이 환자가 살아날 가망이 없다는 걸 알고 있었다. 그런데도 들것 위에서 벌거벗은 채 벌어진 입술 사이에 정원 호스만 한 호흡관이 끼워진 그녀의 슬픈 몸을 보고 우리가 아무것도 하지 않는다는 것이 비양심적으로 느껴졌을 것이다.

윈스턴과 루이스는 도중에 사망을 선언할 수도 있었고, 그럴 권한이 있었다. 그들은 그녀의 거무스름한 몸에 생명을 불어넣으려 했고, 〈우리가 노력했지만 회생시키지 못해서 그녀가 죽었다〉라고 확실히 말할 수도 있었다. 하지만 환자가 막 병원에 도착해 우리가 그녀에게 손가락

하나 대지 않았기 때문에 우리에게는 아직 그럴 권한이 없었다. 우리가 무슨 행동을 하든 결과는 다르지 않을 테니 이는 순전히 감정적인 추론이었지만 그녀를 만져 보지도 않고 사망 진단서를 작성하는 것이 부적절하다고 느껴졌다.

나는 다시 환자를 돌아보았다. 그녀의 통통한 몸은 우리가 부상 부위를 찾고 다양한 바늘, 의약품, 전기 도체로 치료할 수 있도록 발가벗겨져 있었다. 그녀의 팔에 꽂힌 플라스틱 튜브에서 피가 흘러나왔다. 벌거벗은 몸은 옆으로 축 늘어져 있었고, 심하게 뒤틀린 자세로 들것에서 반쯤 내려와 있어서 나조차도 불편해서 움찔했다.

의료에서 오는 치욕은 엄청날 수 있다.

간호사가 본능적으로 그녀의 몸을 바로잡아 주었다. 그녀는 따뜻하게도 시체를 향해 손을 내밀어 어깨를 움켜쥐고 축 늘어진 목을 쭉 펴고 병원 가운을 반쯤 걸쳐 주었다. 그 행동은 무의식적이고 반사적이었다. 죽음의 모멸감과 살아 있는 사람들의 공감이 불현듯 만났다. 엘리베이터 안에서는 이 환자의 사적인 영역을 침범할까 봐 너무 가까이 서 있을 수 없었겠지만, 이제 우리는 그녀의 알몸을 자유롭게 여기저기 찌르고 덮고 그녀의 들리지 않는 귀에 친절하게 안도의 말을 속삭였다.

의료인에 대한 일반적인 오해는 우리가 자연스러운 감정 대신에 냉철하고 계산적인 태도를 지닌다는 것이다. 예를 들어, 다른 사람이 슬픔이나 공황을 느낄 수 있는 상황에서 구급대원이나 간호사, 응급실 의사가 감정을 차단한 채 일을 처리한다고 사람들은 생각한다. 그러나 진실을 말하자면, 그 강력한 본능적 감정은 무심한 평온으로 대체되지 않는다. 그런 감정은 겉모습에 가려질 뿐이다. 즉, 차분한 전문가의 겉모습 아래에는 여전히 매우 노골적이고, 매우 진실하며, 인간적인 감정이 존재한다. 마치 휴화산의 표면 아래에 있는 마그마처럼 보이지는 않지만 끓고 있는 감정이 있다.

이러한 현상은 소방관에서 경찰관, 심지어 전투병에 이르기까지 죽음과 대면하는 모든 직업을 가진 사람들도 매한가지라고 생각한다. 공황은 자기 패배이며 통제할 수 있지만, 어떤 훈련도 죽음에 대한 고도로 진화된 본능적인 신체 반응을 없애지는 못한다. 우리는 심박수를 늦추고 차분하고 알고리즘적인 접근법을 동원해 사고할 수 있지만, 그와 별개로 마음 깊은 곳에서는 죽음을 인식하고 인간애를 억누른다.

나 역시 시신을 마주할 때마다 그렇다. 물론 죽은 알몸은 유난히 슬픈 광경이다. 그러나 죽음 자체가 슬픈 것처럼 슬프지는 않다. 말하자면, 죽음은 인간의 영혼이 소멸했기 때문에 슬프다. 특히 그 슬픔은 나중에 온다. 그 슬픔은 가족과 이야기하거나 환자의 소지품을 살펴볼 때 찾아온다. 그 슬픔은 사망자의 소소한 정보를 알고 그를 하나의 사람으로 느끼면서 찾아온다. 그 슬픔은 환자가 죽은 지 한참 후에 그의 친척을 찾기 위해 그의 지갑을 뒤지다가 샌드위치 가게 회원 카드나 할 일 목록을 우연히 발견할 때 찾아온다. 이제는 죽은 환자가 두 번만 더 사 먹으면 30센티미터짜리 무료 샌드위치를 즐길 수 있었다거나, 퇴근하는 길에 고양이 사료를 사야 했다는 사실을 알면 그 시신이 한 인간으로 느껴진다. 색인 카드와 포스트잇은 모든 것을 바꿔 놓는다. 그것들은 당뇨병과 고지혈증 병력이 있고 좌회전 관상 동맥 폐색으로 심장 마비를 일으킨 62세의 남성을, 구운 쇠고기 샌드위치를 즐겨 먹었고 고양이를 사랑했던 칼이라는 이름의 남자로 변화시킨다.

그러나 그 시점이 오기 전에 우리는 이름 없는 사람들을 마주한다. 어떤 사연이나 의도가 없는 익명의 시체는 확실히 진부하고 무미건조하게 슬프다. 이전에는 유연하고 우아했던 몸이 축 늘어진 몸뚱이로 전락했다. 몸통에 딱 붙어 있지 않은 모든 것, 즉 팔다리, 여자 젖가슴, 남자

생식기는 가전제품 가게의 에어컨에 묶인 리본처럼 가슴을 압박할 때마다 이리저리 들썩거린다. 전에 피아노를 연주했을지 모를 손이나 산을 오를 때 썼던 다리는 활기 없는 고무 같다.

이렇듯 익명의 시체는 깊고 애처로운 슬픔을 불러일으킨다. 그러나 그들은 존재하며, 우리는 그들로부터 적절한 일을 하도록 위임받았다. 그래서 우리 앞에 있는 음침한 몸은 그저 기력 없이 누워 있지만 행동을 요구했다.

나   그래요, 정말 고마워요, 여러분. 알렉산드리아, 스톱워치 좀 시작해 줄래요? 대니, 비디오 후두경으로 ET 튜브*가 아직 제자리에 있는지 확인해 줄래요?44 다리스, 오른쪽에 두 번째 정맥 주사를 놔줄래요? 가장 큰 정맥 주사로 부탁해요. 그리고 검사는 접고 포도당을 확인해 봅시다. 다음 에피네프린과 맥박을 확인할 때까지 심폐 소생술을 계속합시다.

죽음은 여러 면에서 당황스럽다. 그러나 의대생이었을 때 내가 특히 궁금해한 것은 의사들이 죽음을 치료하는

---

* Endotracheal Tube. 기관 내 삽관 튜브를 말한다.

방식이었다. 죽음 직전의 순간은 엄청나게 다양할 수 있다. 수천 가지의 다른 질병이 있으며, 각각 수십 가지의 다른 치료 방식이 있다. 그러나 일단 그 문턱을 넘으면 모든 것이 하나의 길로 모인다. 궁극적으로 죽음을 치료하는 하나의 치료 방식이 있다. 심폐 소생술, 산소, 많지 않은 약들이 그것이다. 그렇지 않을 것 같지만, 사망 원인이 심장 마비였든 말라리아였든 죽음을 치료하는 방법은 언제나 똑같다. 그래서 죽음이 그 이전에 있었던 모든 다양하고 개인적인 삶의 마지막 착륙지이듯이 죽음을 치료하는 방식 역시 마지막 공통분모다.

윙윙거리는 꿀벌 떼처럼 작은 우리 팀은 바쁘게 움직였다. 자기 역할을 정확히 아는 각 꿀벌은 부산하지만 체계적으로 움직인다. 돌을 꽃가루받이하려 한다는 것을 알면서도 우리는 생명 없는 바위에 모여들었다.

나　　현장에서 포도당 수치를 확인했나요?[45]

구급대원　　네, 정상입니다.

나　　과거 병력이 있었나요?

구급대원　　없었어요.

나　　무슨 일이 일어난 것 같아요?

구급대원　　전혀 모르겠어요. 우리가 도착했을 때

는 부인이 괜찮았는데, 좀 있다 쓰러졌어요.

나　가족이 있나요?

구급대원　남편이 지금 오고 있어요.

　그렇다, 그래서 지금 우리가 이런 모든 행동을 하는 것이다. 여기서 우리의 헛된 활동을 정당화할 수 있다. 죽은 여자는 확실히 죽겠지만 우리는 그래도 하나의 생명에 영향을 미쳤다.

제2장
의학 학위 vs 강아지

다른 모든 의예과 학생처럼 나는 사람들을 돕고 싶어서 의사가 되었다.

다른 분야의 〈패러다임 전환〉이나 〈관념적 대상〉처럼 〈사람을 돕는다〉는 건 의료계의 무의미한 캐치프레이즈다. 이 문구의 공허함은 근본적으로 명확성의 결여를 드러낸다. 우리 중 많은 사람을 이 직업에 뛰어들게 한 바로 그 아이디어는, 명확성이 부족하여 많은 의사가 나중에 허둥지둥 이 직업에서 의미를 찾게끔 한다.

좋은 의도를 갖고 의료계에 입문했지만, 구체적으로 누구를 돕고 싶은지, 어떻게 도울 것인지 몰랐기에 나는 곧 누군가를 진정으로 돕는다는 것이 매우 어렵다는 사실에 놀랐다.

아픈 사람이 의사를 찾아와서 진단과 치료를 받고서 나중에 완치되어 만족을 느낀다고 생각하는 사람은 통탄

할 만큼 드물다. 예를 들어, 항생제와 예방 백신과 같은 몇 가지 큰 진전 외에, 놀랍게도 우리의 치료법 중에 확실하게 성공한 것은 거의 없다. 현대 의학은 믿을 수 없을 정도로 진보한 동시에 말도 못 하게 뒤처져 있다. 문자 그대로 새로운 심장을 줄 수 있지만 심신을 약화하는 만성 요통에 대해서는 제공할 수 있는 게 거의 없다.

이 역설은 이해하기 쉽지만 견디기 어렵다. 그것은 종종 불만족으로 귀결된다. 사소하게 불편한 환자들은 우리 능력 밖의 치료법을 기대하며 응급실을 찾는 경우가 많다. 삔 발목이 나을 것이고, 독감 증상이 해결될 것이며, 진통제가 비처방약인 이부프로펜보다 무릎 통증에 나을 게 없다고 내가 안심시킬 때 종종 환자들은 회의감이나 실망감을 보인다.

그 감정은 전적으로 이해할 수 있다. 달에 사람을 착륙시킬 수 있는 정부가 허리케인이 지나간 후 미국의 주요 도시에 깨끗한 물을 공급할 수 없다는 사실을 깨닫고 불안해하는 국민처럼, 우리는 약의 진짜 한계를 제대로 아는 데 어려움을 겪고 있다. 안면 이식이나 유전자 변형과 같이 의학의 획기적인 발전을 알고 있는 환자들은 많은 일반적인 질병 앞에서 우리가 무기력하다는 사실을 인식하는 데 어려움을 겪는다.

「우리 숙모는 방금 〈바이오닉 우먼〉*처럼 두 무릎을 새로 얻었어요.」어느 환자가 내게 말했다. 「그런데 감기 때문에 죽을 지경인데 정말 아무것도 없다는 겁니까?」

우리는 정말 아무것도 없다. 기적이 흔할 때 〈지켜보며 기다리기〉는 받아들이기 어려울 수 있다.

의학적으로 심각한 문제가 있는 사람들도 별반 나을 게 없다. 현대 의학의 진정한 기적을 경험하는 사람들조차도 필연적으로 계약서의 깨알 글씨 부분을 읽고 나서 격분한다. 마치 전지전능한 요정이 자신의 엄청난 힘에는 피할 수 없는 족쇄가 채워져 있다는 사실을 서서히 깨닫듯이 환자들은 그들을 살린 기적적인 방법에 심각한 제한이 따른다는 것을 깨닫는 데 시간이 걸린다.

예를 들어, 죽어가는 사람에게 생명을 구하는 간 이식을 하는 건 쉬운 일이다. 그러나 이 두 번째 삶이 첫 번째 삶보다 제한이 훨씬 더 많다는 점이 분명해지면서 두 번째 삶을 얻었다는 행복감은 희미해진다. 잦은 입원, 병원 방문, 철저한 금주는 많은 사람을 낙담시킨다. 그 외에 끊임없는 주삿바늘 흔적, 혈액 채취, 만성 부작용이 있는 장기 투여 약물이 일반적으로 그러하다. 환자들은 우리가

* 미국 NBC 드라마 제목. 교통 사고로 인해 기계 인간으로 변한 주인공이 나온다.

제공할 수 있는 치료법에 감사하지만 동시에 좌절감을 느낄 수 있다.

예를 들어, 중증 감염을 치료하기 위해 주치의가 정맥 주사 항생제를 투여하는 응급실로 보냈다는 것을 안 환자들은 도착하자마자 정맥 주사를 거부하기도 한다. 「나는 바늘이 싫어요, 나한테 바늘을 꽂지 말아요!」 그들은 도와주겠다는 우리의 제안을 완강히 거부하면서 이렇게 말할 수 있다. 결국 그들은 거의 항상 한숨을 쉬며 마지못해 팔을 내밀어 정맥을 보여 주지만, 자신이 동의한 계약 조건에 매우 화가 난다. 〈좋아요, 단 한 번 기회를 주겠지만 정맥을 못 찾으면 그걸로 끝이에요〉라고 말하며 그들은 생명을 구할 약을 투여하는 조건을 협상하기도 한다. 물론 정맥을 찾는 시도를 아무리 여러 번 해야 할지라도 살려면 주사를 맞아야 한다는 걸 알기에 결국 그들은 대게 치료를 받아들인다.

언뜻 보기에 이런 행동은 터무니없어 보일 수 있다. 나를 포함한 많은 의사와 간호사들은 점점 이러한 〈힘든〉 환자들에게 좌절감을 느낀다. 〈당신이 도움을 받을 수 있도록 내 일을 하게 해줘요!〉 우리는 이렇게 생각할 수 있다. 〈우리 모두 당신에게 이게 필요하다는 걸 알고 있잖아요. 당신이 여기에 온 이유도 그 때문이고. 그런데 왜 이

런 뻔한 핑계를 대는 거죠? 당신 때문에 우리 모두 힘들어
질 뿐이에요.〉

하지만 이 환자들은 그저 말썽을 피우는 게 아니다. 그
들이 비이성적으로 행동하는 것도 아니다. 좌절감을 느낀
우리가 그들의 처지를 생각하지 못한 것이다. 많은 경우
만성 질환 환자로 산다는 것은 제한된 삶을 산다는 뜻이
다. 그런 상황이라면 우리 역시 싫증 나는 일상을 불평할
것이다. 우리 역시 한때 훨씬 더 풍요로웠던 삶에 향수를
느낄 것이다. 하지만 우리 역시 살아가려면 그래야 한다
는 걸 알고 결국 누그러질 것이다.

단순히 생존하는 삶은 어둡고 희미해진 색조의 삶이다.
결국 이 삶은 실로 우리 현대인이 가장 탁월하게 성취한
현실이다. 진실을 말하자면, 우리는 이 환자들을 질병으
로부터 해방하지 않고 그들의 형량을 가석방으로 감형하
는 것이다. 우리의 가장 놀라운 의료 기적은 삶을 희생하
는 대가로 생명을 연장한다.

우리가 제공하는 의술에 좌절감을 느끼는 환자는 대부
분 의사에게 불만을 직접 표출하지 않지만, 만족하지는
않는다. 〈아, 내 상황은 끔찍하고 어쩔 수 없지만, 과학의
한계를 이해할 것 같아요. 어쨌든 고마워요, 의사 선생님〉
은 내가 〈사람들을 돕고 싶다〉고 결심했을 때 꿈꿨던 환

자 치유의 행복감과는 거리가 멀다.

그래서 레지던트 과정을 마치고 얼마 지나지 않아 나는 내가 원하는 수준까지 환자들을 도울 수 없다는 집단 무능력에 좌절했다. 이런 상황에서 나는 〈의학 학위 vs 강아지〉라는 게임을 하기 시작했다.

환자를 보고 나서 항상 나는 이렇게 자문하곤 했다. 이 환자의 문제를 10년 동안 엄격한 의학 교육을 받고 응급 의학 자격증을 딴 내가 더 잘 해결할 수 있을까, 아니면 꼬리를 흔드는 노란 래브라도리트리버가 더 잘 해결할 수 있을까?

나는 꾸준히 게임의 결과를 기록했다. 〈의학 학위〉가 대부분 이겼지만 거의 안심이 되지 않았다. 경쟁이 아슬아슬했다는 사실에 마음이 편치 않았다. 더군다나 때때로 내가 교대 근무를 마친 후에 〈의학 학위〉가 〈귀여운 강아지〉에게 패했다고 깨달았다는 점은 신문의 칼럼 기사에서 읽은 어떤 내용보다 현대 미국 의료의 현실을 심오하게 드러냈다.

이 게임을 다음과 같이 풀어볼 수 있다. 많은 환자가 이미 현대 의학의 한계를 잘 알고 있다. 가벼운 환자 중 많은 사람이 이미 우리가 그들을 치료할 수 없다는 것을 마음속 깊이 알고 있다. 만성 질환을 앓는 사람의 대다수는 몇 년 동안 문제를 안고 살아온 자신의 상황을 의사들보다 더 잘 안다. 물론 그들은 우리의 치료법을 높이 평가하지만, 궁극적으로 그들이 진정으로 원하는 것은 그저 기분이 나아지는 것이다. 이 사람들은 위로와 안심을 원한다. 그들은 단지 누군가 그들이 하는 이야기를 들어주기를 바란다.

개들은 이런 일에 뛰어나다. 그들은 우리의 무릎 위에 누워 애정을 표현한다. 그들은 우리가 느끼는 것에 깊이 공감한다. 그들은 우리가 이야기하게 하며 절대로 서둘러 우리 곁을 떠나려고 하지 않는다. 그래서 개들은 타개책을 제공하지 않고 확실히 약을 투여하지 않지만, 그런데도 굉장한 위안을 준다. 아무것도 해결하지 못하지만 개는 여전히 우리에게 해결책을 제공한다.

물론 개들이 매우 쉽게 제공하는 일이 바로 의사들이 하지 않는 일이다. 매년 우리의 시스템은 환자들에게 처방할 약을 더 많이 제공하지만, 우리가 환자 옆에 앉아서 약 복용법을 설명할 기회는 더 줄었다. 새로운 행정 계획이 발표될 때마다 우리는 더 많은 과제를 완수해야 하지만 그럴 시간은 더 줄어든다. 인력 감축과 행정적 요구 때문에 환자의 건강을 지킨다는 최소한의 목적을 달성하기 위해 우리가 하루 내내 전력 질주해야 하므로, 종종 단순히 환자의 이야기를 듣기 위해 속도를 늦추는 중요한 임무를 수행할 수 없게 된다. 그 결과, 우리는 환자의 생명을 구했지만, 그들이 대개 병원에서 좌절감을 느낀다는 것을 깨닫는 기묘한 상황에 처할 수 있다. 더욱 기묘하게, 그들이 그렇게 느끼는 것이 꼭 틀린 것이 아님을 우리는 안다.

그래서 나는 교대 근무 시간이 끝났을 때 강아지에게 졌다는 걸 알게 되었고, 내가 〈사람들을 돕겠다〉는 원래의 의도를 잘 실천하려면 의대에서 배운 기술을 단순히 적용해서는 안 된다는 것을 깨달았다. 올바른 치료법을 제공하는 것만으로는 충분하지 않았다. 생명을 애써 구할 때조차 말이다. 나는 속도를 늦추고, 환자의 이야기를 더 잘 들어주고, 그들이 받아야 할 존중을 제공할 기회를 찾아야 했다. 다시 말해서, 나는 의사처럼 행동하지 않고 우리 개처럼 행동해야 했다.

제3장
생명을 구하려는 끈질긴 관성

우리는 몇 분 더 심폐 소생술을 실시했고 상태가 바뀌지 않는 점점 부어오르는 잿빛의 몸에 약을 더 주입했다. 기억, 사랑과 고통, 기쁨과 슬픔을 간직한 한 사람의 인생이 이제 우리 앞에서 차가운 육신과 플라스틱 튜브의 혼합물이 되었다.

나　　남편이 언제 도착할지 아세요?

구급대원　　그가 자기 차를 타고 우리를 따라왔으니 곧 도착할 겁니다.

그녀의 몸은 다시 살아나지 않을 터였다. 우리는 우리의 역할을 했고, 그때 사망을 선언하는 것이 편했을 것이다. 하지만 이 여자의 남편이 곧 들이닥쳐 우리가 다른 환자들을 돌보러 간 것을 알면 사랑하는 사람을 홀대했다고 여길 수 있다고 생각했다. 즉, 그녀가 벌거벗은 채 무엇보다도 빈방에서 홀로 죽어 있는 것을 발견하는 일은 그녀의 죽음과는 별개로 비극일 것이다. 우리가 그녀와 함께 있고 그녀를 도우려 한다는 것을 그에게 보여 주는 게 중요하다고 느꼈다. 치료법도 없었고 묘책도 없었지만, 그가 도착했을 때 우리가 그의 아내 곁에 머물면서 걱정하는 모습을 보여 주는 것이 중요해 보였다. 어쨌든 우리 강아지 포트라면 그렇게 했을 것이다.

우리는 시체 곁에 머물면서 헛된 노력을 계속했다.

우리는 달리 따라야 할 것이 거의 없었기에 인간의 본능을 따르는 융통성이 주어졌다. 전산화된 의료와 계획화된 의사 결정의 시대인 오늘날에도 소생 시도를 멈추는 과정에 대한 명확한 알고리즘이 존재하지 않는다. 놀랄 만한 일이지만, 우리가 노력을 멈추고 사망을 선언하는 기술적인 시점은 의학 문헌에 명확하게 정의되어 있지 않다.

심폐 소생술을 시작하는 시점을 포함하여 많은 치료법이 명확한 공식을 따르지만, 심폐 소생술을 중단하는 결정은 신기하게도 모호하다. 예를 들어, 우리가 맥박을 눌렀을 때 아무것도 느껴지지 않는다면 심폐 소생술을 즉시, 그리고 분명하게 시작해야 한다. 마찬가지로, 패혈증이나 심장 마비의 엄격한 기준이 충족되면 우리는 단순히 그 질병에 대한 치료를 진행하게 된다. 그 지침은 명확하다. 하지만 심폐 소생술을 언제 중단해야 하는지, 즉, 누군가의 생명을 소생하려는 시도를 언제 중단해야 하는지에 대한 지침은 없다.

이는 궁극적으로 이 질문에 대한 명확한 답이 없다는 의미다. 죽은 이 사람이 회복할 가능성이 전혀 없어져 정말로 사망한 시점은 언제일까? 아니면, 더 실질적으로 어느 시점에 내가 살리려는 노력을 멈춰야 할까? 이는 갈수록 지표와 흐름도에 의해 정의되는 세상에서 이상하게 특이한 점이다.

초보 의사 시절에 나는 어디에 선을 그어야 할지 고민하며 종종 왜 이런 일이 일어나는지 궁금했다. 왜 유독 그런 공통적이고 근본적으로 중요한 질문에 대한 해답만 없는 걸까? 나는 이러한 상황에서는 매우 빨리 많은 판단을 해야 해서 그러한 알고리즘을 만들 수 없었을 거로 생각했다. 어떤 알고리즘도 그러한 순간의 복잡성을 포착할 수 없다고 생각할 수 있다. 적어도 의학의 한 영역에서 의사의 판단이 반사적이고 로봇 식인 알고리즘보다 더 가치 있다는 생각은 의사인 나에게 힘을 실어 주는 느낌이었다.

그러나 그러한 설명은 절대적인 진리라기보다는 자존심을 세워 주는 느낌이었다. 사실, 다른 많은 알고리즘은 똑같이 복잡한 상황을 어려움 없이 해결한다. 그래서 내가 항상 궁금했던 것은, 이렇게 된 진짜 이유가 알고리즘에 의해 죽음의 문을 여는 것이 너무나 무리라고 함께 판단했기 때문이 아닌가 하는 것이었다. 도시의 가혹한 구조가 침범하지 못하는 자연 보호 구역의 오아시스처럼, 우리가 어떻게든 이 의학 분야는 보호되어야 한다고, 즉 인간의 마지막 행위는 인간의 의사 결정에 의해서만 경험되어야 한다고 인식하는 것이 아닐지 생각한다.

소생술을 시도하면 생명을 구하는 행동의 추진력이 너무나 상승해 멈추는 일이 놀라울 정도로 어려워진다. 의사 대부분은 소용없다는 것이 명백하더라도 멈추기를 꺼린다. 누군가가 정말로 죽었다는 것을 알았더라도 우리가 계속 노력하는 한 그 사람이 우리 곁에 남아 있을 수 있다고 종종 느낀다. 노력을 멈추는 것이 마치 그 사람을 더 이상 생각하지 않는 것처럼 느끼는 듯하다.

이 순간에 우리는 환자의 생명을 구하려고 노력할 뿐만 아니라 어떤 신비한 전이를 통해 우리가 삶의 의지를 전달받는 것처럼 느낀다. 환자들이 의식을 잃고 자신을 옹호할 수 없을 때 우리는 그들의 생존의 원동력이 된다.

그래서 소생 시도를 멈추는 것은 단순히 죽음을 인정하는 것이 아니라, 실제로 죽음을 허용하는 것처럼 느껴진다. 우리가 〈할 만큼 했어, 더는 안 돼〉라고 말할 때 마침내 죽음을 허용하는 것 같다.

의사가 환자의 본성을 전해 받는다는 생각은 개인적인 망상을 넘어선다. 그것은 사실 바로 우리의 법체계에 명시되어 있다. 놀랍게도, 병원 안에서 죽음은 사람의 마지막 심장 박동이 아니라 의사의 마지막 흉부 압박으로 정의된다. 병원에서 죽은 사람은 자연이 지시하는 대로 마지막 숨을 내쉴 때가 아니라 의사가 자연의 평가에 동의한다고 선언하면 죽었다고 인정된다.

이전 세대의 의사들이 신 콤플렉스에 시달렸다면, 그것은 그들이 실제로 그들의 위치를 그렇게 성문화했기 때문일 것이다.

이러한 엄청난 압박감의 결과로, 다시 살아난다는 합리적인 희망이 전혀 없는데도 의사 대부분이 노력을 멈추지 않는 실수를 저지르는 것은 이해할 만하다. 어쨌든 누군가가 이미 죽었다면 몇 분 정도 더 노력한다고 해서 결과가 더 나빠질 리 만무하다. 그러나 스펙트럼의 다른 쪽 끝에서 오류가 발생한다면 — 너무 늦게 몇 분 노력하는 대신 너무 일찍 노력을 중단하면 — 의사 대부분은 밤에 잠을 못 이룰 것이다. 그래서 너무나 막중한 일이기에 우리가 모호함을 안고 사는 것인지도 모른다.

이유가 뭐든 간에 의료에서 가장 어려운 결정 중 하나가 매우 모호하게 남아 있다.

이에 대한 대응으로, 너무 복잡한 문제를 단순화하기 위해 의사들은 자신만의 엄격한 규칙을 만든다. 「환자가 30분 이상 맥박이 없을 때 아이가 아니라면 나는 즉시 멈춰요. 나라면 구급대원의 들것에서 환자를 내리지도 않았을 겁니다.」 내 상황이라면 어떻게 했겠느냐고 물었더니 한 의사가 이렇게 말했다. 하지만 다른 의사는 이렇게 말했다. 「구급대원들이 뭐라고 하든 응급실에 도착해서 적어도 30분은 노력해요. 구급대원들을 깎아내리는 게 아닙니다. 나는 누구의 말도 믿지 않을 뿐이에요.」 말도 안 되는 소리지만, 두 의견 모두 완전히 상반된 행동 방침을 불러오는 동시에 전적으로 적절하다.

우리는 남편이 도착할 때까지 몇 분만 더 치료를 계속하면서 시체 곁에 머물기로 했다. 의학적으로 그렇게 하는 것이 합리적이었다. 그리고 그렇게 하는 것이 환자의 남편에게 그녀에 대한 우리의 관심을 보여 줘 위안을 주는 데 도움이 된다면, 그런 노력은 충분히 가치가 있었다.

우리는 사망을 선언하고 남편에게 〈구급대원과 우리

응급실 팀 모두 최선을 다했지만, 부인을 되살릴 수는 없었다〉고 간단히 말할 수도 있었다. 그러나 환자의 남편이 우리가 아내에게 얼마나 많은 노력과 관심을 기울였는지 직접 보는 것이 그 말을 듣는 것보다 더 중요해 보였다. 인력과 수단을 더 쓰고 다른 환자들이 더 오래 기다려야 했지만, 내가 의대에 들어오기 전에 품었던 〈사람들을 돕겠다〉는 의도를 실현할 기회였다.

제4장
오케스트라와 한 명의 청중

나 자, 여러분, 윈스턴과 루이스가 남편분이 곧 온다고 해요. 그러니 모두가 편안하다면, 1, 2분 정도 더 계속합시다. 지금 중단하고 나서 바로 그가 들어오는 것보다는 조금 더 하는 게 좋을 것 같아요. 어쨌든, 기적이 일어날지 누가 알겠어요?

다들 동의한다는 듯 고개를 끄덕였다.

심폐 소생술이 실시되고 에피네프린이 정맥 주사로 주입되었다. 맥박을 확인했지만 희망을 주는 단 한 번의 박동도 느껴지지 않았다.

마침내 환자의 남편이 도착했다. 간호사가 무슨 일이 벌어지고 있는지 간략하게 설명하고(그의 아내 심장이 멎었고, 우리가 그것을 되돌리기 위해 할 수 있는 일을 하고 있다고 말했다), 그가 함께 안으로 들어갈지 아니면 밖에 있는 가족실에서 기다릴지 물었다. 그가 아내 옆에 있고 싶다고 해서 안으로 안내되었다.

분주한 방에 들어서자 남편은 최선을 다해 차분함과 조용함을 유지하려고 했다. 그런데도 그의 눈은 미친 사람 같은 내면세계를 드러냈다. 그는 주변의 광경을 흡수하면서 한때 아내였던 무생물을 응시했다.

우리는 예후가 암울하다는 것을 알았지만, 응급실에서는 어중간하게 일하는 것 따위는 없다. 이곳에서는 속도를 늦추거나 준비 단계 같은 것은 없다. 이진법과 마찬가지로 전력을 다하거나 전혀 하지 않거나 두 가지 작동 모드만 있다. 그래서 계속하기로 한 후 우리는 전력을 다했다.

내가 자기소개를 했다.

나　안녕하세요, 나비 박사라고 합니다. 아시다시피 부인의 상태가 좋지 않고 지금 많은 일이 벌어지고 있답니다. 남편분과 길게 이야기를 나누고 지금의 상황을 상세히 설명해 드리고 싶지만, 우선 우리가 놓치고 있는 게 없는지 확인하기 위해 몇 가지 간단한 질문을 하고 싶어요. 괜찮으실까요?

그가 고개를 끄덕였다.

내 앞의 사람들이 대혼란 속에서 제각기 매우 구체적인 역할을 맡고 있음을 알기에 내 눈에는 모든 일이 척척 진행되고 있었다. 하지만 그 광경이 환자의 남편에게는 완전히 다르게 보였을 것이다. 외국에서 배경이나 언어를 이해하지 못한 채 연극을 보듯이 보이는 모든 것이 혼란스러웠을 것이다. 그리고 사안이 사안이니만큼 아마도 끔찍하게 혼란스러웠을 것이다.

나는 환자의 발 옆에 서서 소생술을 지휘하며 현장을 살폈다.

내 왼쪽에 있는 알렉산드리아는 내가 아는 가장 친절하고 근면한 간호사 중 한 명으로, 스톱워치를 확인하면서 동시에 어떤 튜브로 어떤 약물을 투여하는지를 적은 메모장을 보고 있었다. 그녀는 젊었지만 어머니처럼 환자를 보살폈다. 나는 대다수 환자가 만족하며 우리 응급실을 나가는 데는 그녀의 공이 크다고 생각했다. 그러나 그녀의 친절을 소심함으로 오해해서는 안 되었다. 사안이 중대하고 필요한 상황에서 알렉산드리아는 단호했다. 환자들을 적극적으로 옹호하는 그녀는 그들에게 필요한 것이라면 무엇이든 받을 수 있게 하려고 어떤 일도 서슴지 않았다.

진행 상황을 추적하는 우리를 돕기 위해 메모장에서 고개를 들어 2분 간격으로 〈2분!〉이라고 크게 외치는 그녀가 모종의 이상하고 병적인 심판처럼 보였을 것이다.

또 다른 젊은 간호사인 다리스는 젊은 사람답지 않은 기술로 확실한 영향을 미쳤다. 나와 함께 일한 유능한 간호사 중 한 명인 그는 종종 의사가 요청한 일을 교재나 의학 저널에서 찾아보고 그것이 옳은 일임을 스스로 확인하고 나서야 실행했다. 그런 의사 중 한 명인 나는 그의 회의주의가 믿음직했다. 만약 내가 무언가를 요구했고 다리스가 그것을 실행했다면 그것은 틀림없이 옳은 일이었을 것이다.

다리스의 역할은 정맥 주사를 놓고 다양한 펌프와 액과 약물을 투여할 압력 백pressure bags, 필요할 수 있는 다른 모든 치료를 이용하는 것이었다. 그는 정글의 덩굴처럼 뒤엉켜 캐노피에 매달려 있는 튜브들을 탐색하면서 군사 작전처럼 환자들을 대했다. 그는 자신이 해야 할 일을 알았고 그것을 실행하는 데 방해되는 어떤 것도 용납하지 않았다. 그의 이런 이미지는 요청 사항을 듣고 경례하는 그의 습관 때문에 더 굳어졌다.

내가 절대적으로 신뢰하는 경험 많은 의사 보조원 대니는 우리 팀의 또 다른 필수 일원이었다. 그의 역할은 환자를 검사하고 발견한 것을 팀에 보고하는 일이었다. 그는 집요한 모기처럼 환자의 몸 주위를 맴돌았다. 검사하고 분석할 것을 찾고 나서 그는 환자에게 가까이 다가가 가슴에 청진기를 대거나 눈에 펜 라이트를 비추곤 했다. 자신이 발견한 것에 만족한 그는 다시 한번 뒤로 물러선 다음 환자 몸의 다른 부분으로 급히 갔다.

근면하고 상냥한 남자인 대니는 신비한 예술의 대가처럼 느껴졌다. 그는 종종 옳다고 판명된 직감에 근거하여 이상한 진단을 내렸다.

우리가 교대 근무하는 동안 대니는 종종 내게 와서 이렇게 말했다. 「이 여자의 머리를 CT로 찍어야 할 것 같아요. 그녀는 젊고 건강하고 아마 독감에 걸린 듯해서 뚜렷한 징후는 없지만, 왠지 걱정돼요. 그녀가 두통을 호소하고 있는데 독감에서 나타나는 일반적인 두통 유형이 아닌 것 같아요. 느낌상 뭔가 다른 게 있는 것 같아요.」 시간이 지나면서 나는 엄청나게 대담하거나 엄청나게 멍청한 의사만이 대니의 예감을 무시할 수 있다는 걸 알게 되었다. 그의 직감은 우리의 위계질서를 시험했다. 의사 보조원으로서 그는 기술적으로 내 지시에 따라 일을 처리해야 했지만, 종종 그가 이미 생각해 낸 계획에 내가 추가할 것이 거의 없었다. 〈좋아요, 당신 말이 맞는 것 같아요, 그렇게 합시다〉라는 건, 그가 무엇을 제안하든 내가 보이는 가장 흔한 반응이었다.

우리 앞에서 죽은 환자를 조사한 대니는 우리가 치료할 수 있고 이론적으로 소생시킬 수 있는 가능한 사망 원인의 단서를 찾는 데 도움을 줬다. 그 일에 더 적합한 사람은 없었다.[46]

방 뒤편에는 냉정하고 깐깐한 교장 선생님처럼 모든 것을 관찰하는 수간호사 서머 선생이 서 있었다. 그녀는 키가 크고 태도가 무뚝뚝했으며, 때때로 잘못을 질책했고 엄격한 기질을 지녔다. 그러나 시간이 지나면서 나는 그녀가 여러 상황에서 사람들에게 그지없이 따뜻하고 상냥하게 대하는 모습을 보고 겉으로 보이는 그녀의 기질은 허울일 뿐임을 알게 되었다. 단단한 껍질이 부드럽고 애정 가득한 그녀의 진짜 성격을 가리고 있었다.

아마도 지도자의 위치에 있는 아프리카계 미국인 여성인 서머 선생은 그런 겉모습이 필요했을 것이다. 그녀의 임무는 우리가 사용하는 물품에서부터 직원들이 제시간에 나타나서 부지런히 일을 수행하는 일에 이르기까지 모든 것이 정돈되어 있는지 확인하는 것이었다. 응급실이 제대로 기능하려면 서머 선생의 지시를 따르는 것이 필수였다. 그녀보다 10년 손아래인 나는 그녀에게 경의를 표했다. 내가 병원 안에서 무언가가 필요하다면 그녀가 그 것을 얻을 힘이 있다는 걸 나는 알았다.

세 명의 환자 치료 기사인 로드리고, 사이먼, 아르만도 는 현장의 동력이었다. 그들은 환자의 심장이 펌프질할 수 있도록 적극적으로 흉부 압박을 가하거나, 폐로 공기 를 보내기 위해 자가 팽창하는 백을 쥐어짜거나, 이 두 가 지 일 중 하나를 맡기 위해 채비를 갖추고 기다리고 있었 다. 그들은 환자의 젊은 몸이 스스로 하지 못하는 일을 합 심하여 수행하고 있었다. 여왕의 근위대처럼 세 사람은 지치지 않도록 일정한 간격으로 교대 업무를 하며 열심히 일했다.

로드리고, 사이먼, 아르만도가 작업을 수행하는 모습 을 목격하면 인체의 경이로움을 진정으로 느낄 수 있다. 심장과 폐가 끊임없이 뛰고 호흡하며 생명을 유지하는 끊 임없는 메커니즘을 거의 인식하지 못한 채 우리는 평생을 살아간다. 그러나 기관이 멈추고 타인들이 외부에서 그 본래 기능을 복제하려고 시도할 때, 기관이 계속해서 해 왔던 엄청난 일을 무시하기는 불가능하다. 고동이 멈춘 환자의 심장을 펌프질하고 공기를 들이마시지 못하는 폐 를 부풀리려고 세 명의 성인 남자가 땀을 뚝뚝 흘리며 숨 을 헐떡여야 했다.

로드리고, 사이먼, 아르만도는 고장 난 신체 기관의 대리인 역할을 하는 일 외에도 환자의 약물 전달책 역할도 했다. 주사기를 측정하고 그 내용물을 환자의 팔에 주입한 사람은 다리스였지만, 로드리고, 사이먼, 아르만도가 제공하는 흉부 압박이 아니었다면 그 약들은 아무 소용이 없었을 것이다. 심장이 펌프질하지 못하면 혈액이 흐르지 않아 몸의 체액과 그 속에 녹아 있는 약이 고이게 된다. 그래서 단순히 환자의 뇌에 산소를 공급하는 것을 넘어 로드리고, 사이먼, 아르만도의 노력으로 약이 그녀의 정맥을 통과할 수 있었다.

모두 50대인 세 사람은 일반적인 야간 근무자보다 나이가 많았다. 충분히 더 유리한 일정을 선택할 기회가 있었는데도 그들은 야간 근무를 고수했다. 내 추측으로는 그들의 일거수일투족을 판단하며 간섭하는 병원 행정부의 감독 없이 일하고 싶어 하는 것 같다. 그들은 자유를 소중히 여겼다. 로드리고, 사이먼, 아르만도는 병원의 경영 관리자들이 퇴근하고 나서야 교대 근무를 위해 하나씩 모습을 드러냈다. 세 사람은 정말 좋은 친구여서 직장에서 함께 있는 모습(셋이서 웃음과 비밀, 식사를 나누는 모습)을 보면 항상 내 얼굴에 미소가 지어졌다.

서기인 다니엘라는 우리 팀에서 가장 젊었다. 그녀는

한쪽에서 우리 앞에 펼쳐진 광경을 부지런히 메모했다. 그녀는 구급대원들과 나눈 대화, 우리의 관계, 우리가 투여한 약의 양과 복용 시간, 우리가 분명히 발견한 신체 특징을 기록했다. 결국 그녀는 이 정보를 정리해 환자의 의학적, 법적, 재정적(우리 시스템의 현실 때문에) 기록이 될 문서로 만들었다.

엄밀히 말해 우리 팀의 의학적 서열 1층에 있는 다니엘라는 위계라는 개념 자체를 거부해서 내 친구가 되었다. 병원의 예법을 무시하고 그녀는 우리가 처음 본 날부터 나비 박사님 대신에 내 이름을 부른다. 나는 그녀가 발휘한 자립정신에 감탄했고, 지루하고 답답한 모든 것을 혐오하는 공통점을 알아보고 우리는 친해졌다.

다니엘라는 무엇보다도 환자들을 보살폈다. 그녀는 우선순위를 정하는 일에 서툴렀고, 그래서 나는 그녀를 매우 존경했다. 그녀는 종종 옳은 일을 하기 위해 실제 맡은 책임을 피해 갔다. 그녀가 사라졌다면 그녀가 환자실에서 양말을 갈아 신는 노숙자 환자를 조용히 돕거나 노인 환자가 더 편안하게 먹을 수 있도록 저녁 쟁반에 담긴 음식을 작은 조각으로 자르고 있다는 걸 나는 알았다. 그녀는 종종 상사들과 문제를 일으키곤 했는데, 상사들은 도덕의 잣대를 들이대며 그녀가 나쁜 짓을 했다고 질책했다. 우리가 모두 그녀처럼 과감하다면, 세상의 기대에 맞서 우리가 모두 옳은 일을 한다면 세상은 훨씬 더 나은 곳이 되리라 생각하지 않을 수 없었다. 다니엘라는 그녀의 행동으로 덜 효율적이지만 더 배려하는 사회를 옹호했다. 나는 그녀를 존경했다. 다니엘라는 자기 직업에 서툴렀지만, 인생의 전문가였다.

마지막으로, 소생 시도를 지휘하면서 나는 엄숙한 오케스트라 지휘자나 일종의 임무 통제관처럼 환자의 침대 발치에 서 있었다. 정보가 여기저기에서 나왔다. 「동공이 움직이지 않고 빛에 반응하지 않아요.」 환자 침대의 위쪽에서 눈에 펜 라이트를 비춰 보던 대니가 말했다. 「왼쪽 팔꿈치에 꽂은 정맥 주사가 더 이상 작동하지 않습니다.」 이제 옆으로 비켜선 다리스가 선언했다. 「15초 후에 에피네프린을 한 번 더 주사하고 맥박을 체크할 겁니다.」 알렉산드리아가 심사 카드에서 고개를 들며 말했다. 「ET 튜브를 석션해야 할 것 같아요.」 로드리고가 가슴을 압박하는 중에 말했다.

「음, 방해해서 죄송합니다, 나비 박사님, 바쁘신 건 알지만, 12호실 환자분이 숨이 가쁘고 산소가 좀 부족하다고 호소하기 시작했어요.」 한 간호사가 문간에서 달갑지 않은 바깥소식을 전했다.

내 임무는 이 정보를 필터링하고, 행동 방침을 결정하고, 그 계획을 우리 팀에게 명확하게 전달하는 것이었다. 나는 내게 입수된 모든 정보를 처리하고 계획을 세우기 위해 급하게 돌아가는 생각을 애써 늦추려고 했다. 우리는 행동을 빨리해야 한다. 그러나 효과적으로 일하려면 느리고 신중하게 사고해야 한다.

〈느린 것은 부드럽다. 부드러운 것은 빠르므로 느린 것은 빠르다.〉 한때 내가 깊이 존경했던 스승이 가르쳐 준 말이다. 나는 입수되는 정보를 처리하고, 가능한 행동 과정을 충분히 생각하고, 각각의 잠재적 위험과 이익뿐만 아니라 발생 가능성을 평가한 다음 최종 전략을 짰다. 그러고 나서 나는 그 전략을 실행할 팀에 전달했다.

생사가 달린 엄중한 상황에서 언제나 그렇듯이 우리의 언어는 더 날카롭고 정확해졌다. 모든 관찰과 요청은 특정한 사람에게 전달된다. 그러면 그 사람은 그 요청을 들었음을 분명히 확인하고 그에 따라 행동할 것이라고 확실히 말한다. 우리는 모든 불필요한 소통을 중지한다. 그러나 모든 사항을 두 번씩 말한다.

「알았어요, 대니, 동공이 좋지 않군요. 나는 여기 있을 테니 12호실에 있는 호흡 곤란 환자를 확인하고 무슨 일인지 말해 줄래요? 걱정하지 말아요, 다리스, 지금은 오른쪽에 18 규격 정맥 주사가 잘 작동하고 있어요. 에피네프린과 맥박 검사를 한 번 더 할 준비를 합시다. 하지만 그 후에 왼쪽에 정맥 주사를 한 번 더 놓을 수 있을까요? 정맥 주사를 얻지 못할 시 항상 정강뼈에 IO*를 고려할 수 있지만, 그게 필요할 것 같지는 않아요. 그리고 머리를 들어 줘서 고마워요, 로드리고, 당신과 서머 선생님이 ET 튜브를 석션해 줄래요?」[47]

대답들이 돌아왔다. 「좋아요, 저는 이 방에서 나가 12호실에 있는 환자를 진찰할 겁니다.」 대니가 말했다. 「알았어요, 에피네프린을 바로 주입하고 왼쪽에 정맥 주사를 하나 더 놔야겠어요.」 다리스가 경례하며 말했다. 「문제없어요, 제가 튜브를 석션할게요.」 로드리고가 팀에게 확인했다.

환자의 남편이 내 뒤에 서서 점차 상황을 이해하고 있었다.

---

* IO는 골수 주사 선Intraosseous line, 즉 환자의 뼈를 직접 뚫고 들어가는 튜브를 의미한다

제5장
절박한 단서 찾기

내가 알게 된바 사람 대부분은 실시간 소생 시도의 심각
성을 이해하지 못한다. 결과적으로 종종 그들의 반응을
보는 일이 괴로워진다. 의학에서 〈맥박 없음〉, 〈심폐 소생
술〉, 〈암호화〉는 모두 〈사망〉을 의미한다. 이런 말이 나올
때는 심장이 이미 제 기능을 멈춘 후다. 앞서 말했듯이,
드물게 다시 한번 심장이 제대로 뛰는 일이 생길 수 있지
만, 이런 단어가 나오면 거의 항상 예후가 암울하다.

그런데도 맥박이 없는 환자에게 소생술을 진행하는 중
에 어떤 가족 구성원들은 우리의 말을 낙관적으로 바라본
다. 그들은 우리가 상태를 업데이트해 줄 때 상태가 호전
된 것으로 오해해 우리를 보며 눈을 반짝인다. 갑자기 들
이닥친 상황에 익숙하지 않은 그들은 우리에게 희망의 징
후를 찾는다. 우리가 하는 말의 진실과 그들이 바라는 것
사이의 틈은 메우기 어려울 수 있다.

가족이 사랑하는 사람의 차가운 손을 잡고 다시 살아나라고 코치하는 모습을 목격한 적도 있다. 「제발, 이 고비를 이겨 내야 해! 넌 할 수 있어! 넌 전사야!」 그들은 사랑하는 사람의 추진력과 결단력이 부족해서 심장이 멈췄다는 듯이 소리치기도 한다. 끈덕지게 낙관적인 이런 사람들은 비현실적인 기대에 이끌린다. 그들이 애걸하는 모습을 보면서 우리는 상황에 대한 그들의 무지가 종종 더 고통스럽고 두려운 깨달음으로 이어지리라는 걸 안다.

혼란 속에서 무력감을 느낀 많은 가족 구성원이 당황한 나머지 흥분하여 우리에게 다양한 정보를 알려 주려 한다. 「오! 깜빡하고 말 안 했는데요! 그녀가 오늘 아침에 일어나서 남은 피자를 먹었는데 맛이 이상하다고 했어요.」 또는 이렇게 말한다. 「참고로 말하자면 그녀가 12년 전에 큰 허리 수술을 받았고, 그 이후로 요통이 심했어요.」

이는 뉴욕에서 오늘 날씨를 예보하려고 하면서 캘리포니아주의 작년 날씨를 떠올리는 것과 좀 비슷하다. 이러한 정보의 조각들은 전적으로 사실일 수 있지만, 전적으로 관련이 없다. 그것들은 다른 퍼즐의 단서들이다.

하지만 우리는 우리 일과 무관할 수 있는 이런 정보들을 무시하지 않는다. 가장 무력한 순간에 지푸라기라도 잡으려는 가족이 절망을 표현한 것에 지나지 않음을 아니까 말이다. 그런 말들을 냉정하게 뿌리칠 뜻이 없는 우리는 관련 없는 정보들에 감사를 표한다.

영화 같은 이런 상황에 영향받지 않는 우리는 앞에 놓인 진정한 가능성을 알고 있다. 그래서 만일에 대비하여 우리는 이 가족들이 뭐든 하도록 최선을 다한다. 적어도 우리는 이 가족들이 사랑하는 사람을 돕기 위해 할 수 있는 일을 모두 했다고 확신하며 떠나도록 도울 수 있기를 바란다.

우리는 다 알면서도 그들의 노력에 감사하며 고개를 끄덕인다. 「아, 아침으로 차가운 피자를 드셨다고요? 알았어요, 정말 고마워요. 오늘 아침에 다른 일은 없었나요?」

하지만 다른 가족들과는 달리 이 환자의 남편은 꼼짝하지 않고 침묵을 지켰다. 그의 눈은 환해지지 않았다. 그는 신경질적으로 방 안을 서성거리거나, 아내에게 애걸하거나, 어떤 정보도 불쑥 건네지 않았다.

대신에 그는 맥박 검사 후 〈맥박 없음〉이 선언될 때마다 훌쩍거렸다. 그는 거짓 낙관주의에 빠지기보다는 우리가 〈심폐 소생술 재개〉를 외칠 때마다 두 손으로 움켜쥔 머리를 뒤로 젖히곤 했다. 그는 자기만의 세계에 빠져 침묵을 지켰다. 그는 그저 아내를 응시하며 눈앞의 광경을 흡수했다. 그가 일어나고 있는 상황을 오해하지 않는 것이 분명했다. 그의 눈빛에는 낙관의 기미가 거의 없었다. 매 순간이 지날 때마다 그가 더 큰 고통에 휩싸이는 것 같았다. 그는 아내가 죽었고 소생의 가능성이 거의 없음을 알고 있는 것 같았다.

그의 반응은 아마도 다른 가족들의 반응보다 더 정확했지만 지켜보기가 더 쉬운 건 전혀 아니었다. 그보다는 그가 많이 알고 있는 것처럼 보여서 그의 존재를 정확히 받아들이기가 어려웠다. 그가 우리처럼 그 순간의 심각성을 실시간으로 경험하고 있는 것이 분명했다.

나는 답을 찾기 위해 그에게 가서 질문을 했다. 나는 그의 젊은 아내를 죽음에 이르게 한 원인이 무엇인지 설명하는 데 도움이 될 만한 단서를 뭐라도 찾으려 했다.

나　구급대원들 말로는 부인께서 몸에 별문제가 없었다고 하던데, 맞습니까?

남편　(고개를 끄덕이며) 맞아요, 아주 건강했어요.

나　그리고 부인께서 쓰러져 기절할 때까지 하루 내내 복통과 가슴 통증만 호소했다죠? 그녀를 괴롭히는 다른 일은 없었나요? 어쩌면 오늘 아침이나 이번 주

초에요?

남편 (이번에는 눈물을 흘리며) 아니요, 그게 다예요. 아내는 이틀 정도 복통을 호소했지만 오늘까지 그리 심하지 않았어요. 오늘 상황이 더 악화했고 가슴 통증도 있었어요. 그래서 우리가 911에 전화를 걸었죠. 그녀는 숨도 좀 가빠지는 것 같았지만, 정말로 그녀를 괴롭힌 건 배 통증이었어요. 배 통증을 가장 많이 호소했어요.

이 남자가 아내의 죽음과 그녀가 받은 보살핌과 관심을 목격할 수 있도록 우리의 노력을 계속하고 싶었던 내 욕구가 생각났다.

똑같이 보살핌의 본능에 따랐던 이전 세대의 의사들은 정반대로 행동했다. 사랑하는 사람이 죽었을 때 가족들이 참석할 수 있도록 몇 가지 추가 조처를 하는 대신, 그들은 가족들이 그 일을 목격하지 않도록 서둘러 방 밖으로 안내했다. 이 의사들은 그토록 힘겨운 상황에서는 가족들이 사랑하는 사람을 보지 못하도록 보호해야 한다고 믿었다. 마치 그들은 문명화된 사람들은 죽음의 추악함을 목격하기에는 너무 연약하다고 믿는 것 같았다. 사람들이 가족의 현실로부터 보호받아야 한다는 생각은 의도가 아무리 좋아도 곤란하다고 나는 항상 생각해 왔다. 사랑하는 사람과 마지막 순간을 보내면서 방에 있어야 할 사람은 누구보다도 가족이라고 나는 믿는다.

최근의 연구가 이러한 생각을 입증했다.[48] 사랑하는 사람이 죽는 과정을 목격하면 더 충격에 빠지기는커녕 실제로 가족들이 마음을 정리할 수 있다는 생각을 뒷받침하는 충분한 증거가 존재한다. 사랑하는 사람이 죽을 때 방에 머무르면 비밀스러움이 제거되고 통찰력이 생긴다. 그러면 사랑하는 사람을 구하기 위해 상당한 노력을 기울였다는 확신을 얻는다. 결국, 우리는 이제 실패한 소생술 시도를 목격한 가족이 그 과정을 목격하지 못한 사람들보다 애도의 과정이 덜 어렵다는 것을 안다. 이 사실은 사랑하는 사람이 격리 상태에서 사망하면서 전 세계의 수많은 사람이 죽어가는 이와 함께할 기회를 거부당했던 코로나 팬데믹 기간에 널리 인정되었다.

그러나 〈덜 어려운 애도의 과정〉이 쉬운 애도의 과정을 의미하지는 않는다.

방 안에 있는 가족들이 울부짖는 소리를 듣고 사랑하는 사람의 시신 옆에서 몸부림치는 모습을 보노라면 무미건조한 임상 환경에 있던 죽음이 곧바로 감정이 뒤범벅이 된 환경에 놓이게 된다. 이 남자가 조용히 눈물을 흘리고 가끔 훌쩍이는 모습을 보면서 우리는 그의 아내를 전문 심장 소생술ACLS*을 필요로 하는 맥박 없는 환자가 아니라 막 홀아비가 된 남편의 죽은 아내로 보게 되었다.

그때 나는 이전 세대의 의사들이 환자 가족을 보호하기 위해서 그들을 쫓아낸 것만은 아니라는 것을 깨닫게 되었다. 그들은 자신을 보호하기 위해서도 그렇게 했을 가능성이 크다.

나　우리가 알아야 할 중요한 사항이 또 있을까요? 솔직히 말해서 지금으로서는 이 모든 사태의 원인이 무엇인지 명확하게 알 수가 없어요. 혹시 최근에 ─

〈2분!〉 알렉산드리아가 우리의 대화를 충실하게 중재하며 끼어들었다. 나는 남편과의 대화를 중단하고 다시 팀 쪽으로 몸을 돌렸다.

나　좋아요, 여러분, 압박을 멈추고 맥박 검사를 해봅시다. 다음엔 누가 압박할래요? 난 맥박을 못 느끼겠어요, 맥박이 느껴지는 사람 있어요? 없어요? 그럼,

---

* Advanced Cardiac Life Support. 기본 소생술에 이어서 의료 종사자가 시행하는 구명 조치를 말한다.

맥박이 없는 거죠, 압박을 재개해 주세요.

나는 남편에게로 돌아섰다. 「죄송합니다. 이 모든 일
의 원인을 알아내는 데 도움이 될 만한 다른 사항은 없
나요? 최근에 병을 앓은 적은 없었나요? 약물 복용은
요? 혹시 임신했을 수도 있나요? 최근에 비행기를 오래
타거나 혈전이 생겼다거나 한 적은요?」[49]

남편　음, 우리는 최근에 플로리다주에서 휴가를 보
내고 돌아왔지만, 아니요, 아내는 거기서 괜찮았어요.
우리는 즐겁게 지냈어요. 그리고 병도 없고 혈전 병력
도 없고 다른 약 같은 것도 먹지 않았어요. 아내는 별다
를 게 전혀 없었어요. 아니요, 임신하지 않았어요. 몇
년 동안 노력해도 임신이 안 됐거든요.

나　네, 정말 도움이 많이 됐어요, 정말 감사해요.
이제 다시 팀에 신경을 써야겠어요. 원한다면 방에 머
무르셔도 좋지만, 밖에서 기다리고 싶으시면 나가셔도
됩니다.

남편은 꼼짝하지 않았고 아무 말도 하지 않았다. 의식
적인 결정이든 그가 경험하는 감정의 눈사태로 얼어붙었

든 그는 방에 머무르는 것을 선택했다.

10여 년 전, 나는 응급 의학을 전공하기로 결심했다. 심장 마비, 뇌졸중, 총격, 칼부림 같은 나쁜 일들이 일어나고 있다면, 그런 일이 일어날 때 내가 사람들을 돌보면 어떨까 하고 생각했었다.

하지만 몇 년이 지난 후에 내가 그런 〈나쁜 일〉을 실제로 다룰 때마다 그 명분이 시험당한다. 그 순간에는 〈적어도 나는 돕고 있다〉라거나 〈내가 여기 있든 없든 여전히 그런 일이 일어날 것이다〉라고 합리화하지 않는다. 대신에 내 뇌의 아주 원시적인 부분이 짜증을 부리는 어린애가 된다. 그 부위는 〈이런 일이 일어나고 있다는 게 싫어〉라며 비명을 질러 댄다. 부질없이 나는 어쩔 수 없는 일을 내려놓지 못한다. 이 환자를 구할 수 없다는 것을 알면서도 나는 과거로 돌아가 그녀의 죽음을 되돌리고 싶었다.

한 사람의 마음속에 이렇게 격렬하게 충돌하는 생각들이 동시에 존재할 수 있다는 사실이 믿기 힘들다. 한편으로 수십 년 동안 무작위 대조 실험과 메타 분석을 통해 만들어진 증거 기반 의학을 강력히 구축하면서, 내 마음은 가능한 모든 가역적인 사망 원인과 그 가능성을 체계적으로 뒤섞었다. 다른 한편으로는 기능적으로 쓸모없는, 원초적인 감정의 통곡이 내 두뇌에서 똑같이 익숙하게 느껴졌다.

　　나　　잘 아시다시피, 상황이 매우 나쁘고, 부인이
반응이 없고 맥박이 없어서 지금은 기술적으로 생존
상태가 아닙니다. 우리와 구급대원의 노력으로 지금까
지 상황을 바꿀 수 없었어요. 지금껏 어떤 좋은 징조도
보이지 않았고, 시간이 흐를수록 우리가 상황을 바꿀
가능성은 점점 없어 보입니다.

　　환자의 남편은 가만히 있었다. 그는 아내 곁에서 그녀
의 마지막을 지켜보겠다며 방 뒤쪽에 서 있었다.

제6장

인간을 재측정하기

몇 초 후, 임상적으로 우리 환자의 상태는 변하지 않았지만 이제 남편이 와 있다. 나는 다시 우리 팀의 노력을 중단해야겠다고 생각했다.

나   그래요, 여러분, 요약하자면 건강하고 과거에 의학적 문제가 없던 43세 여성이 지난주에 플로리다주를 여행하고 돌아왔고, 복통과 가슴 통증을 겪은 후에 호흡 곤란을 호소했어요. 구급대원들이 도착했을 때 그녀는 괜찮아 보였지만 쓰러졌고 맥박이 없었어요. ACLS를 현장에서 30분 이상, 여기 응급실에서 10분 정도 더 실시했어요. 맥박이 전혀 돌아오지 않았고, 호기 말 이산화 탄소 분압*도 10을 넘지 않았고, 머리맡

---

* 심장 마비나 호흡 마비 환자처럼 심각한 상태에 있는 환자나, 기계 호흡에 의존하는 사람이 내쉬는 숨 끝에 나타나는 이산화 탄소 부분 압력을

에 있던 심장 초음파 검사도 심장 활동을 나타내지 않았어요. 포도당은 정상이었고, 칼륨 문제를 의심할 이유가 없었으며, 이미 삽관했는데 저산소증이 원인이라면 도움이 되었을 테지만 그럴 리는 거의 없었어요.[50] 우리는 이 중 어떤 것도 급성 관상 동맥 증후군ACS*이 원인이라고는 거의 보지 않아요. 그녀에게 복통이 있었지만, 최근 비행기 여행이 기술적으로 진정한 위험 요소가 되기에는 기간이 너무 짧아서 꼭 들어맞지 않는다는 것을 알아요. 내가 가장 관심 있는 건 여전히 폐색전**입니다.[51] 그렇긴 하지만, 지금까지 총 40분이 넘도록 맥박이 없었고, 나는 우리가 그녀에게 제공하거나 최종 결과를 바꿀 수 있는 어떤 것도 생각할 수 없어요. 내가 놓치고 있는 게 있거나 다른 아이디어가 있는 사람은 알려 줘요. 그렇지 않고 모두가 같은 생각이라면 이제 소생을 중단하고 사망을 선언할 때라고 생각

측정하는 방법.

 * Acute Coronary Syndrome. 심장 발작을 포함하는 포괄적 용어로 종종 관상 동맥 혈전증과 바꿔 사용할 수 있다.

 ** 폐동맥 또는 그 가지가 막힘으로써 일어나는 병. 수술, 부상, 전염병 따위로 생긴 혈전이나 기포 따위가 피의 흐름에 따라 폐로 옮겨 온 것이 원인이다.

해요.

방 안은 대체로 조용했고, 여러 팀원들이 웅얼거리며 암묵적으로 동의했다.

나　좋아요, 다른 생각이 있다면 지금 거리낌 없이 말해 줘요.

나는 누군가가 이 계획에 끼어들기를 은근히 바랐다. 아마도 그들이 내가 아직 모르는 죽음을 보류하는 신약을 알려 줄지 모를 일이었다.

하지만 일언반구 하는 사람이 없었다. 내가 얻은 유일한 반응은 일제히 중얼거리며 낙담하는 소리였다. 분명치는 않지만 그것은 틀림없는 실망의 소리였다.

나　좋아요, 그럼 아르만도, 가슴 압박 좀 멈춰 줘요. 잘했어요, 여러분. 사망 시각 오전 6시 27분.

의료는 종종 완전히 다른 현실에서 온 듯한 이상한 상황으로 우리를 몰아넣는다. 이러한 상황 중 일부는 정말로 이상해서 우리는 종종 새롭고 별스러운 기준을 채택하게 된다.

나는 우리 팀에게 〈훌륭하게 일했다〉라고 말했고, 그건 진심이었다. 모두가 자기 일을 능숙하게 수행했고 열심히 효율적으로 일했다. 그러나 우리는 가시적인 성공을 거두지 못했다. 그것은 온당히 말해 실패였다. 그 여자는 그대로 죽었고 우리가 한 일은 그녀의 상황을 전혀 바꾸지 못했다. 우리가 쏟은 노력으로 그녀의 가련한 심장이 몇 번 더 뛰게 하지도 못했다.

내가 의대에 다닐 때 치료를 도왔던 환자가 생각난다. 나는 중환자실을 돌면서 폭력적인 공격의 피해자인 한 남자를 치료하고 있었다. 공격받은 그는 머리뼈의 안쪽 뇌 옆에 출혈이 발생했다. 그의 목뼈가 몇 개 부러져 척수에 부딪히고 말았다. 그는 팔과 다리, 내장의 통제력까지 상실했다.

혼수상태에 빠진 그는 중환자실에 누워 있었다. 튜브 하나가 그의 호흡을 유지했고, 다른 튜브로 그의 몸에 영양소가 주입되었다. 간호사와 환자 기사들로 이루어진 팀 전체가 유일하게 맡은 임무는 그의 무기력한 몸을 두 시간마다 새로운 위치로 뒤척이는 일이었다. 그들은 다 함께 와서 이 임무를 충실히 수행했다. 정오에는 오른쪽으로, 오후 2시에는 등이 보이게 몸을 돌렸다. 오후 4시에 몸을 왼쪽으로 완전히 돌린 후에 다시 주기를 시작해서 오후 6시에는 오른쪽으로 다시 돌렸다. 밤낮으로 이 환자는 끊임없이 움직이고 있었지만, 아주 많은 면에서 그는 아무 데도 가지 않았다. 이렇게 사람의 손이 필요한 이유는 체중으로 살이 눌려 위험하거나 치명적인 감염으로 이어질 수 있는 고통스러운 욕창이 생기는 것을 막기 위해서였다.

어느 한 부분이 과하게 손상되는 것을 막기 위해 그의 몸은 전기 구이 통닭이 되어 계속해서 회전해야 했다. 그의 인격은 격하되어 이제 가장 단순한 물리 법칙이 그의 적이 되었다. 그의 MRI 결과는 좋지 않은 예후를 암시했다. 그는 결코 걸을 수 없을 것이고 말을 하기도 힘들 것 같았다. 사실 그는 다시 가족을 알아보지 못할 가능성이 있었다.

그러나 매일 그의 가족이 그를 보러 왔고, 담당의는 호전이 있었는지 알리기 위해 매일 그들과 대화를 나누었다. 그가 자발적으로 눈을 뜬 날에 가족이 모였던 일이 기억 난다.

〈오늘 좋은 소식이 있습니다〉라고 담당의가 중립적인 어조로 말했다. 「환자분이 약간 좋아져서 오늘 스스로 눈을 뜰 수 있었어요.」

〈이게 무슨 가학적인 바보짓인가?〉 그 대화를 들으면서 혼자 생각했던 게 기억한다. 나는 역겨움을 느끼며 다급하게 그 방에서 탈출하고 싶었던 것이 기억난다. 나는 화장실을 핑계로 방을 나갈까 생각했다.

물론 나의 혐오감은 어떤 특정한 사람을 향한 것이 아니었다. 나는 의사에게 전혀 화가 나지 않았고 환자가 눈을 떴다는 사실에 확실히 화가 나지 않았다. 그는 어제는 눈을 뜰 수 없었지만, 오늘은 눈을 뜰 수 있었다.

오히려 나는 인간에 대한 우리의 기준이 얼마나 가슴 아프게 낮아졌는지, 인간에 대한 그런 음울한 재측정에 역겨움을 느꼈다. 경험이 없는 나로서는 벽 앞에 선 아내를 알아보지 못하는 남자가 그저 눈을 떴다는 것은 축하할 일이 아니었다. 그의 삶은 산산조각이 났다. 그가 팔이나 다리, 기본적인 신체 기능을 통제할 수 없는 상태에서 눈을 뜰 수 있을지 아니면 눈을 감고 있을지는 별 의미가 없는 것 같았다. 오히려 가장 보잘것없는 성취를 축하하면서 얼마나 많은 것을 잃었는지 강조될 뿐이라고 나는 생각했다.

하지만 그 소식을 들은 후, 가족들은 놀랍게도 의사에게 미소를 지어 보였다. 확실히 그들의 낙관론은 잘못이 아니었다. 이어 담당의는 눈을 떴다고 해서 다시는 걷지도, 먹지도, 가족을 알아볼 수도 없을 것이라는 예후가 바뀌지는 않는다고 분명하게 말했다.

그런데도 그들은 기뻐했다. 내가 그 정보를 어떻게 이해했든 환자의 가족은 감사하는 것 같았다. 그가 눈을 떴을 때 실제로 무엇을 보았든 이제 아버지가 눈을 뜰 수 있다는 사실이 그들에게 중요한 것 같았다. 그리고 그들에게 중요한 것은 나에게도 중요했다.

내 반응을 다시 생각해야 했던 기억이 난다. 온 가족이 갑작스럽고 사나운 충격을 경험한 상태였다. 그 후로는 어떤 것도 똑같지 않을 엄청난 격변이었다. 그들의 삶은 이제 두 단계로 나뉘었다. 첫 번째, 아빠의 폭행 사건 이전. 두 번째, 아빠의 폭행 사건 이후.

현실은 그들의 아버지가 죽지 않고 영구히 바뀌었다는 것이었다. 새로운 상황이 불가피했기에 그들은 다시 측정해야 했다. 그들은 스스로 성공과 실패를 재정의해야 했다. 그들은 무엇이 축하의 원인이고 무엇이 아닌지를 처음부터 다시 결정해야 했다. 그들에게는 새로운 기준이 필요했다. 아마도 그들은 이제 아버지를 볼 때 적어도 그의 눈을 들여다볼 수 있다고 생각했을 것이다.

그리고 수년간의 훈련과 끔찍할 정도로 이상한 상황들에 점점 더 익숙해진 후에, 무엇이 공포를 주고 무엇이 안도감을 주는지 많은 생각을 한 후에, 나는 이 재측정 능력을 높이 평가하게 되었다. 나는 모든 것이 전적으로 상대적이며, 더 넓은 맥락 없이는 어떤 징후, 증상, 행동도 의미가 없다는 것을 이해하게 되었다. 나는 내 일에서 마주하는 상황이 본질적으로 이상하다는 점을 인정하게 되었다.

실제로, 오늘 부인할 수 없을 정도로 우울한 죽음의 결과에도 우리 팀은 훌륭하게 일을 해냈다. 그들은 매끄럽고 빠르게 기능했다. 모든 사람이 자기 역할을 알았고 가능한 한 최고 수준에서 일을 수행했다. 흉부 압박은 강하고 신뢰할 만했다. 약물을 투여한 간격은 적절했다. 모든 관련 조치가 망설임이나 지연 없이 고려되고 실행되었다. 약간 다른 상황이었다면, 즉 다른 환자나 다른 상황이었다면 이런 전문가 수준의 작업이 죽은 사람을 소생시킬 수 있었을 것이다.

우리 팀은 훌륭하게 일을 했고 그들은 그것을 알 자격이 있었다. 이상한 말 같지만 그렇게 말한 것은 적절했다. 그래서 엉켜 버린 의료 문화에서는 시체를 앞에 두고 팀에게 〈일을 아주 잘했다〉라고 말하는 것이 모순이 아니다. 그러한 노력으로 미래의 환자들을 구할 수 있음을 예상할 수 있고 팀의 사기를 위해서도 그들이 인정받는 것이 옳았다.

그런데도 나는 우리의 경험을 알지 못하는 남편이 어떻게 생각했을지 궁금했다. 나는 그가 내 표현이 모욕적이라고 생각하는지, 혹은 어쩌면 위로가 된다고 생각하는지 궁금했다. 한편으로 우리의 집단적 실패를 칭찬하는 말을 듣기가 힘들었을 것이다. 죽은 채 누워 있는 아내 앞에서 다른 사람들이 등을 두드리는 광경을 보면서 남편이 불쾌감을 느끼거나 화를 낼 수 있다는 것은 불합리하지 않다. 다른 한편으로는 실수나 놓친 기회가 없다는 확신을 그에게 심어 주었을지도 모른다. 결국 그의 아내를 돌보는 팀이 훌륭하게 일했다는 말은 그녀를 위해 한 모든 일이 그렇다는 의미이기도 했다.

그런데도 나는 누군가가 그런 말을 듣고 마음에 담고 반응하는 방법을 예측할 방법이 없다는 것을 알게 되었다. 레지던트 1년 차 때 단순 알레르기 발진 때문에 응급실에 온 환자를 평가했던 기억이 난다. 나는 그녀의 피부에 손을 대고 알레르기 반응의 전형적인 표시인 두드러기를 평가하면서 검사했다. 장갑을 낀 내 손을 보고 그녀가 불쾌해졌다. 「내가 뭐 질병인가요? 전염성이 아니라 알레르기성 반응인데, 꼭 장갑을 끼고 나를 만져야 하나요?」 그녀가 불평했다.

수련 초기에 그런 불평에 매우 민감하게 반응했던 나는 그 환자의 꾸지람을 마음 깊이 새겼다. 존경받는 의대 스승이 거들기까지 했다. 「닦은 손은 장갑 낀 손만큼이나 깨끗해요. 맨손을 사용한다는 것은 환자들과 어떤 연대감을 보여 주는 겁니다. 여러분이 병을 두려워하지 않으니 그들도 병도 두려워해서는 안 된다는 것을 보여 주는 겁니다.」

나도 그렇게 확신했다. 몇 달 후, 나는 거의 똑같은 증상이 있는 다른 환자를 평가했다. 비누와 물로 손을 씻고 장갑 없이 그의 위팔에 난 발진을 평가하고 나는 또 한 번 질책을 받았다.

그때는 내가 환자의 불만을 눈치채지 못했지만, 몇 주 후에 그가 병원에 서면으로 항의했다는 말을 들었다. 〈나를 진찰한 의사는 내 발진을 만질 때 장갑도 끼지 않았어요. 정말 불쾌해요. 무슨 병원이 이럽니까?〉 환자는 이렇게 썼다. 이번에는 다른 스승이 거들었다. 「나라면 장갑을 끼겠어요. 환자가 어떤 병을 앓고 있는지 알 수 없고, 자신을 보호하는 것은 언제나 좋은 일이죠.」 내가 어떤 행동을 하든 저주받는 기분이었다.

그런데도 그것은 중요한 교훈이었다.

우리가 같은 자극을 받을 수 있지만, 우리는 모두 극도로 다른 삶의 경험과 성격, 세상 돌아가는 이치에 관한 정신적 모델에 따라 인식에 영향을 받는다. 분명한 답은 없다. 한 사람에게 가장 적절한 것이 다른 사람에게는 통하지 않을 수도 있다. 우리가 세상을 이해하고 반응하는 방식은 무한한 층이 있고 복잡하다. 아주 간단하게, 우리는 다른 사람들이 우리를 어떻게 인식할 수 있는지에 민감해지려고 노력할 수 있지만, 다른 사람의 마음속에 무슨 일이 일어나고 있는지는 결코 알 수 없다. 우리는 다른 사람이 우리의 말이나 행동에 반응하는 방식을 결코 이해하지 못할 수도 있다. 그러나 그렇다고 해서 우리가 무력화되도록 두어서는 안 된다. 궁극적으로 우리는 우리가 옳다고 생각하는 일을 해야 한다.

나는 고개를 돌려 뒤에 앉아 있는 남편을 보았다. 남편은 여전히 눈물을 글썽이고 있었다. 「매우 유감입니다.」 나는 한참 동안 말을 멈췄다가 말을 이었다. 「앉아서 이야기를 나누면서 무슨 일이 일어났는지 모두 검토해 보는 건 어떨까요?」

「그러죠. 다음엔 무슨 일을 해야 하죠?」 남편이 물었다. 「장례식장에 전화해야 하나요? 서류를 작성해야 하나요? 뭘 해야 하죠?」

이제는 이해한다고 주장했지만, 사랑하는 사람이 죽었

다는 것을 알고 첫 반응으로 많은 사람이 절차를 묻는다
는 사실에 나는 끊임없이 놀란다.

아마도 죽음을 둘러싼 더 평범한 세부 사항에 초점을
맞추는 것은 일종의 대처 메커니즘일 것이다. 아마도 서
류 작업이나 장례식장 또는 다른 일에 집중함으로써 가족
은 사랑하는 사람이 실제로 죽었다는 사실을 이해하는 일
을 늦출 수 있다. 어쩌면 누구도 진정으로 통제할 수 없는
상황에 통제력을 발휘하기 위한 노력인지도 모른다. 무미
건조한 양식을 작성하거나 장례식장에 관한 결정을 내리
는 일은 단순히 상황에 반응하지 않고 상황에 대한 통제
력을 다시 행사할 수 있게 한다. 아니면, 어쩌면 우리의
삶은 종종 너무 과제 지향적이어서 어떤 면에서는 또 다
른 과제를 좇는 것이 위안이 될 수도 있다. 〈내가 정상적
으로 행동한다면 모든 것이 정상일 것이다.〉

머리로는 이해했지만, 가족이 죽은 마당에 서류 작업
을 처리한다고 생각하면 기분이 상한다. 내 뇌는 반사적
으로 이렇게 생각한다. 〈지금은 행정 업무를 생각할 때가
아니야! 방금 누군가가 죽었다고!〉

그러고 나서 나는 곧바로 정신을 차리고 그런 말을 할
사람은 고인과 가장 가까운 사람이라는 걸 기억해 낸다.
그 사람만이 — 내가 아니라 — 실제로 기분이 상할 권리

가 있다. 나는 그들이 겪은 일을 내가 경험하지 못했음을, 내가 그들의 처지에 있을 수 없음을 상기한다. 만약 그들이 서류 작업에 집중하는 일이 적절하다고 느낀다면, 서류 작업에 집중하는 일이 적절한 것이다.

여하튼 그것은 끊임없이 거슬린다. 죽음이 유발하는 아드레날린이 솟구치는 통렬한 감정 후에 행정 양식을 작성하는 일을 차분하게 논의하다니. 나는 분노, 불신, 수용, 심지어 안도감 등 다른 반응을 많이 목격했지만, 애도의 과정은 여전히 나에게 수수께끼로 남아 있다.

나　지금은 남편분이 해야 한다고 느끼는 일만 하시면 됩니다. 원하시는 만큼 시간을 드릴 수 있어요. 작성할 서류가 있을 겁니다. 우리 서기인 베니가 책상에 모두 가지고 있지만, 나중에 걱정해도 되고 원하시면 지금 할 수도 있어요. 우리가 앉아서 모든 걸 의논해야 하는데, 그러실 준비가 되면 저에게 알려 주세요. 한편으로 한 가지 권하고 싶은 게 있어요. 이 시기에 함께할 가족이나 친구들에게 전화하는 게 좋을 수 있습니다. 제가 대신 전화해 줬으면 하는 사람 있나요? 물론 그것도 남편분에게 달려 있어요.

남편　알겠습니다, 고마워요. 먼저 여기서 아내와 단둘이 있고 나서 얘기할 수 있을까요?

나   물론이죠.

나는 방을 나왔다.

제7장
총상, 포크를 삼킨 사람, 그리고 진실

환자의 남편이 잠시 말을 멈추고 생각을 정리하는 동안, 치료 팀인 우리는 그런 시간을 거의 갖지 않는다는 생각이 들었다. 우리는 죽음에 대해 잘 알고 있지만 죽음에 대해 말하는 것을 피한다. 아침 출근길에 자주 보지만 한 번도 말을 걸어 본 적이 없는 어떤 승객처럼 죽음은 낯익은 얼굴인 동시에 먼 이방인이다.

내가 응급 의학과 의사라는 사실을 안 사람들은 죽음에 어떻게 대처하느냐고 묻곤 한다. 「스트레스가 많을 텐데, 어떻게 감당하죠?」

대답하기 어려운 질문이다. 나는 대개 어깨를 으쓱하며 이렇게 말한다. 「익숙해지는 거죠.」 거짓말이다. 익숙해지지 않는다.

나는 매우 다양한 죽음에 깊이 관여해 왔다. 노인들이 암과 심장병으로 세상을 뜨고 아이들이 질병과 부상으로 죽는 모습을 목격했다. 나는 성공적인 자살 시도 후에 필요한 소름이 끼치는 서류들을 작성했다. 나는 한 쌍의 프랑스 관광객에게 그들이 딸에게 찍지 말라고 주의를 시켰던 위태로운 셀카가 그녀의 마지막 사진이 되었다고 알렸다. 나는 자동차 전복 사고를 일으킨 만취한 운전자에게 남은 봄방학을 가장 친한 친구 없이 보낼 것이라고 말했다. 나는 어떤 죽음에도 익숙해지지 않았다.

대신 나는 종종 주제를 바꾸려고 한다. 죽음이라는 불운에 관한 질문을 받고 나는 자기 직장에 박힌 매직 펜을 빼내 달라고 찾아온 환자 이야기로 방향을 바꾼다. 비참한 죽음 뒤에 남는 것이 무엇이냐는 질문을 받으면 교도소를 벗어나 병원으로 가기 위해 포크 삼키는 법을 배운 죄수 이야기로 대화를 돌린다. 죽음 자체에 관한 질문에는, 사망한 총상 피해자들 이야기 대신에 드물게 살아남은 사람들의 이야기를 들려준다. 나는 외상 외과 의사들이 젊은 남자의 흉곽을 활짝 열어젖히고, 흉강에서 심장을 꺼내 마사지하고, 총알이 심방들을 뚫고 들어가면서 생긴 구멍을 꿰매고, 결국에 다시 뛰는 심장을 가슴안으로 집어넣는 기적을 묘사한다.

내 거짓말과 말 돌리기는 다른 숨은 진실을 숨기려는 노력이 아니다. 혼자 간직하고 싶은 비밀은 없다. 상대가

듣고 싶어 하지 않을 것 같은 이야기를 굳이 하지 않으려는 것도 아니다. 내가 꺼리는 이유는 사실 달리 무슨 말을 해야 할지 모르기 때문이다.

의료를 행하면서 직면하는 많은 끔찍한 상황을 제대로 다루지 못하는 사람이 나 혼자가 아니라는 걸 안다. 사실, 내가 아는 의사와 간호사 대부분은 우리 직업의 이런 근본적인 측면을 정식으로 직시한 적이 없다. 사실은 대체로 우리는 우리의 이야기를 누구에게도 좀처럼 말하지 않는다. 우리는 학문적으로 죽음을 연구하지만, 교육 과정에서 우리는 한 걸음 뒤로 물러서서 〈이런 죽음들은 우리에게 무엇을 의미할까? 그 죽음들이 우리와 우리 세계에 어떤 영향을 미칠까? 이 낯선 사람의 죽음에 깊이 관여했던 나는 이제 뭘 해야 할까?〉라는 질문을 한 번도 던지지 않는다.

한번은 내가 일터에 도착해서 대기실을 통과해 지나가는데 혼비백산한 사람 스물네 명 정도가 방을 꽉 채우고 있었다. 그들은 고운 화장과 단장한 머리에 정장과 드레스를 한껏 차려입고 있었다. 한 동료가 말하길 내가 도착하기 몇 시간 전 스물네 살 여자의 결혼식 날에 그가 신부의 사망을 선고했다고 말했다. 그녀는 결혼 피로연에서 신랑과 춤을 추다가 쓰러졌다. 그녀는 심장 마비로 웨딩

드레스를 입은 채 응급실에 도착했다. 자신의 결혼식을 몇 달 앞둔 그 동료는 찢어진 웨딩드레스의 상징성(우리 팀이 그녀의 동맥과 정맥에 접근하려고 애쓴 결과 하얀 드레스가 갈가리 찢겼다) 때문에 괴로웠고 그 이미지를 떨쳐 버릴 수 없었다고 말해주었다. 그는 눈물바다가 된 대기실의 결혼식 파티를 보지 않으려고 뒷문으로 병원을 빠져나갈 계획을 세웠다고 말했다.

이 경험을 이야기한 후 이 동료는 어깨를 으쓱하고 걸어 나갔다. 「세상에, 어쩌겠어요? 날벼락인 거죠.」 다음 환자들을 보러 가면서 그가 말했다.

또 다른 친구이자 산부인과 동료는 첫아기를 낳은 지 몇 시간 만에 폐에 혈전이 생겨 난데없이 사망한 환자에 대해 말해 준 적이 있다. 환자가 갑자기 사망하기 전에 이 의사는 함께 새로운 가정을 계획하며 희망에 찬 눈빛을 주고받는 남편과 아내의 모습을 보았다. 그들의 미래는 한순간에 날아갔고, 내 친구는 이 남편이 이제 매년 죽은 아내를 슬퍼하며 아기의 생일을 축하해야 한다는 것을 분명히 알아차렸다. 그녀는 이 신생아가 매년 자기 생일과 어머니의 기일을 함께 치르며 커가는 일이 너무 힘들 거라고 말했다.

「글쎄요, 힘든 일이죠.」 가슴 아픈 상황을 설명한 후에 그녀는 이렇게 말할 뿐이었다.

　나는 언젠가 또 다른 동료가 6개월 된 아기를 소생시키려다 실패하는 모습을 지켜본 적이 있다. 그 아기는 직장에 간 엄마 대신 엄마의 남자 친구 손에 맡겨졌다. 아기가 울음을 멈추지 않자 엄마의 남자 친구는 아기를 흔들어서 다시는 입을 열지 못하게 만들었다. 얄궂게도 아기의 엄마는 소아과 의사였다. 그녀는 진료실에서 다른 아이들을 돌보다가 전화를 받고 응급실로 달려갔고 자신의 아이가 남자 친구에게 살해되었다는 것을 알았다.

　그 소식을 전한 의사, 아이 엄마이기도 한 그녀가 또 다른 의사이자 아기 엄마, 그리고 그 사건을 담당한 뉴욕시 경찰관들과 이야기를 나눈 후에 말없이 방에서 걸어 나가는 모습을 봤던 기억이 난다. 아무런 감정도 드러내지 않고 그녀는 그저 조용히 컴퓨터 앞에 앉아서 이메일 계정에 로그인하고 이메일을 넘기기 시작했다.

　이런 의사들이 무정하거나 이러한 상황에 영향을 받지 않은 것은 아니다. 나는 이 의사들을 모두 개인적으로 알고 있으며 그들이 자신이 겪은 일에 깊은 영향을 받았다고 확신한다. 아주 단순히 말해 우리는 어쨌든 이러한 사건들을 진정으로 이해하고 토론할 수 있는 능력이 부족하다.

이러한 비극들은 너무나 엄청나서 그런 일을 이해하고 전달하는 우리의 정상적인 능력을 넘어서 존재한다. 이는 평지와 초원만 본 사람이 에베레스트산의 크기와 규모를 가늠하려고 애쓰는 것과 같을 것이다. 그 사람이 산의 크기를 이해한다고 주장하더라도 그것을 진정으로 헤아리기 어렵다는 것이다. 실제로 체험한 것이 아니기 때문에 그들이 다른 사람들에게 설명하기는 더 어렵다. 형용사와 과장법에는 한계가 있다. 어떤 때는 언어 자체가 우리에게 쓸모가 없다.

이런 상황들은 우리의 전달 능력을 넘어선다고 느껴진다. 매우 강력하게 무언가를 느끼면서도 자신이 그 감정의 깊이를 전달할 수 없다고 생각하면 기가 꺾인다. 우리는 무력감을 느낀다. 그래서 그 경험을 적절히 전달할 수 없기에 우리는 종종 전달하려는 노력을 중단한다. 직관에 어긋나게도 우리가 그런 상황을 다루지 못하는 이유는 바로 그 중요성의 크기 때문일 수 있다.

「실제로 경험하지 않는 한 정말로 아무도 이해하지 못합니다.」 나이 든 의사들이 멘토로서 젊은 의사들에게 유독 근시안적인 조언을 하는 것을 들은 적이 있다. 「이해할 수 없어요. 너무 말도 안 되는 상황이니까요.」

우리는 다음과 같은 이상한 역설에 맞닥뜨린다. 〈알면

서도 우리를 죽음의 무대에 세우는 바로 그 직업은 우리가 의미 있는 방식으로 죽음에 참여할 수 있는 틀을 제공하지 않는다. 우리는 하루 내내 이야기들을 들으며 보내지만, 그것을 말하는 법을 제대로 배우지 못한다.〉

결과적으로 병원에서 누군가가 사망한 후에 일어나는 일은 실제로 놀랍도록 평범하다. 응급실에서 사망이 발생하면, 사망 시각이 발표된 후 방 안의 관성이 약해지고 아드레날린이 서서히 기준선으로 돌아오며 환자를 돌보는 팀은 서로 눈을 마주친다. 우리는 머리를 숙이고, 우리의 공동 노력이 무의미했음을 이해하고, 우리 뒤에 닫힌 커튼을 당기고, 중단했던 일을 마저 하기 위해 방에서 걸어나간다.

눈을 마주치는 그 짧은 순간이 애도 과정의 전부다. 이야기도 없고 의식도 없다. 우리 일의 흐름은 잠시도 멈추지 않는다. 응급실의 인력은 부족하고 대기실은 붐비며, 진료를 기다리는 아프고 다친 수많은 다른 환자의 요구로 인해 우리는 속도를 늦추지 못한다. 인생의 종말을 인지하는 것은 고작 짧고 침울한 눈빛이다. 그 일은 시종일관 부적당함을 드러낸다.

나는 응급실에서 처음으로 죽은 환자를 마주친 때를 회상했다. 의대생이었던 나는 교대 근무가 시작할 즈음에

막 도착했다. 우리는 퇴근을 준비하는 이전 팀이 우리에게 인수인계할 수 있도록 환자들을 단체로 검토했다. 그러는 중에 우리는 환자용 침대 하나를 건너뛰었다. 커튼이 닫혀 있었다. 새로 출근한 의사가 그 침대를 제외한 이유를 물었다. 나는 그때 사람에게 〈만료된expired〉이라는 단어를 사용하는 것을 처음 들었다.

「아, 그 사람 걱정은 하지 마세요. 그 환자는 한 시간 전에 만료되었어요.」퇴근하는 의사가 말했다. 그는 당연히 목소리를 죽였고 태도는 공손했다. 그러나 나는 그가 우유 1리터나 쿠폰 코드를 설명하는 데 더 자주 사용되는 용어로 인간을 언급하는 방식에 충격받았다.

나는 이 의사가 우리가 회진할 때 커튼을 더 팽팽하게 당겨 그 환자의 몸을 더 꼭꼭 감추려고 했고, 그 남자를 두고 〈만료〉라고 말할 때 눈을 내리깔고 목소리를 낮췄다는 것을 알아챘다. 나는 그가 다른 환자들과 이야기할 때 그들이 비밀을 모르도록 여전히 미소를 짓는 것을 보았다. 그가 죽은 환자를 두고 〈걱정하지 말라〉라고 말한 이유가 비극적인 그의 죽음과 관련한 어떤 것 때문이 아니라, 수반되는 서류 작업을 그가 처리할 것이기 때문임을 나는 알았다. 그가 한 인간의 죽음을 인식한 시간이 총 4~5초 이상 지속되지 않았다는 것을 나는 알아챘다.

이 의사가 밖에 비가 그쳤다거나 고속 도로가 평소보다 더 막힌다고 인식하는 정도의 긴박감을 가지고 사람이 죽었다는 사실을 인식하는 모습은 그 자체로 강력한 신호를 보냈다. 작은 무리의 우리 의대생들이 사람에게 〈만료된〉이라는 단어를 사용하는 것을 처음 들은 그날이 끝날 무렵, 우리는 모두 그 새로운 언어를 평생 사용해 온 사람들처럼 따라 하기 시작했다. 「만료된 환자가 뭐에서 만료되었는지 알아?」 우리는 서로에게 묻곤 했다. 인간 본능을 무시한 채 우리는 윗사람을 답습했고 이 차갑고 생소한 언어가 정상일 뿐만 아니라 정확하다고 믿었다.

전문 분야인 의학에서 우리가 죽음과 의미 있게 상호 작용하지 못해 온 이유는 분명하지 않다. 우리가 제시하는 계획된 무관심이 단순히 필요한 생존 전략이라고 믿고 싶어 한다면 용서받을지도 모르겠다. 아마도 의사들과 간호사들은 우리가 너무 압도당하지 않기 위해 이 임상적 분열을 조성한다고 주장할 수도 있다. 어쨌든 우리가 응급실에서 목격하는 모든 비극적인 결과에 너무 마음을 쓴다면 우리는 일을 못 할 정도로 무력해질 수도 있다.

그렇지만 그러한 설명은 근시안적으로 느껴진다. 그것이 사실일 수 없다는 것을 깨닫기 위해서는 간단한 분석 이상이 필요하다. 〈주제를 피한다고 해서 그것이 사라지지 않는다.〉 죽음에 영향을 받지 않는 척해도 죽음에 영향을 받지 않는 것은 아니다. 사랑이나 다른 강력한 감정에 면역이 되지 않듯이 우리는 자연스럽게 죽음의 영향에 면역되지 않는다. 이러한 깊은 감정의 영향은 반복해도 감소하지 않는다. 더 심각해진다.

그래서 우리의 현실을 무시하는 것이 최선의 대처 메커니즘이라고 진지하게 믿는 사람이 있다면, 그들이 헛짚은 것 같다. 내 말이 설득력이 없다면, 나는 오늘날 의료계에서 볼 수 있는 몰개성화, 탈진, 정신 질환, 심지어 자살의 놀라운 비율을 지적할 것이다.

나는 우리의 의료 문화가 의도적으로 불운한 풍조를 만들어 냈다고 생각하지 않는다. 어떤 의사나 간호사도 이런 뒤숭숭한 감정을 다루는 가장 좋은 방법은 자신을 걸어 잠그는 것이라고 의식적으로 생각한 적이 없다고 생각한다. 나는 우리가 경험을 탐구하고 이야기하는 것을 고의로 피했다고 생각하지 않는다.

다반사인 일이 다반사로 일어나듯이, 나는 이러한 경험과 의미 있게 상호 작용하지 못하는 우리의 집단적 실패가 인간의 다른 실패와 마찬가지로 실패의 결과라고 믿는다. 십중팔구 많은 사람이 은퇴를 대비해 충분한 돈을 저축하지 못하거나 항상 잃을 거로 생각하는 여분의

10파운드를 잃지 않는 것과 같은 이유로 우리의 경험을 말하지 않을 가능성이 크다. 우리는 더 잘해야 한다는 것을 알지만, 그렇게 하는 데 필요한 힘들고 불편한 일을 하지 않는다.

그 결과 우리는 우리 모두 어느 날 경험할 바로 그것을 〈아무도 이해하지 못할 것〉이라고 주장한다. 우리는 가장 지속적이고 근본적인 인간의 경험을 다른 사람들이 이해한다는 건 말도 안 된다고 주장한다. 우리는 그저 어색한 시선을 보내고, 서로 이해한다고 끄덕이며, 눈을 마주칠 뿐이다. 그리고 우리가 해야 하는 방식으로 우리의 세계를 숙고하고 참여하지 못한 채 이메일을 넘긴다.

제8장
〈응급실에서는 모든 일이 급한 거 아닌가요?〉

환자가 사망한 방, 즉 엄청난 위태로움과 부담감으로 가득했던 곳에서 나온 의사는 곧바로 살아있는 사람들의 세계로 다시 들어간다. 짧은 육아 휴직을 마치고 직장으로 돌아가는 초보 아빠처럼, 우리는 모든 것이 예전 그대로인 척하며 일터로 돌아간다. 실제로 모든 것이 본질에서 바뀌었다는 것을 남몰래 알지만 말이다.

우리가 죽은 사람들을 감추기 위해 사용하는 커튼 밖은 아무것도 변한 게 없다. 바깥세상의 정상성은 왠지 의심스럽게 느껴진다. 가사 도우미가 걸레질하거나 한 무리의 사람들이 웃고 있는 것과 같은 평범한 장면은 조금 전의 상황을 고려할 때 어색하거나 부적절하다고까지 느껴진다. 내가 이어서 새로운 환자들을 본 것은 이러한 풍경 속에서였다.

다음 환자는 오랫동안 기다리고 있었다. 죽은 여자가

도착하기 전에도 대기 중이던 그녀는 진료가 늦어져서 화가 나 있었다.

내가 내 소개를 했다.

「안녕하세요?」 나는 그녀를 위해 미소를 지었다. 「저는 나비 박사라고 하고, 이쪽은 다니엘라입니다. 우리는 환자분이 이미 만난 간호사 이사벨과 함께 일하고 있어요. 우리는 환자분 담당 팀의 일원입니다. 오늘 무슨 일로 오셨는지요?」

그녀는 즉시 나를 꾸짖었다.

「드디어 오셨군요! 목 빠지게 기다렸어요.」 그녀가 불평했다. 「도대체 무슨 일이죠? 왜 이렇게 오래 걸리신 거예요?」

의대에 입학하기 전에 나는 식당에서 웨이터와 바텐더로 몇 년을 일했다. 나는 단지 생계를 위해 그 일을 했지만, 그때 습득한 기술은 응급실에서 놀라울 정도로 유용한 것으로 입증되었다. 내가 의과 대학에서 받은 수업은 인체 해부학과 생리학의 세부 사항을 가르쳐 주었을지 모르지만, 낯선 사람의 참을 수 없는 좌절감을 차분한 이해로 바꾸는 방법은 전혀 다루지 않았다. 실제로 내가 응급실에서 발생학이나 유전학 수업에서 배운 교훈을 한 번도 떠올리지 않고 몇 주를 보내는 일이 다반사이지만, 웨이터로서 연마한 기술을 사용하지 않고 한 시간 이상 보내는 일은 없다.

그러나 그날은 차마 그런 기술을 적용할 수가 없었다. 이전 환자의 죽음이 아직도 내 가슴과 마음을 엄습하고 있었기 때문에 나는 반사적으로 짜증이 났다. 방금 겪은 일을 생각하면 그 환자의 불평은 별일 아닌 것 같았다. 〈감사한 줄 아세요.〉 나는 그녀에게 말하고 싶었다. 〈크게 보면 당신 문제는 그리 나쁘지 않아요.〉

물론 이 반응은 불공평했다. 이 환자는 다른 환자가 죽었다는 것을 전혀 모르고 있었다. 죽은 여인의 남편이 슬퍼하고 있다는 것도, 병원 직원 몇 명이 말없이 감정에 휩싸여 있다는 것도 알 수 없었다. 사실 우리는 그녀가 알지 못하도록 이 모든 일을 숨겼다. 응급실에 있는 모든 환자는 이미 아프거나 불안해하고 있어서, 실제로 응급실을 방문해 죽을 수도 있다는 것을 그들에게 상기시키지 않으려고 우리는 의도적으로 최선을 다한다. 우리는 죽은 몸을 숨긴다. 우리는 씩씩하게 미소 짓고 완곡한 표현을 만들어 낸다. 우리는 머리 위로 들리는 안내 방송에서 〈14호실 코드 블루 부탁합니다. 14호실 코드 블루 부탁합니다〉처럼 암호화된 메시지를 대신 사용한다.

이 코드 시스템을 사용해 병원은 직원들이 들을 수 있

는 확성 장치로 중요한 문제를 알릴 수 있으며, 환자와 방문객은 이러한 코드가 나타내는 암울한 소식을 이해하지 못한다. 예를 들어, 〈코드 블루〉는 병원 어딘가에서 환자가 맥박이나 호흡 능력을 잃었다는 의미일 수 있고, 〈코드 블랙〉은 대규모 사상자가 발생했음을 나타낼 수 있다.

그러나 시간이 흐르면서 이 코드 목록은 병원 문화에 너무도 철저하게 흡수되어 〈코드〉라는 단어만으로도 죽음 자체와 동의어가 되었다. 그래서 응급실 용어로 죽은 환자를 〈코드화〉되었다고 말하고, 죽은 환자를 소생시키느라 바쁜 의사는 〈코드 실행〉을 중단했다고 말한다. 이런 식으로 한때 은유법이었던 것이 이전처럼 단순한 표현이 되었다.

「미안합니다, 급한 일이 생겨서 오늘 밤에 좀 밀렸어요.」내가 사정을 설명하며 양해를 구했다.

여자는 눈을 굴리며 나를 봤다. 「응급실에서는 모든 일이 급한 거 아닌가요?」 그 말은 전문적인 사항이었지만 일리가 있었다.

나는 그녀의 증상을 다시 물었다.

그녀는 지난 3일 동안 콧물이 났고, 몸을 펴고 누웠을 때는 더 심해지고 똑바로 앉았을 때는 나아진다고 말했다. 목이 간지럽고 마른기침을 하며 대개 컨디션이 나빴지만 열이 나지 않았고 여전히 정상적으로 먹고 마시고 숨 쉬고 걸을 수 있다고 말했다. 최근에 해외여행을 한 적이 없다고도 했다. 가슴 통증이나 복통은 전혀 느끼지 않았고, 기절한 적도 없으며 다른 병에 걸린 적도 없었다고 말했다. 아직 증상을 완화하는 어떤 약도 먹지 않았다고 했다. 그녀는 다섯 살짜리 아들과 일곱 살짜리 딸이 최근에 자기와 같은 증상으로 아프다고 말했다.

간단히 말해서 그녀는 나에게 감기에 걸렸다고 말했다.

나는 지친 미소를 지으며 괜찮을 거라고 말하고 처방전 없이 살 수 있는 이부프로펜을 처방해 주었다. 나는 그녀에게 1차 진료 의사의 말을 따르고 무슨 일이 생기면 다시 오라고 조언했다.

그녀는 만족하지 못하는 것 같았다. 나는 어깨를 으쓱하고는 걸어 나갔다.

나는 마음속으로 강아지 팀에 1점을 추가했다. 귀여운 강아지가 의학 학위를 이긴다면, 때로 그 이유는 우리가 단순히 이 게임을 박탈당했기 때문이다.

사망과 가벼운 질병 사이에서 갈피를 못 잡는 것은 우리 일의 주된 요소이지만, 나는 그 감정에 전혀 익숙해지지 않는다. 몇 초 전에 다른 환자가 마지막 숨을 쉬었는데 콧물이 나는 환자를 어떻게 생각해야 할지 알기 어렵다.

아주 직설적으로 말하면, 신경 쓰기가 어렵다.

나는 이 환자가 단지 기분이 나아지기를 원한다는 걸 알았다. 그녀가 아마도 내가 그녀의 감기를 치료할 수 없다는 것을 알고 있고, 단지 누군가 그녀의 이야기를 들어주기를 바란다고 생각했다. 나는 그녀가 다른 환자들처럼 이해와 연민, 보살핌을 받을 자격이 있다는 걸 알았다. 그런데도 나는 내가 뭘 하든, 죽은 내 환자는 그대로 죽지만 그녀는 곧 완전히 건강해질 것임을 알았다. 그런 상황으로 인해 감정이 중단되는 일은 어이가 없다. 이미 죽은 환자의 남편이 실존적 위기를 헤쳐 나가도록 돕는 데 많은 감정을 소비한 후에 한 환자의 가벼운 불편함에 적절한 관심을 기울이기는 어렵다.

신경 써야 한다는 걸 알았지만 나는 차마 그럴 수가 없었다. 이 같은 상황에서는 직전의 렌즈를 통해 현재의 순간을 볼 수밖에 없다. 몇 년 동안 나는 응급실 의사에게 정말로 어려운 일이 이런 순간들임을 깨닫게 되었다. 총상으로 인한 피나 외상 환자의 들쭉날쭉한 뼈를 맞추는 일이 어려운 것이 아니다. 주말과 밤에 근무하거나 방대한 양의 정보를 자기 것으로 만들어 언제든지 떠올리는 일이 어려운 것이 아니다. 또한 죽음을 어떻게 다루느냐는 질문을 매우 자주 받더라도 단순히 죽음의 스트레스가 힘든 게 아니다. 궁극적으로 응급실에서의 삶이 어려운 이유는 우리가 크고 심오한 사건을 경험하고 그 사건을 처리할 능력이 부족하기 때문이다. 우리는 계속해서 답이 없는 상황에 깊이 빠져 있다. 그래서 우리는 피곤하고, 갈등하고, 혼란스럽다.

우리는 죽음은 반드시 일어나고 직업 때문에 우리가 죽음에 관여해야 한다는 것을 알고 있다. 환자들이 흔한 감기에 걸릴 것이고 우리가 그러한 경험에도 관여해야 한다는 것을 알고 있다. 하지만 웬일인지 이런 일들이 함께 발생하면 전혀 말이 안 되는 것 같다.

우리는 각각의 나무를 정확히 알 수 있지만, 눈을 아무리 가늘게 떠도 숲은 여전히 흐릿해 보이는 것 같다.

제9장
우리의 원칙조차 휘청거린다

응급실에는 이상하고 난처한 상황이 가득하다. 우리가 오랫동안 지켜 온 원칙들이 늘 도전받는 것을 본다. 우리는 해결책이 없는 문제와 좋은 결과가 없는 갈등을 본다. 우리는 실제로 우리 세계에는 불분명하고 불편하며 답이 없는 문제가 많다는 것을 안다. 우리는 그런 문제들을 어떻게 생각해야 할지 모른다.

우리가 응급실에서 보는 것이 독특하다는 의미는 아니다. 정반대다. 응급실은 사회의 현관이다. 우리의 사회 풍조로 굳어지고 연방법이 지원하듯이,[52] 어떤 사람이든 언제든 우리 집 문 앞에 와서 어떤 문제라도 해결할 수 있다. 그래서 응급실은 단순히 우리 모두의 것이다.

응급실을 특별하게 만드는 것은 우리의 흔한 문제들(우리가 일상생활에서 볼 수 있는 같은 사람들과 상황들)이 극단까지 간 후에 그 결과가 이곳에서 드러난다는 점이다. 이는 응급실이 모든 사람에게 열려 있지만 아무도 실제로 응급실에 있기를 원하지 않는다는 단순한 사실 때문이다. 응급실은 최후의 수단이다. 동네 의원에 가기에는 의학적 문제가 너무 심각하거나 겨울 추위에 떨고 있는 노숙자가 모든 쉼터에서 외면당해 갈 곳이 없을 때만 응급실에 입원하게 된다.

내가 전에 일했던 응급실에는 매년 7월 4일에 찾아오는 환자가 있었다. 매년 그는 치료를 거부하고, 자신과 상담한 정신과 의사의 제안도 전부 무시했다. 실제로 우리가 어떤 식으로든 개입하여 돕겠다고 말했지만, 그는 모든 제안을 거절했다. 대신 그의 유일한 요청은 하루 동안 환자실에 머물게 해달라는 것이었다. 그는 정중하게 창문이나 문에서 가장 멀리 떨어진 방을 요청했지만, 어떤 방이든 감사하다고 말했다. 인근의 임대 주택 단지에서 자라면서 많은 친구와 이웃이 총기 폭력의 희생자가 되는 모습을 목격한 그의 유일한 요청은 밖에서 불규칙하게 터지는 불꽃놀이 소리가 잦아질 때까지 안전한 응급실 한쪽에서 하루 동안 평화롭게 기다릴 수 있게 해달라는 것이었다.

이 환자는 1년 365일 우리의 평범한 이웃, 동료, 또는 우리가 길에서 지나칠지 모르는 사람이다. 그러나 매년

이 외로운 날에는 더 이상 갈 곳이 없어 응급실이 그의 피난처가 된다. 그는 우리가 제공하는 것에 관심이 없다. 사실 그는 응급실에 있기를 전혀 원하지 않는다. 그러나 독립 기념일마다 시끄러운 폭죽과 불꽃 터지는 소리를 듣지 않으려고 머물던 곳을 빠져나와 매년 다시 온다.

이런 식으로 환자들이 사회가 제공하는 다른 수단을 모두 다 써버린 후에, 그리고 그들이 돌아갈 다른 곳을 모를 때에만 우리가 환자들을 본다. 우리는 응급실에서 독특한 문제를 보는 것이 아니라 일반적인 문제들이 독특하게 드러나는 것을 본다.

간단히 말해 응급실에서 문제가 더 드러난다. 우리가 매일 듣는 노래와 같은 노래이지만 더 크게 들릴 뿐이다. 조용히 연주되는 노래에 고개를 끄덕이고 발장단을 맞추다가 볼륨이 최고 수준으로 올라가면 불쾌감을 확 느끼듯이, 일상의 많은 일도 마찬가지다. 삶의 볼륨이 최고조로 올라갈 때, 이전에 확고하고 안정적이었던 것이 갑자기 불안정하고 불확실해질 수 있다. 이전에는 거의 주의를 기울이지 않았을 같은 딜레마가 갑자기 무시하기 어려워진다. 우리가 결정하는 데 오랫동안 의존해 온 기본적인 가정들이 우리가 생각했던 것과 미묘하게 다르다는 걸 알 수 있다. 극단적 상황에서는 우리가 평생 초석으로 삼았던 근본 원칙이 그리 간단하지 않다는 것을 알게 되기도 한다.

예를 들어, 뇌가 산소 없이 30분 이상 살 수 없다면 소생 시도를 멈추고 사망을 선언할 때가 확실하므로 당연히 그 시점에 우리의 노력을 멈춰야 한다고 생각할 수 있다. 하지만 우리가 소생을 시도하는 중에 죽음뿐만 아니라 그로 인해 발생하는 부수적인 피해에 직면하게 되면서 우리의 지식이 실제 행동으로 옮겨지지 않는다는 것을 알게 된다. 우리는 완전히 상반되는 두 가지 행동 과정 중 하나를 추구할 수 있고, 둘 다 올바를 수 있음을 깨달을 수 있다.

수련의로 있을 때 나는 처음으로 삶의 원칙이 얼마나 불안정한지 알게 되었다. 나는 내과 병동을 돌면서 내 옳고 그름의 관념을 시험하는 데 특히 적합한 환자를 돌보고 있었다.

이 환자의 침대 옆에는 고급 핸드백이 놓여 있었지만, 그 안에는 구겨진 영수증과 널브러진 담배들이 가득 차 있었다. 그녀의 머리카락은 며칠 동안 감지 않은 듯 흐트러져 있었다. 피부는 약간 노랗게 변했고 복부는 툭 튀어나와 있었다. 그녀는 구토 냄새를 풍기며 병원 침대에서 공 모양으로 웅크린 채 조용히 코를 골고 있었다.

내가 말을 걸려고 그녀의 손목 밴드에 있는 이름을 확인했던 기억이 난다. 「라일리 환자님?」 응답이 없었다.

「라일리 환자님!」 내가 다시 불렀다.

이번에는 그녀가 약간 움직이는 것 같았다. 그녀는 눈을 뜨지 않고 고개를 움직이더니 알아들을 수 없이 몇 번 웅얼거리고 다시 잠이 들었다.

「라일리 환자님!」 이번에는 그녀를 흔들며 그녀의 복장뼈에 손을 얹으며 내가 말했다. 「왜 그래요? 왜 소리를 질러요!」

나는 그녀와 이야기를 나누기 시작했지만, 그녀가 또다시 자고 있다는 것을 깨닫자 다시 멈췄다.

그녀와 의사소통하기 위해서는 우리가 말하는 동안 계속해서 그녀의 몸을 통째로 흔들어야 했다. 내가 손을 놓는 순간 그녀는 잠이 들었다. 그녀는 마치 〈말하기〉 버튼에서 손을 떼는 순간 꺼지는 무전기 같았다. 대화를 지속하려면 내가 끊임없이 그녀의 몸을 눌러야 했다.

「라일리 환자님!」 나는 계속되는 거친 손놀림을 미세하게 조정하며 그녀가 잠들지 못하게 방해하면서 말했다. 「오늘 기분이 어떠세요?」

「난 괜찮아요. 날 내버려둬요.」 그녀가 가슴에서 내 손을 휙 치우며 중얼거렸다. 그녀에게서 어떤 내용도 얻을 수 없자 나는 우리의 전자 의료 기록을 살폈다. 나는 라일리 씨의 병력을 보고 그녀가 단순히 술에 취하거나 피곤한 것이 아님을 알게 되었다. 라일리 씨는 병 때문에 졸리고 혼란스러운 것이었다. 알고 보니 그녀는 코네티컷주에서 변호사로 일했다. 그녀는 기능적 알코올 의존증이었다가 어느 날 그 수준을 넘어섰다.

이제는 형용사가 필요 없는 알코올 의존자인 라일리 씨는 일을 하거나 아파트를 관리할 수 없었다. 그녀는 가족도 없었고 의료 대리인도 없었다. 라일리 씨는 음주로 인해 간에 영구적인 손상이 발생해 간성 뇌 병증으로 알려진 질병으로 자주 입원하게 되었다. 간단히 말해서 그녀의 간은 혈류에 흐르는 자연 독소를 더 이상 청소할 수 없었다. 쌓인 독소가 뇌로 가서 그녀를 혼란스럽고 졸리고 자신을 돌볼 수 없게 만들었다. 치료하지 않고 방치하면 그녀는 결국 혼수상태에 빠져 죽을 수도 있었다.

다행히도 간성 뇌 병증의 치료 효과는 매우 좋다. 하지만 불행하게도 그것은 현대 의학의 끔찍한 거래의 또 다른 예다. 즉, 별표와 많은 깨알 글씨가 이루어 낸 기적이다. 우리가 사용하는 주요 약물 중 하나인 락툴로오스는 매우 효과적인 동시에 매우 바람직하지 않다. 락툴로오스는 심한 설사를 일으키는 작용을 한다.

그 유감스러운 반응은 부작용이 아니다. 심한 설사는 정확히 락툴로오스의 본래 기능이다. 유당 내성이 없어 유당을 분해하고 소화하지 못하는 사람에게 미치는 유당의 영향을 모방해 락툴로오스는 분해되고 소화되지 않는다. 소화되지 않는 락툴로오스 분자는 복부 팽창, 헛배, 설사를 일으킨다. 결과적으로 이는 인체가 암모니아와 같은 독소를 흡수하기 전에 이를 제거하는 역할을 한다. 어떤 의미에서 그것은 해독이다.

원하는 결과에 도달하기 위해 사용하는 수단을 모르는 체하는 미친 과학자처럼, 적정량의 락툴로오스는 정량의 온스 또는 밀리그램이 아니라 정해진 배변 횟수로 계산된다. 목표는 묽은 변을 하루 3회 보는 것이다. 설사를 너무 많이 하면 복용량이 줄어든다. 이는 궁극적으로 생명을 구하는 이 약이 효과가 있으려면 환자가 반드시 영구적으로 불편한 상태에 있어야 한다는 의미다. 락툴로오스를 처방받은 환자 대부분은 그것이 자신의 생명을 구할 수 있다는 것을 알면서도 복용하기를 싫어한다.

「라일리 환자님, 락툴로오스를 드셔야 해요.」내가 말했다.「뇌 병증이 점점 심해져 위험해지고 있어요. 거의 깨어 있지 못하시잖아요.」

「싫어요! 안 먹어요! 닥치고 나 좀 내버려둬요.」

「라일리 환자님, 여기가 어딘지 아세요? 여기가 어떤 곳인지 아세요? 제가 누군지 아세요?」 나는 모욕적일 정도로 쉬운 돌발 퀴즈를 내며 그녀를 테스트했다. 나는 이름표가 달린 흰색 가운을 입고 목에 청진기를 두르고 정맥 주사 스탠드와 심전도 기계, 산소 탱크 옆에 서 있었다. 어려운 질문들이 아니었다.

하지만 그녀는 아무 대답도 할 수 없었다. 우리가 어디에 있는지, 심지어 언제인지조차 알지 못했다.

「라일리 환자님, 복용하고 싶지 않다면 할 수 없지만, 적어도 왜 우리가 락툴로오스를 복용하라고 하는지 아시나요? 약을 안 드시면 어떻게 되는지 아시나요?」

또다시 그녀는 대답이 없었다.

가장 기본적인 테스트조차 통과할 수 없다는 것이 분명해졌을 때 라일리 씨는 보이지 않는 윤리적 선을 넘어 병원의 치료 방향을 바꾸었다. 자신이 어디에 있는지, 주변에서 무슨 일이 일어나고 있는지, 심지어 자기 결정의 기본적인 결과조차 알 수 없을 정도로 정신이 온전하지 않은 상태임을 증명하며 라일리 씨는 자기 결정권을 포기한 것이다. 그녀는 극도로 혼미한 상태여서 — 윤리적으로나 법적으로나 — 더 이상 자신을 돌볼 수 없었다. 이때부터 그녀의 말을 고려하긴 하지만 우리가 그녀를 대신해서 결정을 내리고 있었다.

의학 용어로는 이 원칙을 〈의사 결정 능력decision-making capacity〉이라고 부른다. 환자에게 의사 결정 능력이 있다고 여겨지면, 우리가 격렬하게 반대하더라도 그들은 원하는 대로 의사 결정을 내릴 수 있다. 그러나 그들에게 그 능력이 없을 때 그들은 이 권한을 박탈당한다.

응급실에서는 이 원칙이 알코올 사용자에게 가장 일반적으로 적용된다. 예를 들어, 술에 취한 환자들이 도착했을 때 우리의 도움에 격렬하게 저항하는 것은 드문 일이 아니다. 그들은 외상성 부상으로 고통받을 수 있다(알코올 의존증이 너무 자주 역할을 하는 것으로 보이는 부서진 발목과 뇌출혈). 그러나 인사불성인 그들은 (도우려는) 우리의 노력을 거부할 수 있다. 종종 그들이 말하는 이유는 어이없어 보인다. 그들은 자기가 좋아하는 옷을 우리가 가위로 자르는 것이 싫어서 도움을 원하지 않는다고 불평할 수 있다. 「그만해요! 날 내버려둬요! 안 돼요! 내가 제일 좋아하는 재킷이야!」 우리가 칼에 찔린 상처가 있는지 알아내려고 옷을 자를 때 그들은 항의할 수 있다. 또는 그 이유가 경멸적일 수도 있다. 그들은 그저 쉬도록 자신을 내버려두라며 우리를 쫓아낼 수도 있다. 「난 괜찮으니 나가세요.」 피가 머리카락을 타고 병원 침대 시트로

스며드는 와중에 그들은 이렇게 중얼거릴 수 있다.

그러나 출혈이 있는 동맥이 묶이고 부상이 해결된 후에는(술이 깨고 한참 후에는) 환자들이 자기 행동을 사과하고 자신의 거부를 무시한 것에 감사한다.

종종 일이 어떻게 진행되는지 알고 있기에 우리는 자기 말을 이해할 수 없는 사람들의 말을 듣지 않는다. 졸거나 가죽 코트를 입은 채 그들을 죽게 할 위험을 감수할 가치는 없다. 이런 식으로, 목숨을 구제받아야 하는 사람들이 항의했지만 많은 생명이 구해졌다.

그러나 의사 결정 능력이 있는 사람은 스스로 원하는 결정을 내릴 수 있다는 점을 분명히 해야 한다. 우리는 우리가 제공하는 것에 관심이 없는 사람을 강제로 치료하는 일에 관심이 없다. 게다가, 그들이 능력을 유지하고 있음을 증명하는 일은 놀랄 만큼 쉽다. 환자들은 모종의 정교함이나 깊은 의학적 소양을 보여 줄 필요가 없고, 어떤 결정을 내리든 간에 가장 기본적인 이해력만 보여 주면 된다. 예를 들어, 심장 마비 치료를 받기를 원하지 않는 심장 마비 환자가 치료를 중단하면 심장 마비가 진행되어 악화할 수 있다고 말할 수 있다면 의사 결정 능력을 유지한 것이다. 인정하건대 그 기준이 낮다. 그 기준을 넘어서면 그들이 원하는 어떤 결정도 자유롭게 할 수 있다. 어쨌

든 그것은 똑똑한 다섯 살짜리 아이도 통과할 수 있는 간단한 기준이다.[53]

그런 환자가 부상을 치료받지 않고 문밖으로 걸어 나가게 하면 마음이 편치 않을 수 있지만, 그것은 옳은 일이다. 우리의 결론에 단순히 동의하지 않는 사람을 그들의 의사에 반하여 붙잡아 두고 그들이 거절했는데도 치료한다면 훨씬 더 나쁠 것이다. 그러한 행동은 사실상 감금과 다를 바 없을 것이다.

이러한 복잡성에도 불구하고 의사 결정 능력에 대한 이 개념은 〈생명 보호 우선 원칙〉에 지나지 않는다. 누군가가 자신의 상황이 중대하다는 점을 인식한다고 증명할 수 없을 때, 우리는 그들이 무슨 행동을 하고 무엇을 말하든 살기를 원한다고 가정한다.

라일리 씨가 가장 기본적인 테스트에 실패했기 때문에 그녀는 락툴로오스를 투여받았다.

다음 날이 되자 라일리 씨의 정신 상태가 호전되었다. 약이 효과를 보이기 시작한 것이다. 그녀가 정신을 차려 정상적인 대화를 나눌 수 있었다. 그 결과 라일리 씨는 의사 결정 능력을 되찾았다. 그녀는 다시 한번 자신의 보스가 되었다.

그러나 놀랍게도 그녀의 새로운 주의력은 그녀의 최종

결과에 영향을 미치지 않았다. 락툴로오스를 권하자 라일리 씨는 계속해서 약을 거절했다.

그녀는 의료 팀에게 자신이 죽기를 원하는 게 아니라 매우 간단하게 락툴로오스로 인해 끊임없이 불편하게 살고 싶지 않다고 말했다. 그녀는 우리에게 어떤 결과를 맞을지 알지만, 단지 매일 온종일 더부룩한 느낌이 싫다고 말했다. 우리가 그녀의 결정을 어떻게 생각했든, 이것이 그녀가 충분히 고려한 끝에 내린 결론이라는 점은 분명했다.

그러나 그녀의 대답이 전날과 변함이 없었는데도 우리는 더 이상 라일리 씨의 거부에 반해 약을 투여할 수 없었다. 그래서 입원해서 몸이 나아진 후에 라일리 씨는 필요한 약을 먹지 않고 퇴원했다.

약을 먹지 않고 떠난 후 어쩔 수 없이 라일리 씨는 다시 한번 대상부전이 되었다. 그녀는 다시 한번 병이 났다. 그녀는 결국 응급실로 돌아왔다. 그리고 우리는 전과 같은 일련의 사건을 되풀이했다.

그 후 몇 달 동안 라일리 씨는 계속해서 같은 장소와 같은 상태에 있게 되었다. 매번 우리 병원은 그녀의 거절에도 불구하고 그녀에게 생명을 구하는 약을 투여했고, 매번 그녀는 몸이 나아지면 약을 거절했다. 그녀는 떠나고,

악화하고, 돌아오곤 했다. 우리는 그것이 일종의 제스처 놀이가 될 때까지 그 과정을 반복했다.

라일리 씨가 약을 거부한 것이 완전히 비이성적인 결정은 아니었다. 나는 그녀와 다른 결론에 도달했을 수 있지만, 그녀가 왜 그 결론에 도달했는지 이해했다.

놀랍게도 우리를 궁지에 빠뜨린 윤리 원칙과 법은 망가지거나, 잘못이거나, 나쁘지 않았다.

단순히 우리에게 사용할 도구가 있었지만, 라일리 씨의 문제는 이성적인 방법으로 해결할 능력 너머에 존재했다. 그녀는 모든 이성적인 접근법을 넘어선 상태에서 살았다. 라일리 씨는 논리 자체의 바깥에 존재했다.

만약 그녀가 거절할 능력이 있다고 여겨질 때 우리가 그녀에게 약을 먹으라고 강요했다면, 우리는 권위주의자가 되었을 것이다. 단순히 그녀가 과거에 약을 거부했다는 이유로 그녀가 자신의 상황을 이해하기에 부적합하다고 판단해 약을 투여하지 않았다면, 우리는 사람의 생명, 그리고 사람이 마음과 방식을 바꿀 수 있다는 희망을 포기한 잔인한 사마리아인이 되었을 것이다. 그래서 모든 것을 올바르게 함으로써 라일리 씨의 삶은 끝없이 산에 올랐다가 굴러떨어지는 시시포스의 운명처럼 되었다. 모든 것이 제대로 작동함으로써 모든 것이 여전히 잘못되었다.

이 사례는 의사 생활 초반에 내가 어떻게 생각할지 진정으로 확신하지 못하고 손을 놓아 버린 일 중 하나다. 그녀를 낫게 하려고 노력한 우리에게 자부심을 느꼈지만, 그런데도 나는 우리가 매우 헛된 일로 보이는 것에 엄청난 에너지를 쏟고 있다는 사실에 좌절했다. 우리가 최선의 원칙을 적용해 어려운 길을 헤쳐 나간다고 만족했지만, 나는 그 원칙들이 가장 극단적 상황에서는 매우 취약하고 무력하게 보였다는 사실에 실망했다.

하지만 나는 그런 상황 — 실제로 아무것도 잘못되지 않지만 동시에 아무것도 제대로 되지 않는 상황 — 이 드물지 않다는 것을 금방 알게 되었다. 일의 성격상 우리는 거의 늘 그런 상황을 마주한다.

힐이라는 환자를 돌봤던 기억이 난다. 그녀는 요양원에서 기절해 쓰러진 후 구급차에 실려 우리 응급실로 왔다.

넘어졌는데도 힐 씨는 통증이나 부상이 없다고 주장했다. 그녀는 기분이 좋았고 불편한 데가 전혀 없다고 내게 말했다. 그녀는 처음부터 넘어졌던 일을 실제로 기억하지 못한다고 말했다. 그녀는 사실 아무것도 기억나지 않는다고 했다.

80대인 힐 씨는 상당한 수준의 치매를 앓고 있었다. 그녀는 병원을 〈경기장〉이라고 생각했고 우리가 스푸트니크* 발사 시대에 살고 있다고 믿었다. 멍한 상태였던 그녀는 종종 현실과는 동떨어진, 명랑하되 무관한 답변으로 우리의 질문에 답하곤 했다.

「오늘 기분이 어떠세요?」 내가 물었다.

「아주 좋아요. 약만 먹으면 아주 잘 지내요.」 힐 부인이 처음에는 말이 되는 것처럼 대답했다.

「오늘 약 드셨어요?」

「당연하지, 매일 먹어요.」

「그럼, 우리가 알아야 하니까 어떤 약을 드시는지 말해 주실래요? 우리 컴퓨터에 입력된 약이 최신 기록인지 확인해 보려고요.」

「몰라, 난 그냥 제리가 주는 것만 먹어요.」

그녀와 동행했던 요양원 보조원이 나를 보며 눈을 맞추더니 〈믿지 마세요〉라는 듯 조용히 고개를 저었다.

나는 신호를 이해했다. 「훌륭해요. 제리가 누구죠?」

얼마 지나지 않아 그녀는 우리에게 죽은 남편을 상세

* 1957년 소련에서 발사한 세계 최초의 인공위성.

하고 사랑스럽게 묘사했다. 그녀는 남편이 여전히 그녀를 돌보고 약을 먹이고 있다고 믿었다. 힐 씨는 자신이 어떤 약을 먹는지, 약의 출처가 어디인지, 무엇을 치료하려는지, 어떻게 얻었는지 전혀 알지 못했다. 그녀는 자신이 요양원에 살고 있다는 사실조차 깨닫지 못하는 것 같았다.

하지만 치매에도 불구하고 힐 씨는 매우 즐거웠다. 세부 사항까지 언급하지 않는 한 우리는 즐거운 대화를 나눌 수 있었다. 그녀는 내가 그녀를 걱정하는 만큼 나를 걱정하는 모습을 보였고, 핼러윈에는 간호사들과 환자 기사들에게 사탕을 나눠 주며 따뜻한 감사를 전했다. 내가 기분이 상하거나 힘든 점이 있는지 묻자 그녀는 내 말을 웃어넘기며 기분이 아주 좋다고 대답했다. 힐 씨는 나쁨에서 좋음까지의 척도에서 모든 것을 〈최고〉라고 생각했다.

누군가가 인생의 궁극적인 목표를 행복하고 만족하며 사는 것으로 여긴다면 힐 씨는 지름길을 택한 것 같았다. 그녀는 자기 삶의 환경을 돌보지 않고도 어쨌든 목표에 도달했다. 그녀는 행복하게 사는 것 같았다.

그런데도 힐 씨의 안위를 돌보는 임무를 맡고 그녀의 〈완전히 괜찮다〉라는 자기 평가를 그다지 신뢰하지 않는 우리는 철저한 평가를 수행했다. 우리는 그녀가 쓰러지면서 당한 부상을 확인했고, 부상을 초래했을지 모르는 이상 징후를 평가하기 위해 혈액 검사를 했다. 힐 씨를 심장 모니터링 기계에 연결하자 그녀의 문제가 드러났다.

힐 씨의 심장은 위험하고 불안정한 리듬으로 뛰고 있었다. 심실 잦은맥박으로 알려진 이 리듬은 요양원에서 쓰러진 원인일 뿐만 아니라 갑작스러운 사망으로 이어질 가능성이 있었다. 그래서 힐 씨가 말하고 웃고 이야기하는 중에 언제라도 죽었을지도 모른다. 문제의 원인을 찾은 우리는 서둘러 약물을 투여할 튜브와 전기를 공급할 기계를 그녀에게 연결했다. 하지만 그때 한 간호사가 서류 한 장을 가져와 우리에게 내밀었다.

그것은 그녀의 사전 연명 의료 의향서였다. 힐 씨는 〈연명 시도를 하지 말라〉라는 지시와 함께 오늘 같은 긴급 상황이 발생했을 때 우리가 해야 할 — 그리고 하지 말아야 할 — 일에 대한 구체적 지침을 밝혀 놓았다.

사전 연명 의료 의향서는 환자가 건강할 때 작성하는 문서로, 환자 본인이 할 수 없을 때 의료 서비스 제공자에게 환자를 대신하여 수행해야 할 일을 지시한다. 대단히 적극적인 행동을 취하는 것이 우리의 기본이기 때문에, 이 문서는 대개 환자를 위해 우리가 무엇을 해야 하는지가 아니라 무엇을 하지 말아야 하는지를 명시하도록 작성된다.

종종 환자들은 말기 암이나 힐 씨가 진단받은 진행성 치매와 같은 불치병으로 진단받은 후에 자신에게 연명 치료하지 말라고 우리에게 요청할 수 있다. 이 환자들은 우리가 치료해 오늘의 죽음을 막을지라도 내일의 전망을 바꾸는 데 아무런 도움이 되지 않는다는 것을 안다. 이 환자들은 고통스럽거나 쇠약한 상태로 계속 살기보다는 ─ 다음 날에는 전날보다 더 많은 문제가 발생할 것을 알고 ─ 〈자연스럽게 죽는 것〉이 더 나을 거라고 종종 우리에게 말한다.

그들에게 구체적인 이유가 있든 없든, 사전 의향서를 제출하는 환자는 현대 의학이 제공하는 것을 상세히 살펴보고, 그 장점을 고려하고, 그 제안을 거부하기로 결심한 것이다. 우리가 그들을 위해 최소한만 하기를 원하는 사람들은 종종 가장 박식한 환자들이다.

우리가 서둘러 그녀의 상태를 해결하려고 할 때 내게 건네진 서류를 훑어보면서, 나는 힐 씨의 사전 연명 의료 의향서에 이 순간 우리가 그녀를 치료하지 못하게 하는 조항이 구체적으로 포함되었다는 것을 알아차렸다. 만약 그녀의 심장 리듬이 불안정하다면, 그녀가 작성한 서류가 명시하듯이 우리는 그것을 해결하지 않아야 했다. 실제로 힐 씨는 자신이 처한 상황을 정확히 예상했고 개입하지 말라고 우리에게 요청했다. 물론 이것이 실제로 의미하는 것은, 앞으로 몇 분 동안 무슨 일이 일어나든 지켜보는 것 외에는 우리가 아무것도 할 수 없다는 뜻이었다. 힐 씨가 죽는 순간까지 우리와 그녀가 맥락은 없더라도 즐거운 대화를 계속할 가능성이 있었다.

나는 힐 씨의 딸에게 전화를 걸었다.

나는 그녀에게 어머니의 상황을 알렸다. 어머니를 보러 응급실에 올 것인지 물었고, 어머니가 가지고 있는 서류가 정확한지 확인해 달라고 요청했다.

그녀는 한숨을 쉬었다. 「어머니는 지난 몇 달 동안 힘든 시간을 보내셨어요.」 그녀가 말했다. 「우리는 머지않아 이런 날이 올 줄 알았지요.」

그녀는 침착하게 서류가 정확하며 어머니의 건강 관리 대리인인 그녀가 동의했다고 확인했다. 그녀는 어머니를 보러 병원에 오는 중이라고 말했다.

마침내 나는 직접 이야기를 하러 힐 씨에게 갔다. 그녀와 나누었던 이전의 대화를 생각하면 그것은 이상한 대화가 될 터였다. 나는 우리가 지금 약 반세기 전에 살고 있다고 믿는 여성에게 그녀가 중병에 걸렸으며 곧 죽을지도 모른다고 알릴 것이다. 나는 그녀가 전에 우리가 그녀를 위해 개입하지 말라고 요청했고 그 요청이 정확한지 확인하는 중이라고 알릴 것이다. 나는 어떤 대답이 돌아올지 알 수 없었다.

「힐 환자님.」 내가 말을 꺼냈다. 「소식이 좀 있어요.」

「그래요?」 그녀는 호기심 어린 미소를 지었다.

「환자님이 정신을 잃고 요양원에서 쓰러진 이유는 심장 박동이 불안정하기 때문인 것 같습니다. 솔직히 말해서 상당히 위험해요.」

「오.」 그녀는 거의 놀라는 기색 없이 눈썹을 조금 치켜올렸다.

「심장이 이 상태를 오래 유지하지 못할까 봐 걱정입니다. 결국 아마 곧 멈출지 몰라요. 당연히 치명적이죠.」

「이런, 이런.」 그녀가 두 번 말했다.

「자, 제가 환자님의 기록을 살펴봤고 따님과 얘기해 보니 환자님이 사전 지시서를 작성했고 거기에 〈연명 금지〉를 지시하셨더군요. 우리가 일반적으로 제공하는 치료를 원하지 않는다고 결정하신 것 같습니다.」

이 말을 하자마자 나는 즉시 불안해졌다. 내가 힐 씨의 딸과 이야기해서 사실 확인을 마쳤기 때문에, 힐 씨 본인이 지금 동의하지 않는다면 어떻게 해야 할지 몰랐다. 우리가 이야기하는 동안 나는 서류의 내용과 딸이 확인한 내용에 대해 힐 씨가 애매하게 다른 의견을 낼까 봐 걱정했다. 그러면 내가 수행한 확인 절차가 뒤죽박죽될 테니 말이다. 그럴 때 그녀가 온전한 정신 상태에서 밝혔던 소망 — 그녀가 정확히 이 상황을 예상해 구체적으로 표현했던 소망 — 을 존중하는 것이 더 나을까, 아니면 아마도 상황을 완전히 이해하지 못하더라도 그녀가 지금 표현한 소망을 존중하는 것이 더 나을까 생각했다. 결국 환자가 얼마나 논리 정연해야 계속 살기를 원한다고 판단할 수 있을까?

내 걱정은 사라졌다.

「오, 맞아요. 난 아무것도 원하지 않아요. 내 딸이 하는 말이 다 맞아요. 딸이 하라는 대로 하시면 돼요.」

그래서 여하튼 나는 한 노부인이 자신이 곧 죽을 수 있다는 사실을 인정한다는 말을 듣고 안도의 한숨이 나왔다.

힐 씨를 둘러싼 딜레마는 그녀가 죽음을 받아들이냐에 초점이 맞춰졌지만, 정확히 반대의 이유로 우리를 괴롭히는 환자들이 있다. 내가 의대에 다닐 때 프라이스라는 노령의 환자를 돌보면서 겪은 잊지 못할 일이 아직도 뇌리에서 떠나지 않는다.

힐 씨처럼 프라이스 씨는 치매를 앓고 있었다. 하지만 힐 씨와는 달리 프라이스 씨의 치매는 단순히 혼란스럽고 정신이 오락가락하는 수준을 넘어섰다.

정확한 시간이나 장소를 인지하지 못한 지가 오래된 프라이스 씨는 무언가를 알아볼 수 있는 능력을 완전히 잃어버렸다. 종종 우리가 방으로 걸어 들어가면 그녀는 우리를 쳐다보지 않고 뚫어지게 응시하곤 했다. 그녀는 우리의 존재를 인식하지 못했다. 프라이스 씨는 신체의 많은 기능을 상실했다. 그녀는 사실 먹고 마시는 본능을 잃기 시작한 후 병원에 입원해 있었다. 치매가 뇌를 너무 철저히 파괴해서 그녀는 더 이상 배고픔이나 갈증의 감각을 느끼지 못했다.

설상가상으로 먹고 마시는 일을 망각한 것 외에도 프라이스 씨는 이런 행위를 어떻게 해야 하는지도 잊어버렸다. 식도의 매끄러운 근육이 마비되기 시작했고 입으로 삼킨 것이 더 이상 위장으로 들어간다는 보장도 없었다. 프라이스 씨의 치매는 태어날 때부터 가지고 있던 반사 신경을 잃을 정도로 진행되었다. 이제 그녀에게 음식을 주는 동안 그녀가 삼킨 음식이 마땅히 위장관으로 가지 않고 폐로 들어가는 것은 드문 일이 아니었다. 그 결과 지난 몇 달 동안 프라이스 씨는 생명을 위협하는 폐렴을 몇 번 겪었다.

힐 씨와 달리 프라이스 씨는 사전 연명 의료 의향서를 작성하지 않아 연명하지 말라는 지시를 제출하지 않았다. 그녀는 특정한 사람을 자신의 건강 관리 대리인으로 지정하지 않았다. 그래서 뉴욕주의 친족법에 열거된 법적 서열에 따라 자식들이 그녀를 대신해서 결정을 내리도록 지정했다. 신앙심이 깊은 그녀의 자녀들은 단지 어머니를 위해 결정을 내리지 않고 종교 지도자와 상의하기로 했다. 종교 지도자와 상담하면서 그들은 〈모든 생명은 본질적으로 가치가 있다〉라는 가르침을 들었다. 사람의 상태가 어떻든 가능한 한 오래 생명을 보존하기 위해 모든 것이 행해져야 한다는 것이었다. 그래서 어머니를 대신해 그들은 어머니를 살리기 위해 모든 노력을 다해야 한다고 주장했다.

프라이스 씨와 같은 환자들의 생명을 유지하기 위해 엄청난 노력이 투여된다. 결국 먹는 일 자체가 위험해지면 삼키는 행위를 피해 음식을 공급하는 방법을 찾아야 한다. 그러기 위해서는 위 튜브를 삽입하는 수술을 해야 한다.

프라이스 씨는 이 수술을 하기 위해 병원에 입원했다. 그 후로 그녀는 먹는 것을 기억해야 할 필요가 없었고 하루 내내 간헐적으로 음식을 투여받았다. 그녀의 음식은 투명한 플라스틱병에 걸쭉한 액체로 도착했고, 보조원이 위장의 도관 역할을 하는 복부의 플라스틱 포트에 이 병을 직접 끼워 넣었다. 드물게, 우리의 의료 시스템이 〈여가 음식〉이라고 부르는 일종의 치료로 보조원이 때때로 극히 작은 양의 음식을 묻힌 숟가락을 프라이스 씨의 입술과 혀에 발라 맛의 행복을 누리게 했다.

뉴욕시의 큰 대학 병원에는 이런 환자가 드물지 않다. 그러나 이 환자를 잊지 못하는 이유는 그녀의 병실에서 가끔 들렸던 오싹한 음성 때문이었다.

대부분 말로 소통하지 않고 확실히 대화할 수 없었던 프라이스 씨였지만 한마디 단어와 짧은 구절을 말할 수 있는 능력을 유지했다. 종종 그 말들은 무의미하고 맥락이 없어 보였다. 그런데도 이따금 프라이스 씨는 똑바로 앞을 응시하며 힘없고 거친 목소리로 〈죽여 줘〉라는 말을 되풀이하곤 했다. 듣는 사람이 있든 없든 두툼한 하얀 찌꺼기를 입가에 묻힌 채 특별한 대상도 없이 똑바로 앞을 응시하면서 그녀는 간헐적으로 그 구절을 반복해서 내뱉었다. 내가 의대생으로서 아침 회진을 하는 동안 그녀의 방 밖 복도에 서 있다가 그녀의 텅 빈 병실에서 느리고 단조로운 목소리로 〈죽여 줘, 죽여 줘〉라고 반복해서 말하는 소리를 들었던 기억이 난다.

「나도 알아요, 정말 소름이 끼치지만 그냥 무시해요.」
그때 내 상관이었던 수련의가 말했던 기억이 난다.「그녀
는 자기가 무슨 말을 하는지도 모르고, 자식들이 대신 결
정을 내리고 있어요. 그들은 〈뭐든 다 해야 한다〉라고 고
집하죠.」

물론 프라이스 씨가 얼마나 진심이었는지는 말할 것도
없고 자기 말을 어느 정도 이해했는지 짐작할 수 없었다.
프라이스 씨가 정말로 자살 충동을 느끼는지, 아니면 〈쿠
키 반죽〉이나 〈파란 풍선〉이라고 아무렇게나 내뱉듯이 멋
대로 말하는지 알 길이 없었다. 게다가 그녀의 말과 상태
를 우리가 어떻게 생각하든 간에, 그녀를 대신해서 가장
적절한 결정을 내리는 사람은 우리가 아니라 그녀의 자식
들 — 그녀를 가장 사랑하고 가장 잘 알고 있으며 믿음과
가치관을 공유하는 사람들 — 이었다. 그래서 우리는 정
확히 내 상관 수련의가 지시하는 대로 했다. 우리는 쉰 목
소리로 내뱉는 그녀의 간청을 무시했다.

우리는 치료를 계속했다. 우리는 그녀의 몸을 여기저
기 들쑤시며 살폈고, 그녀의 피와 소변을 뽑았으며, 외과
의사들은 그녀의 장기 기능이 작동하는 데 필요한 모든
절차를 수행했다. 우리는 그녀의 신체적 생존을 유지하기

위해 우리가 가진 모든 기술을 사용했다.

힐 씨의 이야기와 마찬가지로 프라이스 씨의 이야기는 질문을 제기한다. 물론 두 상황 모두 당황스러웠다. 그러나 두 상황이 상반된 이유로 내 마음을 흔들었다. 한 환자가 죽음을 받아들인다는 사실이 내 마음을 괴롭혔지만, 다른 환자의 가족이 죽음을 받아들이지 않는다는 사실도 내 마음을 괴롭혔다.

이 환자 중 한 명을 돌보는 과정에서 〈잘못된 것 같다〉고 생각하기는 믿을 수 없을 만큼 쉽다. 그러나 더 나은 행동 방침을 제시하기는 훨씬 더 어렵다. 생명을 보존하기 위해서는 필연적으로 더 많은 고통을 초래하는 대가를 치러야 할 것이다. 그래서 고통을 최소화하기 위해서는 우리가 생명을 보존한다는 생각을 포기해야 할 것이다. 기껏해야 우리는 다른 원칙을 희생시키면서 한 가지 원칙만을 존중할 수 있을 것이다. 힐 씨와 프라이스 씨는 병의 단계만 다를 뿐 사실상 같은 환자였다.

궁극적으로 그들의 예는 우리가 이미 알고 있는 것을 확인시켜 준다. 즉, 인생에는 때때로 완벽한 해결책과 〈올바른〉 행동 과정이 존재하지 않는다. 우리는 종종 미지의 것에 둘러싸여 있지만 그런데도 행동을 취해야 한다. 우리는 옳은 일이 존재하지 않는, 어쩔 수 없는 상황에 늘

처해 있다.

중요한 것은 이 장(章)에 담긴 어떤 어려움과 생각도 응급실의 전유물이 아니라는 점이다. 그것들은 일상에서 우리를 안내하는 같은 원칙들이다. 생명을 보존해야 한다는 생각, 개인이 스스로 결정을 내릴 수 있어야 한다는 생각, 인간의 고통을 줄여야 한다는 생각, 사람들이 더 나은 방향으로 변화할 수 있다는 희망을 품어야 한다는 생각, 우리가 동의하지 않아도 다른 사람들이 내리는 결정을 존중해야 한다는 생각은 우리가 모두 지닌 기본적이고 근본적인 믿음이다. 하지만 인생 경험이 쌓이면서 이런 믿음이 다소 다르게 보인다.

이렇게 코드 블루와 코드 블랙이 우리의 관심을 사로잡지만 결국 우리가 경험하는 것은 코드 그레이임을 나는 알게 되었다. 그것은 우리가 세상 자체에 대해 느끼고 믿는 것이 시험대에 오르는 미묘한 순간들이자 응급실과 그 너머에서 우리가 마주하는 가장 중요한 드라마다.

제10장
확실히 특이한 장(章)

나는 독자 여러분에게 이 책 전반에서 해결책이 존재하지 않는 일련의 문제들을 제기했다는 것을 안다. 그 문제들이 해결되고 각성을 불러올 것이라는 인상을 주고 싶지는 않다. 그런 일은 일어나지 않을 것이다. 내가 제기한 문제들의 거창한 해결책은 없을 것이다.

또한 내가 한 많은 이야기가 반드시 희망을 주지 않는다는 것도 안다. 이상하고 때로는 골치 아픈 딜레마를 묘사하는 이유는 특별히 비현실적인 읽을거리를 제공하기 위해서가 아니다. 그렇다면 여러분은 이런 이야기들을 하는 이유가 무엇인지 물어볼지 모른다.

솔직히 말해서 우리를 불편하게 하기 위해서다.

인생에서 우리는 감사나 반성, 성장의 순간을 선물하는 문제를 너무나 자주 마주한다. 그러나 너무나 자주 우리는 앞에 놓인 문제의 중대성을 알지만, 의미 있는 방식으로 마음에 새기지 못한 채 그저 다음 환자, 다음 과제, 다음 날의 일과로 넘어간다. 45초 동안 엘리베이터를 타는 동안 우리는 해결되지 않은 생각의 불편함보다는 아무 생각이 없는 데서 오는 쾌락을 선호해 스마트폰을 훑어본다.

나는 우리의 이상하고 불편한 경험이 무엇인지 살펴볼 가치가 있다고 믿는다. 우리의 생각을 정리하고 우리의 세계를 더 의미 있는 방식으로 이해하려면 이 불편함을 인정하는 방법밖에 없다. 불편함을 인정함으로써 우리의 삶을 반추하고 그 안에서 진정으로 중요한 것이 무엇인지 고려할 수 있다. 그리고 불편함을 인정함으로써 세상일이란 원래 그렇다는 관념을 거부할 수 있다.

이 이야기들은 우리가 불편함의 모래 상자에서 놀 수 있게 해준다. 이 이야기들은 우리가 잠시 멈춰 삶의 이상한 애매함과 불가능한 도전과 미묘한 아름다움을 검토할 수 있게 한다. 이 이야기들은 우리가 삶 자체를 더 잘 음미할 수 있게 해주며, 이전에 당연하게 여겼을 것에 의문을 품도록 강요한다. 이 이야기들은 우리가 날것 그대로의 인간 경험을 숙고하게 해주며, 일상적인 산만함에 덜 집중하고 진정으로 의미 있는 것들에 더 집중한다면 우리가 더 잘 살 수 있음을 상기시켜 준다.

그래서 결국 이 이야기들의 〈요점이 무엇인가?〉는 적절한 질문이 아니며, 정확히 반대로 〈이런 이야기들을 탐구하지 않고 삶을 살아가는 의미는 무엇일까? 되돌아보지 않는 삶이 의미가 있을까?〉라고 질문해야 한다고 생각한다.

이런 생각을 하며 나는 자세한 이야기나 해답은 전혀 없이 확실히 특이한 이번 장을 적는다. 이 책의 이야기들을 읽으면서 여러분이 불편함에 더 익숙해짐으로써 아마도 무언가를 얻을 수 있다고 생각하기를 바란다.

제2부

하지만 이성은 쓸모없는 판사였고, 그래서 답은? 없었다.
— 하페즈, 『사랑의 얼굴들*Faces of Love*』중에서

제11장
암이었던 기침

응급실로 돌아가자 죽은 환자의 남편이 마침내 걸어와 내 옆에 다가섰다. 「좋아요, 시간 되시면 지금 얘기할 수 있어요.」

대화에 필요한 용품을 가지러 가는 동안 나는 다니엘라에게 그를 개인실로 안내하라고 부탁했다. 나는 전화기를 끄고 청진기와 펜 라이트를 내려놓고 얼음물 한 병과 휴지 한 상자를 집어 들었다. 병원에서 의료 서기로 일하는 다니엘라는 의예과 학생이기도 했다. 나는 그녀를 불러서 대화를 참관하게 했다.

「확실히 재미는 없어요.」 나는 경고했다. 「하지만 평생, 이 일을 하고 싶다면 다양한 경우를 보는 게 좋을 겁니다.」

참여하게 되어 기쁘다며 그녀가 열렬히 동의했다.

내가 처음으로 환자와 어려운 대화를 나눴던 때가 생

각났다. 이 환자는 40대 여성으로 만성 기침을 검사하러 응급실에 왔다. 그녀는 이미 1차 진료 의사에게 가서 적절하게 엑스레이를 찍었다. 결과는 정상이었다. 그런데도 그녀는 증상 개선에 도움이 될까 해서 항생제를 처방받았다. 항생제는 효과가 없었다.

기침이 계속되자 그녀는 응급실에 추가 검사를 요청했다. 이 환자는 지속적인 기침이 의미하는 더 교활한 문제를 암시하는 부차적 징후가 없었다. 예를 들어, 그녀는 체중 감소, 밤 시간대의 땀, 오한을 겪지 않았다. 그러나 우리는 어쨌든 CT 스캔을 하기로 했다. 내과 보조원 대니가 있었다면 〈느낌이 안 좋아요〉라고 말했을지도 모른다.

나는 일련의 지시를 내리고 나서 다른 대기 환자들을 검사하러 갔다. 곧 그녀의 결과가 조금씩 나오기 시작했다. 혈액 검사 결과는 정상이었고 활력 징후는 내 혈압보다 나은 혈압으로 나타났다. 그러나 CT 스캔 결과가 우리의 전자 의료 기록에 뜨기 전에 머리 위에서 방송이 들렸다.

「나비 박사님, 영상 의학과 3번 전화입니다. 영상 의학과 3번 전화입니다.」

방사선 전문의는 어둑한 방에서 홀로 일한다. 그들의 일은 우리의 응급실 일과는 매우 다르다. 그들은 뼈와 뇌,

내장의 사진을 검토하며 몇 시간을 보낸다. 그들은 환자들의 사진을 보며 하루를 보내지만, 우리가 그들을 직접 보는 경우는 거의 없다. 방사선 전문의들은 다른 의사들을 거의 만나지도 못한다. 방사선 전문의가 실제로 대화를 요청할 때는 무언가가 잘못되었다고 확신할 수 있다. 방사선 전문의가 그저 인사하려고 전화하는 경우는 거의 없다.

내가 수화기를 들었다.

「네, 영상 의학과의 앨리스 카터입니다. 월러스 환자의 담당 의사신가요?」영상 의학과 의사가 말을 시작했다.

내가 맞았다.

「네, 음, 폐렴이나 폐색전 같은 건 없어요. 그런 걸 찾으신다면…….」〈그건 아닌데…….〉 다른 문제가 있다는 것이 분명해지자 내가 생각했다.

「그런데 고립성 폐 결절*과 작은 혹들이 곳곳에 퍼져 있어요. 복부까지 스캔하지 않아서 상당히 제한적이긴 하지만, 이번 실험에서 간을 살펴본 결과 거기에도 점이 두어 군데 있는 것 같아서요.」

그때까지 그녀가 모호하게 말했지만, 이것이 무엇을

---

* 폐 내부에 생긴 지름 3센티미터 이하의 원형이나 타원형의 작은 덩어리로 병명이 아닌 영상학적 소견이다.

의미하는지 분명해졌다.

「CT 스캔으로는 어디에서 시작되었는지 알 수 없지만 아마 폐인 것 같아요.」그녀가 계속 말했다. 「어디서 왔든 간에 그녀는 전이성 암이에요. 사방에 퍼졌어요. 슬퍼요. 정말 안됐군요, 안 그래요? 꽤 젊어 보이는데요. 어쨌든, 전화 끊기 전에 선생님 성의 철자 좀 불러 주실래요? 우리 가 이 대화를 나눴다는 걸 기록하기만 하면 돼요. 정말 고 마워요.」

나는 그 당시 막 경력을 시작한 인턴이었다. 나는 내 다 음 임무가 걸어가서 우리가 알아낸 결과를 환자에게 말하 는 일이라는 것을 알았다. 물론 나는 환자들에게 CT 스캔 결과가 반갑지 않다는 소식을 전하는 것이 내 일의 일부 가 될 거로 예상했었다. 하지만 그 시점까지 나는 그런 일 을 해본 적이 없었다. 여하튼 때가 되면 준비되어 있을 거 로 믿고 있었다.

그렇지 않았다.

나는 전화를 끊었다. 나는 담당 레지던트에게 방사선 전문의에게 들은 내용을 알렸고, 내가 걸어가서 젊은 환 자에게 암으로 진단되었다는 소식을 전할 것이라고 말했 다. 그는 내가 전에 그런 일을 한 적이 있느냐고 물었다. 나는 없다고 대답했다. 그는 나의 경험 부족을 지적하면서 내가 혼자 가서 대화하는 게 편할지, 아니면 그와 함께 가는 게 나을지 물었다. 나는 확신에 찬 표정으로 그의 말을 무시했다.

「아닙니다, 괜찮을 겁니다. 어쨌든 감사해요.」

담당 레지던트가 엄지손가락을 치켜들었다. 나중에 생각해 보니 그의 반응은 단순히 자신이 관여하지 않아도 된다는 안도감이었을 가능성이 더 크지만, 내가 혼자서 해낼 능력이 있다고 그가 확신한다고 나는 해석했다. 그러한 만남은 전혀 즐겁지 않아서 의사들은 가능하다면 피하는 것이 행운이라고 생각하게 된다.

나는 머릿속으로 대화를 연습해 보았고 내가 생각해 낸 전략에 만족했다. 상상 속의 대화에서 나는 끝내주게 해냈다. 그래서 준비되었다고 믿으면서 나는 이제 가서 이 젊은 여자에게 기침이 암이라고 말할 때가 되었다고 판단했다.

손바닥에 땀이 났다. 나는 손 소독제 디스펜서로 걸어가 젤을 눌러 짜 손에 문질렀다. 수련의 초반 몇 달 동안 고마워했던 속임수였다. 손 소독제는 응급실 어디서나 사용할 수 있다. 레버를 누르면 눈에 보이는 불안의 징후가 손 위생에 철저한 태도로 쉽게 감춰질 수 있다.

마침내 환자의 방에 도착했을 때 나는 그녀에게 안녕

하시냐고 물었다. 그녀가 불안한 미소를 지었다. 머릿속이 하얘졌다. 나는 말을 더듬고 주저했다. 나는 영원처럼 느껴지는 시간 동안 횡설수설했다. 나는 부정적인 의미가 담긴 단어 하나에 희망을 주는 단어를 다섯 개 섞어서 말해야 한다고 느꼈다. 나는 그녀가 기대하는 안심시키는 말을 안 할 수가 없었다. 내가 가장 두려운 것은 그녀를 화나게 하는 것임을 깨달았다. 그녀의 미소를 보며 나는 차마 그 미소를 싹 가시게 할 말을 할 수가 없었다.

우리의 위로 본능이 얼마나 강력한지 전에는 미처 몰랐다. 불안한 그녀가 안심하고 싶어 한다는 것을 알기에 나는 온몸을 바쳐 괜찮다고 말하고 싶었다. 내가 알릴 소식이 파괴적임을 알기에 그것을 전달하고 싶지 않았다. 일상에서 우리는 안심시키는 말을 건네는 데 익숙하다. 친구나 사랑하는 사람들이 불안할 때, 일이 잘 풀릴 것이고 모든 게 다 잘될 것이라고 말하는 것은 자연스러운 일이다. 상황이 안 좋을 때 우리는 그들에게 상황이 나아질 것이라고 말한다. 이는 일면 우리가 그들이 그렇게 되기를 바라서이지만, 그 말이 거의 항상 사실이기 때문이기도 하다. 심각하고 영구적인 문제는 다행히도 드물다. 그러나 결과적으로 우리가 누군가의 가장 깊은 불안을 실제로 확인해 줘야 할 때 이것이 엄청나게 어려운 일임을 깨닫는다. 우리는 모든 것이 괜찮을 거라고 말하려는 본능과 싸우는 자신을 발견한다.

대화를 마치고 컴퓨터 단말기로 돌아가려고 할 때 나는 내 환자가 여전히 웃고 있다는 점에 감사했다. 내 마음속을 샅샅이 검토하면서, 그녀를 실망하게 하지 않으려는 나의 욕망이 너무나 커서 내 실제 임무를 전혀 완수하지 못했음을 깨달았다. 어쨌든 나는 대화를 나누면서 〈암〉이라는 단어를 일체 피하고 있었다.

대신 나는 그녀에게 CT 스캔에서 〈덩어리〉로 보이는 것들이 발견되었다고 말했다. 그녀는 나에게 〈그 덩어리〉가 무엇을 의미할 수 있는지 물었다.

나는 그녀에게 덩어리는 〈많은 것〉을 의미할 수 있고, 〈그중 일부〉는 〈매우 나쁠 수 있다〉라고 말했다.

그녀는 덩어리들이 어떤 나쁜 것일 수 있는지 물었다. 나는 빠져나갔다. 나는 〈글쎄요, 정말로 위험한 것일 수도 있지만 말하기 힘드네요〉라고 말했다.

「그게 무엇인지 확실하게 알려면 조직 검사가 필요할 겁니다.」내가 말했다.

실제로, 말 그대로 내가 말하기는 어려웠다. 엄밀히 따지면 그것이 사실이었지만(CT 촬영에 이어 조직 검사를 해야 그 덩어리가 암이라는 사실을 입증할 수 있었다), 진실을 말하자면 책임을 회피하기 위해 내가 얼버무리고 있었다. 그녀를 화나게 하지 않기 위해 나는 이치상 존재하지 않는 희망에 매달렸다. 이상하고 극도로 가능성이 낮은 다른 설명으로 둘러댔지만 나는 그녀가 암이라는 것을 알고 있었다.

내가 얼버무리고 빠져나간 진짜 이유는 다른 의사가 그녀에게 암에 걸렸다고 말할 거라는 희망 때문이라는 것도 나는 알았다. 조직 검사에서 밝혀질 때까지 내가 그녀가 암이라고 확신하지 않을 수 있다면, 암 진단을 알리는 책임은 조직 검사를 지시한 의사의 몫이었다. 물론 나는 책임을 전가하고 있었다. 자포자기한 나는 어떻게든 이것이 옳은 일이라고 스스로 정당화했다. 대화 중에 〈암〉이라는 단어를 사용하면 충격이 너무 클 거로 나는 생각했다. 〈내가 시작한 대화를 다른 사람이 끝내도록 일단 첫술만 뜨는 게 더 나아〉라고 나는 합리화했다. 나는 내 역할을 다시 정의하고 책임에서 벗어나기 위해 몇 번 그렇게 변명했다.

내가 대화를 마치고 돌아와 컴퓨터 옆에 다시 앉아 있을 때, 내 레지던트 상사가 대화가 어떻게 진행되었는지 물었다.

「잘됐어요.」 나는 거짓말했다. 「하지만 사실은 말만 꺼내다 말았어요. 다시 가서 마무리해야 해요.」

내가 실패했다는 것을, 그리고 더 잘하기 위해 다시 가야 한다는 것을 나는 알고 있었다. 나는 대화가 실제로 끝나지 않았다는 것을 알고 있었다. 나는 다시 일어섰다. 나는 또 한 번 손 소독제를 문지르기 위해 디스펜서에 들렀다. 두 번 꾹꾹 눌렀다.

나는 환자와 또다시 이야기를 나누기 위해 걸어갔다. 나는 그녀에게 사과하며 내가 정보를 충분히 전달하지 못해서 걱정될 뿐만 아니라 할 이야기가 더 있다고 말했다.

나는 그녀 옆에 앉아 심호흡하고 그녀의 눈을 바라보았다. 나는 방사선 전문의와 이야기를 나누었고, 그 결과는 아마도 내가 처음에 알려 줬던 진단보다 더 확실해 보였다고 말했다. 그래도 그 결과를 확인해야 하겠지만, 우리는 그녀가 전이성 암에 걸렸을 가능성이 가장 크다고 믿는다고 말했다. 나는 앞으로 갈 길이 멀다고 말했다. 지금 그녀가 묻고 싶은 중요한 질문들이 많겠지만 이 시점에 내가 답을 주기는 힘들 것 같다고 말했다. 나는 내 모든 정보가 CT 스캔 결과를 바탕으로 한 것인데, 그녀에게 암처럼 보이는 반점이 있었고 암이 퍼졌다고 말했다. 어떤 종류의 암인지, 어떤 특별한 치료법이 필요한지, 병이 얼마나 진행되었는지, 대략적인 예후가 어떤지 등은 확신하건대 그녀가 묻고 싶은 중요한 질문이겠지만, 그날 내가 대답할 수 없는 질문이라고 말했다. 나는 시간이 지나면 의심할 여지 없이 매우 불안한 시기에 대답을 더 많이 해줄 수 있는 의사를 많이 만날 것이라고 말했다. 나는 그녀에게 암에 걸렸다고 말했고, 그녀를 돕기 위해 우리가 할 수 있는 모든 일을 할 것이라고 말했다.

나는 매우 어려운 대화를 이어 가면서 우리의 일을 특히 어렵게 만드는 특정한 단어들이 있다는 것을 알게 되었다. 많은 파괴적인 질병과 예후가 존재하지만, 어떤 단어들은 우리의 집단의식에서 특별한 위치를 차지한다. 〈암〉이 그러한 단어 중 하나다. 우리 문화에서 그 중요성이 크기에 암이라는 단어는 우리를 특히 불편하게 만들 수 있다. 그런데도 매우 민감한 주제를 이야기할 때 이러한 민감한 단어를 사용하는 일은 중요하다. 예를 들어 완곡어법(〈염려되는 덩어리〉와 〈가셨습니다〉)은 우리가 충격을 완화하기 위해 사용하는 도구다. 그런 말들은 도움이 되지 않는다. 현실 자체가 엄청난 타격일 때 우리는 그것을 누그러뜨릴 권리가 없다. 우리는 환자들을 위해 그곳에 있을 수 있고 그들을 위로할 수 있지만, 그들이 직면하고 있는 현실을 바꾸는 건 잘못이다.

실제로 의학 문헌에서는 이러한 완곡어법이 혼란만 가

중한다고 가르친다.[54,55] 종종 우리가 말하기 매우 어려운 단어를 사용하지 않으면 환자와 가족들이 우리가 한 말을 충분히 이해하지 못한다. 예를 들어, 가슴에 〈악성으로 보이는〉〈염려되는 덩어리〉가 있다고 말할 수도 있지만, 그들은 〈음, 암이 아니라 다행이군요〉라고 대답한다.

한 응급 의사 친구가 죽은 환자의 가족들과 겪은 일을 말해 준 적이 있다. 그는 노인의 사망을 선언하고 가족들에게 아버지가 〈가셨다passed away〉라고 알렸다. 그는 그 소식을 전하며 그들과 긴 대화를 나누고 나서 다른 환자들을 치료하러 갔다. 이 친구는 몇 분 후에 환자의 가족이 그를 다시 불러 세워 면담을 요청했다고 말했다. 그가 뭘 도울 수 있는지 물었다.

「저희가 상의해 봤는데 선생님께서 계속 노력해 주셨으면 합니다.」이 가족이 내 친구에게 말했다.

「뭘 노력한다는 거죠?」그가 그들에게 물었다.

「선생님께서 저희 아버지를 살리기 위해 계속 노력해 주시기를 바랍니다.」그들이 대답했다. 슬픔에 잠긴 이 가족은 방금 나눈 대화의 깊이를 제대로 이해하지 못했다. 그가 아버지께서 〈가셨다〉라고 말했을 때, 그것이 그가 죽었음을 의미하고 이 죽음이 마지막임을 그들이 충분히 이해하지 못한 것이다.

결국 우리가 정직하고 솔직한 언어를 사용하는 것은 환자가 아니라 우리 자신을 위하는 일이다. 듣는 이의 충격을 완화한다고 생각할 수 있지만 우리는 결국 말을 에두르는 것이 실제로 그들에게 도움이 되지 않는다는 걸 안다. 가족이 죽어가는 병실에서 사랑하는 사람들을 데리고 나갔던 구식 의사들처럼 우리는 우리 자신이 불편해지지 않으려고 그렇게 한다.

나는 환자에게 질문이 있는지 물었다.

그녀는 혈액과 소변 샘플을 언급하면서 우리가 실시한 다른 검사 결과를 물었다.

「음, 그 결과들은 사실 완전히 정상입니다.」 검사 결과가 정상이라는 소식을 전할 기회를 간절히 바라던 내가 재빨리 대답했다.

「오, 좋군요.」 그녀가 내 대답을 듣고 웃었던 게 기억난다.

그녀의 반응은 이해할 만했다. 자동차의 엔진에 금이 갔을 때 에어컨이 잘 작동하고 있음을 아는 것은 별로 도움이 되지 않는다.

그녀는 담배를 피우지 않았고, 건강한 식단으로 먹었

으며, 매일 운동을 했다고 내게 말했다. 그녀는 왜 자신이 폐암에 걸렸는지 물었다.

나는 대답할 말이 없었다.

그녀는 자신이 죽을 것인지 물었다.

나는 허를 찔렸다. 〈우리 모두 죽지요〉가 내가 생각해 낼 수 있는 최고의 대답이었다. 그녀는 울었고 나는 그녀의 침대 옆에 앉았다.

다니엘라와 내가 죽은 환자의 남편이 기다리고 있는 방으로 걸어가려고 할 때, 나는 다니엘라에게 우리가 하려는 대화에 대해 조언을 해줄까도 생각했다.

그러나 미소를 띠며 누군가에게 암에 걸렸다고 말할 방법이 없듯이, 불편함을 느끼지 않고 매우 불편한 대화에 참여할 방법은 없었다. 내가 알려 줄 팁이나 그녀를 보호할 속임수는 없었다.

의과 대학에서 우리는 해부학이나 생리학 같은 과목을 배우는 방법과 다르지 않게 기억법과 진행 차트와 함께 나쁜 소식을 전하는 방법을 배웠다(〈SPIKES: 나쁜 소식을 전하는 6단계 방법〉이라는 제목이 붙었다). 나는 이 틀을 올바르게 적용하면 엄청나게 유용하다는 것을 발견했다. 연구와 이론을 적용한 이 방법은 우리가 정신의 로드맵을 개발해 어려운 대화를 진행하는 데 도움을 준다.

그런데도 이러한 도구들은 그러한 상황에 수반되는 불편함에 대비하지 못한다. 게다가 내가 걱정하는 한 가지는, 때때로 이러한 틀이 존재하면 그러한 소식을 전달하는 최고의 방법이 단 하나만 있다고 암시할 수 있다는 것이다. 대화가 잘 진행되지 않는다면 그것은 전달자가 우리 방식의 이상적인 틀을 충분히 준수하지 못했기 때문이라고 말이다. 결과적으로 의대생들과 레지던트들에게 이 방식을 가르칠 때 그들이 이러한 방식을 고안된 틀이 아니라 따라야 할 대본으로 여길까 봐 걱정된다. 그러한 기술의 세부 사항에 과하게 초점을 맞춘다면 현재 상황에 집중하고 그 중요성을 알지 못하는 우를 범할 수 있다. 그러한 접근법은 텔레마케팅 대본처럼 단조롭고 무의미하게 보일 수 있다.

나는 경력의 초기 단계에 있는 다니엘라에게 SPIKES를 가르치지 않기로 했다. 경험 자체가 교훈이 될 것이다. 우리는 남편과 이야기하기 위해 방으로 들어갔다.

제12장
마침내, 소개하다

우리가 한마디도 하기 전에 남편이 다가왔다. 「선생님들이 애써 주셔서 정말 감사합니다. 여러분 모두, 팀 전체에게 감사해요.」

슬픔에 잠긴 가족들은 거의 보편적으로 감사를 표현하지만, 그래도 가장 많은 것을 잃은 사람들에게 감사하다는 말을 들으면 끔찍한 감정이 든다. 그들의 감사는 받아들이기 어렵다. 〈아니에요, 아니에요, 우리는 오늘 밤 응급실에 있는 다른 모든 환자를 위해 많은 일을 했어요. 하지만 당신 아내한테만 부족했어요〉라고 생각하지 않을 수 없다. 그들의 감사는 우리의 죄책감으로 바뀐다.

나는 이렇게 대답했다. 「저희에게 고마워하지 않으셔도 돼요. 그게 저희가 여기에 있는 이유니까요. 결과가 좋지 못해서 죄송합니다.」

우리는 앉았다. 내가 이 대화를 하는 데는 두 가지 목표가 있었다. 하나는 정보를 주는 것이고 다른 하나는 정보를 얻기 위해 최선을 다하는 것이었다.

첫째, 이전에 일어난 일을 낱낱이 설명하는 일이 중요했다. 아내와 함께 집에 있을 때부터 그녀가 구급차에 실리는 동안 흉부 압박을 지켜보고 응급실에서 사망 선언을 듣기까지, 내 환자의 남편은 짧은 시간 동안에 진행되는 격렬하고 집중적인 활동을 목격했다. 그가 그날의 일을 이해하려고 할 때 구급대원과 응급실 팀이 어떤 근거로 그런 행동을 취했는지 이해하는 일이 중요했다.

둘째, 나는 그에게서 더 많은 정보를 얻으려고 노력할 필요가 있었다. 매우 많은 결과가 일어났는데도 어쨌든 나는 여전히 내 환자에 대해 거의 알지 못했다. 그녀는 내 보살핌을 받으며 죽었지만 나는 그녀의 이름조차 몰랐다. 내가 좀 더 많은 정보를 얻을 수 있다면 아마도 그녀의 실제 사망 원인에 대한 통찰력을 얻을 수 있을 것이다. 이 상황을 덜 불가사의하게 만들 어떤 정보라도 우리 팀과 남편이 모두 한 발짝 더 나아갈 수 있게 할 것이다.

내가 말을 시작했다.

「다시 말씀드리지만, 오늘 일어난 일은 정말 유감입니다. 남편분의 심정이 어떠실지 저로서는 헤아릴 수가 없죠. 너무 많은 일이 너무 빨리 일어났다는 걸 알고 있어요.」 나는 잠시 멈췄다. 「저와 조금 이야기를 나누시면 대체 무슨 일이 일어났는지 우리 둘 다 더 잘 이해할 수 있을 겁니다.」

그는 이해한다는 듯 고개를 끄덕이고는 아무 말도 나오지 않았지만 뭔가 말하고 싶다는 듯 입술을 아주 살짝 움직였다.

「하지만 시작하기 전에, 그 와중에 제 소개를 할 기회가 없었네요. 저는 나비 박사라고 하고 제 이름은 파존입니다. 오늘 보신 다른 사람들과 함께 제가 부인을 돌봤어요. 그리고 이쪽은 다니엘라입니다. 의학도이자 우리 팀의 일원이기도 해요.」

「정말 감사합니다.」 우리 둘에게 인사하며 그가 대답했다.

「앤서니, 이야기를 계속하기 전에 부인의 이름이 뭐였는지 말씀해 주시겠어요?」

「롤라요, 아내 이름은 롤라였어요.」

말하면서 우리는 시제를 현재에서 과거로, 다시 현재로 바꾸었다. 롤라의 시신은 아직 옮겨지지 않았다. 그녀는 여전히 우리 바로 옆에 있었다. 우리 넷은 같은 공간에 있었지만, 우리에 관해 이야기할 때는 현재 시제를 썼고 그녀에 관해 이야기할 때는 과거 시제를 사용했다.

「감사합니다. 이런 상황에서 남편분과 롤라를 만나게 돼서 정말 유감이네요.」

물론 롤라와 내가 오늘 실제로 만났는지는 논란의 여지가 있다. 내가 보기 전에 그녀는 또 하나의 무기력한 시신이었다. 그때 그녀는 롤라였고 존재감이 있었다.

나는 말을 계속 이어 갔다.

「남편분이 온종일 롤라와 함께 있었고, 롤라 대신에 911에 전화했다는 것도 알고 있어요.」 그가 다시 한번 고개를 끄덕였다.

「그러니 지금까지 알고 있는 것을 말해주시면, 그다음에는 이어서 제가 알고 있는 것을 알려 드릴게요. 괜찮겠죠?」

「네, 물론이죠……. 어디서부터 시작하죠? 아까 말했듯이, 우리는 지난주에 플로리다주에서 돌아왔어요. 아무 문제가 없었어요. 정말 괜찮았어요. 그런데 이틀 전에 아내가 배가 아프다고 호소하기 시작했지만, 그리 심각하지는 않았어요. 그때 제가 응급실에 갈 테냐고 물었더니 아내가 싫다고 했어요. 아내는 그냥 가스가 찼거나 뭘 잘못 먹었다고 생각했어요. 나는 적어도 병원을 예약하도록 아내를 설득했어요. 사실 내일이 예약 날짜인데…….」 그가 말끝을 흐렸다. 「이제 필요 없어졌지만요.」 그가 잠시 눈길을 돌리며 말했다.

그는 잠시 말을 멈추고 마음을 추슬렀다. 그녀가 더 이상 존재하지 않는데 여전히 예약되어 있다는 사실이 새로운 현실을 자각하게 만든 것 같았다.

그가 말을 이었다.

「그건 그렇고, 오늘 일찍 아내의 배 통증이 정말 심해졌고 약간의 가슴 통증을 느끼기 시작했어요. 그녀는 엄살을 부리는 사람이 아니었고 내 평생 그런 모습을 본 적이 없었어요. 그녀는 여전히 응급실에 가려고 하지 않았지만 어쨌든 나는 911에 전화를 걸었어요. 그게 다예요.」

그다음부터 내가 말을 이었다.

「음, 구급대원들이 응급실에 도착했을 때 방금 하신 말씀을 거의 다 들려줬어요. 그들이 나타났을 때 롤라에게 상당한 통증이 있었지만 그것 말고는 괜찮았다고 하더군요. 하지만 그녀가 복부와 가슴 통증 외에도 약간의 호흡 곤란을 호소하기 시작했고 그때 쓰러졌다고 했어요. 이게 다 맞는 얘기 같아요?」

「네, 맞아요.」

「그녀가 그 시점 이전에 숨이 가빴던 적이 있었어요? 아니면 쓰러지기 직전에 그랬어요?」

「없었던 것 같아요. 구급대원들이 도착할 때까지 아내

는 배와 가슴 통증만 호소했어요.」

「두근거림이나 현기증, 열, 다리의 통증이나 부기, 또는 다른 증상을 호소하지 않았어요?」

「아니요, 없었어요. 아내는 정말로 복통을 계속 호소했어요.」

「플로리다주에만 간 거 맞나요? 그전에 나라를 떠나거나 다른 곳에 간 적이 없었나요?」

「없어요, 우린 마이애미에서 결혼식을 올렸을 뿐이에요. 그게 다예요.」

「부인에게 의학적인 문제가 없었나요? 과거에 수술받은 적이나 어떤 이유로든 매일 약을 먹지도 않았나요?」

「아니요, 아무것도요. 아내는 몸을 잘 관리했어요.」

「혹시 롤라의 가족 중에 젊은 나이에 죽은 사람이 있었는지 아십니까? 유전병 같은 게 있나 해서요.」

「확신할 순 없지만, 없어요, 없을 겁니다.」

「네, 질문이 많아서 죄송해요. 무슨 일이 일어났던 건지 더 잘 알고 싶어서 그래요. 솔직히 말하자면 아직도 뭐라고 말하기가 상당히 어려워요.」 나는 말을 이어 갔다. 「구급대원들에게 들은 바로는 부인이 쓰러진 뒤 맥박을 확인해 보니 맥박이 없었다더군요. 그걸로 무슨 일이 일어났든 꽤 심각했다는 걸 알 수 있어요. 부인이 겪은 문제

때문에, 즉, 복통과 가슴 통증을 일으키고 숨을 가쁘게 한 그 원인 때문에 심장이 사실상 멈췄어요.」

초보 의사 시절, 나는 종종 환자들에게 설명해 주는 일을 걱정했다. 내가 〈맥박이 없다는 것은 매우 심각한 일이 일어나고 있다는 뜻입니다〉 같은 말을 한다면, 일종의 모욕으로 해석될 수도 있다고 걱정했다. 난 그들이 〈물론 맥박이 없는 건 심각하지, 이 바보야〉라고 생각하는 장면을 상상했다.

하지만 나는 이것이 거의 사실이 아님을 금방 알게 되었다. 아주 많은 정보를 듣는 사람의 사고는 다른 모든 상황에 있을 때와는 전혀 다르다. 우리가 제공하는 모든 정보를 듣자마자 그들은 어쩔 줄 몰라 할 수 있다. 우리가 무슨 말을 하든, 어떻게 말하든, 가족들은 종종 우리에게 속도를 늦추고 다시 말해 달라고 부탁한다. 그런 상황에 부닥친 가족들은 우리가 단순하고 반복적으로 말할 때 좋아하는 것 같다고 나는 인정하게 되었다.

「그리고 부인과 함께 있던 구급대원들도 소개하고 싶어요. 윈스턴과 루이스라고 해요. 우리와 함께 일하는 최고의 두 사람입니다. 부인께서 이보다 더 좋은 사람들을 만나긴 힘들었을 거예요.」

오늘 롤라의 사망 원인에 관해 우리가 확실한 답을 얻

기 힘들 것 같다는 게 분명해지고 있었다. 앤서니가 말해 준 모든 정보 중에서 하나의 설명으로 이끌 결정적인 정보는 아무것도 없었다. 이는 드문 일이 아니다. 응급실에서 일하다 보면 이미 사망한 환자가 도착해서 구급대원의 심폐 소생술을 받는 경우가 흔하다. 그들의 심장이 이미 펌프질을 멈췄기 때문에 우리는 그들이 잠재적 심장 마비로 죽었는지 확인하기 위해 심전도 검사를 수행할 수 없다. 그들의 폐가 더 이상 공기를 주고받지 않기 때문에 가능한 호흡기 질환을 진단하기 위해 흉부 엑스레이를 찍을 때가 아니다. 그리고 그들이 우리와 이야기를 나눌 수 없기에 쓰러지기 직전에 그들이 어떤 상태였는지 물을 수 없다. 정확히 무슨 이유로 환자들이 쓰러졌는지 우리가 결코 알 수 없을 때가 많다.

내가 앤서니에게 어떤 위안도 줄 수 없다는 게 점점 분명해지면서, 적어도 그가 아내가 받았던 보살핌의 질을 의심하지 않게 하는 것이 중요할 거로 생각했다.

「윈스턴과 루이스는 즉시 적절한 행동을 했고 훌륭하게 일을 해냈어요. 그들은 심폐 소생술을 시작했고, 정맥 주사로 액을 공급했고, 재빨리 아내분에게 호흡관을 삽입했어요. 그들은 에피네프린이라는 약도 투여했는데, 이 약은 때때로 심장이 다시 뛰도록 도울 수 있어요. 그들은 필요한 행동을 모두 했고 최대한 빨리 부인을 우리에게 데려왔어요.」

나는 앤서니가 할 수 있는 일을 모두 했고, 아내가 받은 보살핌에 마음을 놓는 일 외에 자신을 비난할 필요가 없다고 안심시키고 싶었다.

그러나 롤라가 죽기 전 이틀 동안 몸이 좋지 않았다는 점을 고려할 때, 나는 이 점이 정말로 진실이라고 확신하지 못했다. 롤라가 좀 더 일찍 응급실에 도착했더라면 더 많은 조치가 취해졌을 가능성이 있었다. 그녀의 몸에서 무슨 일이 일어나고 있었든 간에 한동안 진행이 된 후에 마침내 증상이 심해졌다. 롤라나 앤서니가 구급차를 불렀거나 초기 단계에서 치료받았다면 지금 살아 있을지도 모른다는 생각이 들었다.

나는 앤서니에게 이런 이야기를 하는 것이 무슨 이득이 있을지 생각했다. 한때 환자의 가족에게 내가 그런 식으로 고통을 주었던 일이 떠올랐다.

그 가족은 20대 후반이었다. 그녀가 아버지가 함께 레스토랑에서 저녁 식사를 하던 중에 갑자기 아버지의 말투가 바뀌었다. 불과 몇 분 전에 유창하게 대화를 나누던 아버지가 별안간 생각을 모으고 말을 표현하는 데 큰 어려움을 겪기 시작했다. 그의 말이 어눌해졌고 발음하는 데 시간이 걸렸다. 그가 하는 말을 대부분 이해할 수 없었다. 그녀는 응급실로 가자고 제안했다. 그는 그녀의 말을 무시했고 그들은 식사를 계속했다.

그들은 계산하고 식당을 나와 헤어졌다. 그녀는 나중에 나에게 아버지가 완고한 사람인 데다가 이미 의학 치료를 거부했기 때문에 〈두고 보기로〉 결정했다고 말했다. 이틀이 지나도 그의 증상이 나아지지 않자 그녀는 응급실을 계속 거부하는 아버지를 무시하고 병원으로 데려갔다.

물론 그는 뇌졸중을 앓고 있었다. 언어로 의사소통하는 능력을 담당하는 그의 뇌 영역이 기능에 필요한 산소를 빼앗겼다. 산소 부족으로 인한 뇌 손상은 대부분 돌이킬 수 없어서 남은 생애 동안 그는 빨리 지껄이고 말을 더듬고 분명치 않은 발음으로 웅얼거릴 가능성이 크다.

응급실 방문을 지체한 그들의 결정을 비난하기는 쉬울 것이다. 물론 뇌졸중은 즉시 병원으로 달려가야 한다고 생각할 수 있다. 그러나 분명히 환자와 딸 모두 좋은 의도로 가득 차 있었다. 한 사람에게 분명한 것이 다른 사람에게는 모호할 수도 있다.

이 환자가 마침내 응급실에 도착했을 때 우리가 그의 뇌졸중을 확인했지만 제공할 것이 거의 없었다. 다양한 요인에 따라 뇌졸중은 증상이 시작된 후 처음 네 시간 반에서 24시간 이내에만 치료할 수 있다. 그 후에 우리는 환자가 결함에 적응하는 데 도움이 되는 물리 치료와 재활법을 제공할 수 있지만 이미 일어난 손상을 되돌릴 방법은 없다.

상황이 정리되기 시작하자 이 환자의 딸이 내게 와서 특별히 어려운 질문을 했다. 그녀는 아버지를 더 빨리 응급실로 데려오지 않은 것이 실수였는지 물었다. 그녀는 아버지의 증상이 시작되었을 때 저녁 식사 중에 아버지의 말을 무시하고 응급실로 데려갔어야 했을지 물었다. 그녀는 만약 그랬다면 상황이 달라졌을지 물었다.

물론 일어난 일은 그녀의 책임이 아니었다. 환자 자신이 의사의 진료를 거부했다. 아버지를 돕기 위해 그의 뜻에 반해 더 강력한 조처를 하지 않았다고 비난받을 수는 없다. 그런데도 그녀는 방금 심각한 쇠약을 겪은 누군가를 염려하는 가족이었다. 그녀가 이미 일어난 일에 개인적으로 책임을 느끼기 시작했다는 게 분명해졌다.

나는 그녀가 그 당시에 지녔던 정보로 최선을 다했다고 말했다. 나는 무엇이 위급한지 바로 예측하기 어렵고 아버지가 응급실에 오기를 거부했다는 점을 고려할 때 그녀의 상황이 훨씬 더 어려웠다고 말했다.

하지만 나는 한번 뇌졸중을 앓은 환자들이 뇌졸중을

또 겪을 위험이 크다는 것을 알고 있었다. 그리고 언급했 듯이 뇌졸중을 치료하기 위해 사용하는 약물 및 의학적 개입은 증상이 시작된 후 몇 시간 이내에 제공되는 경우 에만 효과적이다. 〈시간이 뇌다〉라는 오래된 격언이 있다. 실제로 이 시점에서 우리의 진정한 책임은 그의 현재 뇌 졸중을 치료하는 것이 아니라, 뇌졸중이 재발할 우려를 최소화하기 위해 우리가 할 수 있는 일을 하는 것이었다. 이 환자와 그의 가족이 뇌졸중 증상을 확인하고 행동하는 방법을 확실히 이해하도록 하는 일은 의료의 필수적인 부 분으로 그것을 교육하는 일은 우리의 의무였다. 비슷한 증상이 재발하면 이 환자의 딸이 아버지를 응급실로 급히 데려가야 한다고 아는 것이 중요하다고 느껴졌다. 조치를 더 빨리 취하면 상황이 정말 달라질 수 있다.

「이번 내원으로 달라질 건 별로 없어요.」 내가 그녀에 게 말했다. 「일이 벌어졌기 때문에 아버님이 최대한 회복 할 수 있도록 뭐든 필요한 일을 우리가 할 겁니다. 하지만 이런 일이 다시 일어난다면, 그래요, 기다리지 말고 당장 그를 데려와야 해요. 뇌졸중 치료법이 몇 가지 있지만, 환 자들이 일찍 도착해야만 우리가 사용할 수 있어요.」

나는 그녀가 반드시 알아야 할 정보를 전달했고, 사실 그것은 그녀가 요청한 것이었다. 하지만 그날 저녁 내내 나는 그 환자와 그의 딸 옆을 지나갈 때마다 움츠러들었다. 밤새 그의 머리맡에 앉아 있던 그녀가 몸을 앞뒤로 흔들었다. 「아빠, 병원으로 빨리 안 모셔 와서 미안해요. 내 잘못이에요, 빨리 오지 못해서 미안해요, 몰랐어요, 아빠.」 그녀가 눈물을 뚝뚝 흘리며 아버지에게 말하는 소리가 들렸다.

이 일을 회상하면서 나는 앤서니에게 어디까지 말해야 할지 몰랐다. 이 뇌졸중 환자와 마찬가지로 앤서니의 아내도 너무 오래 기다리지 않고 911에 전화했다면 실제로 매우 다른 결과를 맞았을 수 있다.

그러나 그들의 상황은 매우 달랐다. 과거 뇌졸중 환자와 달리 앤서니가 준비해야 할 〈다음번〉은 없었다. 뇌졸중 환자와는 달리 이번에는 알려 줘야 한다고 느끼지 않았다. 게다가 롤라가 더 일찍 왔더라도 우리에게 치료할 방법이 있었다고 완전히 확신할 수 없었다. 나는 여전히 그녀가 사망한 실제 원인이 무엇인지 알지 못했으니까 말이다. 나는 그녀의 죽음을 막을 수 있었다고 암시해서 득될 것이 거의 없다고 생각했다. 따라서 옳든 그르든 나는 그 문제에 관한 생각을 마음에 담아 두기로 했다. 나는 롤라가 살았을 수 있는 시나리오가 존재한다는 내 믿음을 전혀 내비치지 않았다.

「그리고 앤서니, 부인 대신 911에 전화해 주셔서 정말 고마워요. 그녀가 원하지 않았다고는 하셨지만 그렇게 해 주셔서 다행이죠. 어떤 작은 통증이 큰 문제로 밝혀질지 아니면 아무것도 아니라고 판명될지 알기란 결코 쉬운 일이 아닙니다. 911에 언제 전화를 걸어야 할지 알기가 어려워요. 남편분은 할 수 있는 일을 모두 했고, 구급차를 불렀으니 최선을 다하신 겁니다.」

어쩐지 내가 한 말은 솔직하지 못한 동시에 전적으로 적절하다고 느껴졌다.

그는 이해한다는 듯 고개를 끄덕였다.

나는 그날의 사건에 관해 설명을 계속했다.

「우리가 모든 조처를 했지만, 구체적인 사항을 알 수 없었어요. 그리고 남편분이 제게 한 말에 따르면, 우리가 어떤 단서를 찾을 만한 새롭거나 특이한 사항이 정말로 없었어요. 그러니까 솔직히 말해서 정확히 무슨 일이 일어났는지는 아직 확실하지 않아요.」 내가 말을 멈췄다. 「하지만 아시다시피 제가 지금까지 많은 걸 이야기했어요. 지금 우리에게 물어볼 게 있으신가요?」 다니엘라를 대화에 참여시키며 내가 물었다.

그는 고개를 저었다.

방 안에 적막이 흐르자 마음이 불안해져서 나는 계속 말하고 싶은 충동을 느꼈다. 하지만 나는 더 할 말이 없었다. 내가 무슨 말이든 했다면 그저 내 불편함을 해소하기 위한 노력이었을 것이다.

나는 다니엘라를 건너다보았다. 그녀가 처음에 보였던 열망은 사그라진 것 같았다.

마침내 말 한마디 없이 또는 근육 한번 씰룩거리지 않고 방 안의 분위기가 바뀌었다. 앤서니에게 약간의 공간을 주는 것이 더 적절할 것 같았다.

「혼자 있고 싶어 하시는 것 같군요. 우리가 방을 나가지만 근처에 있을 겁니다. 필요한 게 있거나 얘기하고 싶으시면 주저하지 말고 우리 중 한 명을 불러 주세요.」

우리는 방을 나가며 조용히 문을 닫았다.

제13장
관료주의의 부조리

응급실의 혼돈 속으로 걸어가면서 내 주의를 끌려고 다투던 모든 잡다한 업무와 임무가 재빨리 떠올랐다. 우리가 방금 빠져나온 방의 조용한 불안은 응급실의 다급한 기운과는 전혀 다른 세계처럼 보였다.

직원이 나를 보며 작성할 사망 진단서를 가리켰다. 머리 위의 안내 방송에서 검시관의 전화가 대기 중이라고 알려 주었다. 간호사가 상자를 확인해 롤라의 시신이 안치실로 갈지 부검실로 갈지 알아보라고 요청했다. 우리 직업의 요식 절차는 이 직업의 더 인간적 요소들과 극명한 대조를 이룬다. 아내의 죽음을 서서히 받아들이도록 도와준 후에 체크 박스와 분류 코드, 청구 절차의 가치를 인정하기는 어렵다. 의료계는 특히 터무니없는 관료적 요구를 수용하는 것 같아 문제가 더 복잡해진다.

내가 레지던트일 때 수면 위생에 관한 필수 온라인 강

좌를 들어야 했던 일이 생각난다. 우리 병원은 레지던트들에게 3일에 한 번 27시간씩 몇 주씩 계속 근무하도록 요구하면서, 그런 업무량이 환자들에게 나쁜 결과를 초래할 수도 있다고 생각하기 시작했다. 그러나 더 합리적인 일정을 고려하기보다는 수면 부족이 업무 수행에 미치는 영향을 의사들이 더 잘 이해할 필요가 있다고 판단했다.

내가 침대에 일어나 앉아 있었던 기억이 아직도 생생하다. 노트북의 희미한 푸른빛이 내 눈을 긴장시켰고 나는 휴식의 미덕을 배우기 위해 잠을 자고 싶은 충동을 물리치고 있었다.

이러한 부조리는 특별하지 않다.

미국 응급실의 90퍼센트 이상이 혼잡한 상황을 늘 보고한다.[56] 간호사와 의사는 종종 그들이 합리적으로 돌볼 수 있는 환자 수의 두 배를 돌본다. 환자를 수용할 물리적 공간이 없어서 환자들이 종종 복도까지 넘쳐나고 사생활을 보호할 커튼조차 없이 병원의 공공장소에서 들것에 누워 기다린다. 단순한 짜증을 넘어 이런 종류의 과밀은 위험하다고 알려져 있다. 수많은 연구가 응급실 과밀과 환자 사망률의 증가 사이에 직접적인 연관성이 있다고 밝혔다.[57,58] 그런데도 생명을 위협하는 이러한 위험을 해결하기 위해 간호사와 의사의 고용을 늘리는 데 기관의 재정이 쓰이지 않고, 이미 과밀해진 우리 시설에 환자를 더 끌어들이기 위해 버스에 도배된 광고판, 잡지 광고, 포스터에 쓰이는 것이 일반적이다. 우리는 응급실의 혼잡을 해소하고 환자의 생명을 구할 해결책이 아니라, 환자를 안전하게 돌볼 능력을 이미 넘어선 병원의 모객을 도모하는 마케팅 캠페인에 한정된 자원을 사용한다.

청구 코드, 문서 등급, 운영 비용에 중점을 두는 병원 경영자들은 때때로 우리 노력의 궁극적인 핵심인 산소 포화도, 혈압, 심박수를 잊어버리는 것 같다. 그들은 우리 기관의 활력 징후를 안정시키기 위해 엄청난 노력을 기울이면서 환자의 활력 징후 악화를 막을 수 있는 것들에 투자하는 일을 잊어버린다. 내가 교대 근무하러 걸어 들어가면서 우리 병원의 건물들이 대다수의 내 환자보다 상태가 좋다고 생각할 때가 드물지 않다.

의료계에 종사하면서 난감한 상황을 많이 만나지만, 우리가 가장 큰 통제권을 발휘하는, 즉 우리가 의료를 제공하는 바로 그 시스템에 가장 경악할 때가 많다.

언제가 내가 뉴욕시의 공립 병원에서 일할 때 응급실에 와서 난소암 치료를 요청하는 환자를 돌본 적이 있다. 그녀는 이미 조직 검사를 해서 암 진단을 받았고, 여러 차례 화학 요법을 받았으며, 다음번 화학 요법을 받기 위해 왔다고 말했다. 어안이 벙벙해진 나는 응급실에서는 화학 요법을 시행할 수 없으며, 화학 요법을 받으려면 종양과 의원이나 외래 환자로 암 병원에 가야 한다고 설명했다.

「하지만 담당 종양 전문의가 여기로 가라고 했어요.」

그녀가 내게 종이 한 장을 건네주기 전까지 나는 오해가 있다고 생각했다. 아이비리그 의료 센터의 편지 용지에는 이렇게 쓰여 있었다. 〈슈트 씨는 오른쪽 난소에 IIIC 단계의 저급 장액암이 있어 내 치료를 받아 왔습니다. 그녀는 최적 세포 감소성 수술 후 상태이며 현재 6주기 중 4주기로 카보플라틴과 파클리탁셀로 보조 화학 요법을 받고 있습니다. 그녀의 건강 보험 조건이 바뀌는 바람에 여기서 남은 화학 요법 치료를 마칠 수 없었습니다. 나는 그녀가 암 치료를 지속하고 완료할 수 있도록 그녀를 (당신의) 병원에 의뢰했습니다. 평가와 치료를 부탁드립니다.〉

슈트 씨는 이어 그녀가 이전에 확실한 건강 보험을 제공하는 안정된 직업이 있었다고 말했다. 그녀는 이 직장에서 일하는 동안 난소암 진단을 받았고 가까운 대학 의료 기관에서 암 치료를 받기 시작했다고 했다. 이전에 직장에서 병가를 사용한 적이 없었는데도, 그녀는 암 치료 때문에 그해의 병가 한도를 초과했다. 이 때문에 그녀는 직장에서 해고되었고, 그 결과 건강 보험도 잃었다고 말했다. 건강 보험이 없어지자 그녀를 치료하던 종양 전문의는 그 기관에서 더는 치료받을 수 없다고 알렸다. 암 치료를 받을 수가 없게 된 이유는 바로 암으로 진단받았기 때문이라고 슈트 씨가 내게 말했다.

그래도 나는 응급실에 도착한 그녀 때문에 혼란스러웠다. 그녀에게 암 치료를 제공할 도구와 전문 지식이 부족한 나는 그녀에게 왜 종양 전문의가 우리 병원의 진료소 중 한 곳에 예약하지 않고 응급실에 가라고 말했는지 물었다.

「의사가 응급실로 가라고 하지는 않았어요. 그냥 이 병원으로 가라고 했는데 어디로 가야 할지, 언제 갈지, 어떤 얘기도 하지 않았어요. 나는 어디로 가야 할지 몰랐지만 응급실에 와야 한다고 생각했어요. 왜냐하면 내가 보험이 없고 생명을 위협받는 상태라면 응급실에서 치료해야 한다는 법이 있을 것 같았으니까요.」

나는 그녀가 응급실에 도착한 것이 실수도, 단순한 오해도 아님을 깨닫기 시작하자 신경이 곤두섰다.

「음, 환자분 말이 맞아요.」 내가 말하기 시작했다. 「그런 법이 있지만, 응급실에 들어가는 사람은 누구나 안정을 취할 권리가 있다는 게 전부입니다. 환자분이 암에 걸렸고 그것이 생명을 위협한다는 건 알지만, 엄밀히 말하면 지금 당장은 생명을 위협하지 않기 때문에 지금 당장은 환자분이 안정적인 상태라고 여겨질 겁니다. 미친 소리처럼 들리겠지만요. 하지만 더 중요한 것은 제가 환자분을 치료하고 싶지 않은 게 아니라 치료할 수 없다는 겁니다. 저는 화학 요법을 제공할 수 없고, 설령 그럴 수 있다고 해도 저는 종양 전문의가 아니라 응급실 의사예요. 그건 제 전문이 아니죠. 우리는 응급실에서 암을 치료할 능력이 없어요.」

「잠깐, 그러니까 법에 따르면 내가 〈빨리〉 죽어가면 응급실에서 치료받을 수 있고, 내가 〈천천히〉 죽어가면 어떻게 될지 모른다는 건가요?」

우리 의료 시스템을 정확하게 설명한 그녀의 말이 나를 불편하게 만들었다. 「음, 어느 정도 그렇지만, 우리가 그런 게 아니라……」

그녀가 끼어들었다.

「그래서 선생님이 지금 내 암을 치료할 수 없지만, 만약 내가 집에 갔다가 몇 달 후에 지금 나를 죽이고 있는 암이 나를 더 죽이고 있을 때 돌아오면, 그러니까 사실상 게임이 끝나고 실제로 눈을 감기 직전에 그때 나를 치료할 수 있다는 말씀인가요?」

「아마 그렇겠죠, 만약 그런 일이 일어났고 그때 환자분이 불안정한 상태라면, 환자분을 안정시키기 위해 우리가 할 수 있는 모든 걸 할 것입니다. 제 말은, 여기 응급실에서 저는 환자분의 암 자체를 치료할 수는 없지만, 그때 환자분을 불안정하게 만드는 다른 질병을 모두 치료하겠다는 뜻입니다. 하지만 우리는 그런 일이 일어나게 하지는 않을 겁니다.」

나는 믿기 힘들겠지만 미국의 의료 상황을 고려하면 그녀가 실제로 운이 좋았다고 설명했다. 나는 전국 대부분 지역에서 실제로 그녀에게 선택의 여지가 없고 의지할 곳이 없을 수 있지만, 뉴욕시에는 건강 보험이 없어도 그녀가 암 전문의를 만나 암 치료를 계속 받을 수 있는 강력한 공공 병원 시스템이 존재한다고 설명했다. 「걱정하지 마세요, 제가 치료받을 수 있는 곳으로 연결해 드리겠습니다.」 나는 그녀를 안심시키려고 애썼다.

「그래요.」 그녀가 내 말을 믿지 않는다는 듯이 말했다.

나는 그녀가 우리 도시의 공공 병원 시스템 내에서 종양 전문의와 치료를 이어 갈 수 있도록 조처했다. 예약이 제한되어 있고 지금까지 그녀가 받은 자세한 치료 이력이 다른 병원에 저장되어 있어 그 정보를 얻기가 어려운 까닭에, 그녀의 치료가 지연될 수도 있고 이미 받은 몇 가지 검사를 반복해야 할 수도 있다고 나는 설명했다. 「이게 이상적이지 않다는 건 알지만 우리가 할 수 있는 최선이라고 생각해요.」

「고마워요.」 그녀가 눈을 마주치지 않으며 대답했다.

내가 의대생이었을 때, 많은 교수가 언젠가 우리는 이 직업이 부여하는 엄청난 책임에 감사하며 자긍심을 느낄 거라고 말했다. 그들은 단 한 번도 그 반대의 상황을 언급하지 않았다. 그들은 우리의 직업이 많은 환자를 실망하게 한다는 것을 알게 된 우리가 일상적으로 깊은 수치심을 느낄 거라고는 한 번도 말하지 않았다.

나는 슈트 씨에게 사과하고 우리의 의료 시스템을 언급하고 싶었다. 나는 그녀의 상황이 얼마나 불쾌했을지 이해했고, 내가 정말로 돕고자 노력하고 있다고 설명하고 싶었다. 어쨌든 나는 그녀의 편이고, 근무 시간이 아닌 내 자유 시간의 대부분을 애초부터 그녀가 분통 터지는 상황을 경험하지 않게 할 바로 그런 의료 개혁을 옹호하면서 보낸다고 이야기해 주고 싶었다. 하지만 그녀를 끔찍한 상태로 몰고 간 우리 시스템의 메커니즘을 이용하라고 안내한 직후에 내가 그녀의 편이라고 설득하려고 노력하는 것은, 교도소의 독방으로 수감자를 데려가면서 개인적으로 우리의 형사 사법 제도가 불공평하다고 생각한다고 설득하는 교도관 같다는 느낌이 들었다. 그녀의 관점에서 나는 그녀의 딜레마를 만든 그 시스템의 일부라고 생각했다. 나는 이 생각을 마음에 담아 두고 그녀를 응급실에서 내보냈다.

슈트 씨의 경험은 특별하지 않다. 응급실에서 우리는 우리 시스템의 결함을 자주 목격한다. 종종 우리는 훨씬 더 달갑지 않은 결과를 마주한다.

한번은, 병원에서 인후염 항생제 처방을 받을 형편이 되지 않아 반려동물 가게에서 물고기 항생제를 사서 먹은 환자를 진료했다. 피라미용 사용법에 기초해 적절한 항생제 복용량을 계산하려고 했던 이 환자는 적정량을 잘못 판단해 과량 투여했다. 그 결과 심각한 신경학적 부작용을 겪은 그녀는 균형감을 잃어 계단 아래로 떨어졌다. 우리 시스템의 비용을 피하려다 그녀는 중환자실 비용을 부담하게 되었다.

나는 그녀의 사례를 보고하기 위해 우리 지역의 독극물 통제 센터에 전화했다. 이 도시의 독물학자들은 대중을 더 잘 보호할 수 있도록 과다 복용과 중독에 관한 자료를 수집한다. 나는 전화를 받은 독물학자에게 무슨 일이 일어났는지 말했다. 「제 말이 믿기지 않으실 겁니다.」 내가 말했다. 「제 환자가 반려동물 가게에서 산 항생제를 먹었어요.」

「아마 물고기 항생제일 겁니다, 그렇죠?」 그는 내 말을 확실히 믿는다는 듯 대답했다. 「네, 바로 그거예요. 어떻게 알았죠?」

「십중팔구는 물고기 항생제죠. 개나 고양이 항생제를 손에 넣을 수 있는 대부분 사람은 괜찮지만, 그걸 사려면 수의사의 처방이 필요해요. 모든 반려동물 가게에서 비처방 물고기 항생제를 구할 수 있어요. 제대로 투여할 수만 있다면 효과가 있지만, 문제는 그 제품들이 거대한 탱크에 녹이는 패킷으로 나온다는 겁니다. 그래서 약효가 매우 강하고 농축되어 있어요. 사람에게 맞는 복용량을 알기가 정말 어렵기 때문에 사람들이 일을 그르치는 경우가 드물지 않아요. 많은 경우, 사람들이 반려동물용 항생제를 과다 복용하는 경우는 거의 항상 물고기용 약입니다. 환자가 의사에게 갈 형편이 아니라면 다음번에는 개나 고양이 항생제를 복용하는 것이 좋습니다. 우리의 경험상 이 약은 문제가 거의 없어요.」

나는 교대 근무할 때마다 거의 항상 혈압이 통제되지 않고 혈당이 상승해 고통받는 환자들을 본다. 그들은 의사의 처방이 아니라 주머니 사정에 따라 인슐린 복용량을 절반으로 줄이고 고혈압약을 띄엄띄엄 복용한다고 자연스럽게 설명한다. 장기적인 결과로, 즉 약을 건너뛰면 심장 발작과 뇌졸중, 실명과 신부전, 심지어 발가락과 발을 절단할 가능성이 커진다는 것을 알지만 그들은 선택의 여지가 없다고 말한다. 그래서 비용을 감당할 수 없는 이 환자들은 심장과 마음, 눈과 신장, 발과 발가락이라는 터무니없는 값을 치르게 된다.

나는 질병을 맞바꿔야 했던 환자들도 보았다. 최근에 손목 골절로 진단받고 치료받은 청년을 진료한 적이 있다. 의료비 청구서를 받자 그는 가슴 통증, 호흡 곤란, 두근거림, 혀와 입술 주위의 따끔거림을 경험하기 시작했다. 그가 손목 골절에 대한 청구서를 받고 공황 발작을 일으킨 것이다. 자신에게 없는 수천 달러를 마련해야 했던 그는 결국 응급실로 돌아왔다. 우리의 의료 시스템은 말 그대로 한 질병을 치료하고 다른 질병을 만들어 냈다.

우리 의료 시스템의 현실은 종종 이해하기 어렵다. 응급실에서 일하면서 관료주의적 요구에 내가 확실히 혐오감을 느끼게 된 것은 이런 경험이 몇 년 동안 쌓인 후였다. 도와야 할 바로 그 사람들에게 너무나 냉담한 시스템에 누구라도 냉담함이 생길 수밖에 없다.

현재 내 앞에 놓인 임무는 롤라와의 만남을 기록하는 것이었다. 응급실 서기인 다니엘라가 만든 본보기에서 시작해서, 나는 롤라의 마지막 순간의 세부 사항을 표시해 의료 기록으로 만드는 문서를 완성했다. 그녀가 살았더라면 이 문서는 나중에 그녀를 돌볼 다른 의사와 간호사에게 그녀의 의료 과정을 전달하는 중요한 도구로 사용되었을 것이다. 의사와 간호사들은 치료를 진행할 때 이 문서에 의존해 이전에 환자에게 무슨 일이 일어났는지 이해한다. 종종 과거에 대한 이해는 미래의 청사진을 제공한다. 그러나 롤라가 사망했기 때문에 이 문서는 대부분 우리의 사건 기록으로 쓰일 것이다.

그러나 나는 그것이 이 문서의 유일한 사용 목적이 아님을 알고 있었다. 우리 병원의 청구서 만드는 직원들과 코드 만드는 직원들이 아침에 사무실에 도착하면, 병원의 컴퓨터 시스템에서 우리 문서를 뽑을 것이다. 우리가 일하는 임상 환경과는 동떨어진 건물의 사무실에 앉아서 그들은 데이터를 샅샅이 뒤져 가장 수익성이 높은 문구를 찾아내는 정교한 소프트웨어를 적용할 것이다. 그리고 나서 일종의 자유 시장 연금술을 사용하여 이 단어들을 수익으로 바꿀 것이다. 이 과정에서 사용하는 주문은 〈5에 도전하라〉다. 이는 이 직원들이 응급실에서 가장 수익성이 좋은 5단계 청구 코드에 도달하는 일의 중요성을 강조하기 위해 사용하는 장난스러운 문구다.

결국 청구서와 코드를 만드는 이 사람들은 문상 편지가 아니라 청구서를 만들 것이다. 그들은 우선 롤라의 건강 보험 회사에 우편을 보낼 것이다. 그 회사는 자신들이 책임져야 한다고 생각하는 부분을 지급할 것이다. 그녀의 보험 회사가 보상하기를 거부한 나머지 청구서, 즉 코페이나 공동 보험, 공제액, 기타 금액은 우편으로 롤라의 집으로 보내질 것이다. 롤라가 사망했는데도 롤라의 재산(우리 병원의 금융 서비스 부서가 롤라의 자산, 투자액, 지분을 경제적으로 평가하는 데 사용하는 법적 용어)으로 나머지 금액을 지급해야 한다. 롤라가 평생 모은 돈이 바닥나 남은 돈이 없다는 사실이 입증되어야만 나머지 병원비가 탕감될 수 있을 것이다.

물론 그녀가 죽었기에 앤서니는 어느 날 우편물 중에서 죽은 아내 앞으로 온 우편물을 발견할 것이다. 그는 봉투를 열어 아마도 그녀를 구하지 못한 수천 달러의 진료비가 항목별로 기재된 명세서를 발견할 것이다.

〈이런 일이 일어나지 않으면 좋으련만!〉 롤라와의 만남을 기록하기 위해 컴퓨터 앞에 앉았을 때 내 뇌는 다시 한번 울부짖었다.

죽음은 우리가 공통으로 지닌 인간애를 상기시킴으로써 우리를 불편하게 만든다. 반면에 우리의 의료 시스템이 죽음을 다루는 방식은 우리가 무시하기로 선택한 그 공통의 인간애를 상기시킴으로써 우리를 불편하게 한다.

진료 내용을 기록하면서, 나는 한숨을 쉬며 전자 의료 기록에 내 메모를 저장한 후에 〈서명하시오〉를 클릭하며 그 뒤에 이어질 일련의 일들을 생각했다.

제14장
사망 원인?

내 다음 임무는 롤라의 죽음을 지역 기관에 보고할 서류를 작성하는 일이었다. 우리 병원과 달리 검시관은 우리 환자들에게 청구서를 보내거나 그들을 미수금 처리 대행 회사로 보내지 않는다. 서류 작성도 섬뜩하고 관료적인 일이기는 하지만 환영할 만한 업무 전환이었다.

나는 뉴욕시 수석 검시관 사무소가 운영하는 웹사이트에 로그인하려고 자리에 앉았다. 인구 8백만 명의 도시에서 일어나는 모든 죽음이 보고되는 데이터베이스다. 수많은 비통한 에피소드들이 결국 하나의 거대한 디렉터리에 하나의 자료로 기록된다. 웹사이트가 로딩되었지만 나는 계속 진행할 수 없었다. 비밀번호를 잊어버렸다. 몇 번의 로그인 시도가 실패한 후 나는 재설정하기로 했다. 이전 암호와 너무 유사하거나 특수 문자가 너무 적어서 몇 번 실패한 후에 마침내 액세스 권한을 얻었다.

인간의 죽음처럼 중요한 사안을 기록할 때도 강아지 간식을 주문할 때처럼 웹 브라우저에서 여러 번 시도하고 실패하는 과정을 거쳐야 한다는 사실은 나를 잠깐 멈추게 한다. 사람들은 심오한 사건은 정상적인 업무 흐름 밖에서 특별히 다루어져야 한다고 느낀다.

그러나 그렇지 않다. 출생이나 사망을 기록하는 일이 내 강아지를 위해 몇 가지 간식을 주문하는 일보다 훨씬 더 중요하지만, 일을 처리하는 데는 근본적인 차이가 없다. 우리는 같은 운영 체제, 가격 코드, 사용자 이름과 비밀번호를 사용한다. 어쨌든 내가 강아지 간식을 주문하는 웹사이트는 인간의 생명을 기록하기 위해 내가 접속하는 웹사이트보다 더 잘 설계되고 기술적으로 앞서 있다. 천국의 문의 디지털 버전은 20년 정도 구식처럼 느껴진다.[59]

나는 시간과 날짜, 의료 면허 번호, 롤라의 인구 통계 정보를 신속하게 써넣을 수 있었다. 그러나 대답할 수 없는 질문을 발견하고는 멈출 수밖에 없었다.

〈사망 원인〉. 시스템이 재촉했다. 〈나도 몰라.〉 내가 생각했다.

이 데이터베이스는 응급실과는 매우 다른 환경을 위해 수십 년 전에 설계되었다. 그것은 원래 입원 환자의 의료와 외과 병동을 위해 만들어졌다.

입원 팀은 종종 환자와 그들의 의학적 문제를 알아내기 위해 며칠, 때로는 몇 주간 시간을 보낸다. 반면에 응급실에서는 일상적으로 이런 정보가 부족하다. 우리는 종종 환자들이 도착했다는 것 외에는 아무것도 모른다. 우리는 보통 위아래 10년 범위에서 나이를 추정할 수 있고 대부분 성별을 추측할 수 있다. 우리는 환자의 가슴에 있는 30센티미터 정도의 복장뼈 절개 흉터를 보고 심장병을 앓고 있다고 가정할 수도 있고, 이두박근 위에 보이는 울퉁불퉁한 샛길*을 보고 투석 환자라고 예측할 수도 있다. 그러나 이렇게 관찰해서 아는 것 외에도 추측할 일이 많다. 팔에 난 자국은 정맥 주사 약물을 사용했다는 표시인가? 아니면 이 사람이 최근에 관련 질병 때문에 진료실에서 피를 뽑았던 걸까? 부러진 앞니는 넘어져서 머리를 부딪혔다는 표시일까? 아니면 단순히 몇 년 전에 운 없게도 올리브 씨를 깨물었을까?

가족이나 지갑의 운전 면허증, 아니면 신원을 확인할 다른 방법 없이 환자들이 도착하면 우리는 그들을 부를 이름을 정한다. 〈방금 나타난 그 환자〉라는 애매모호한 말로 부르기보다는 이름을 지어 준다. 우리가 붙이는 특

---

* 장기와 몸 표면 또는 두 장기 사이에 생긴 비정상적 통로.

정 가명은 병원마다 다르다. 일부 병원에서는 알 수 없는 환자를 정확하게 〈알 수 없는 여성 1〉 또는 〈알 수 없는 남성 4〉라고 부르며 숫자가 커질수록 아마도 그날 저녁이 더 바빠질 것이다. 창의적인 병원들도 있다. 〈외상 텍사스〉와 〈외상 오클라호마〉는 내가 이전에 일했던 한 병원에서 사용한 가명 중 하나였다.

물론 나도 늦게서야 롤라의 이름을 알게 되었다. 그녀의 남편과 이야기를 나눈 후에도 나는 여전히 그녀의 사망 원인을 규명할 충분한 정보가 부족했다. 그런데도 나는 죽음이 그렇듯이 관료주의는 호감을 주지 못한다는 걸 알고 있었다.

〈이 칸은 공백으로 둘 수 없습니다.〉 대답할 수 없는 질문 옆에 경고용 빨간 글씨가 떴다. 물론 이는 드문 일이 아니다. 삶을 통제하기 위해 우리는 엄격한 정의와 융통성 없는 규칙들을 장황하게 만들어 냈다. 우리는 일상적으로 우리가 만든 경직된 구조에 맞도록 삶의 사건들을 코드화하고 조직한다. 종종 우리는 너무 멀리 간다. 이치에 맞지 않게 우리는 삶을 칸칸이 구획하고 아마도 있지도 않을 구조와 해답을 요구한다. 우리는 알고리즘을 만족시킬 쓸모없는 정보를 위해 의미 있는 경험을 주고받는다. 결국 그렇게 하면서 삶의 본질을 잃는 희생을 감수해야만 우리가 삶을 통제하는 데 성공할 수 있을지도 모른다.

하지만 시스템은 꿈쩍도 하지 않았다. 나는 어떻게든 추측해야 했다. 〈복통〉. 나는 모호한 대답으로 정직함을 유지하며 적어 넣었다.

서기인 베니가 내 어깨너머로 쳐다보며 웃었다. 「아이고, 시스템이 받아들이지 않을 거라는 거 아시잖아요.」 베니는 사망 진단서를 처리하는 임무를 맡았다. 환자의 사망을 선언한 적은 한 번도 없었지만, 그는 응급실에 있는 누구보다 이런 형식을 다룬 경험이 아주 많았다. 데이터베이스가 내 말을 듣지 않았기 때문에 나는 대신 그에게 호소했다.

「맞아요, 하지만 이 여자의 사망 원인이 뭔지 모르겠어요. 그녀는 말 그대로 죽어서 도착했고 내가 아는 거라곤 집에서 복통과 가슴 통증을 느꼈다는 것뿐이니까요. 뭐라도 사인이 될 수 있었어요.」

그가 공감했을 수는 있지만 그렇다고 바뀌는 건 아무것도 없었다. 그는 다시 한번 웃었다. 「아시다시피 그래도 뭔가를 써야 해요. 적어 넣으셔야 해요.」

〈심정지〉. 나는 키보드를 두드리면서 한숨을 쉬었다.

그것은 정당한 대답이었다. 엄밀히 말해 모든 죽음은

궁극적으로 심장 정지가 원인이니까 말이다. 결국 〈심정지〉는 〈심장이 멈췄다〉는 의학 용어에 지나지 않는다. 심정지는 어떻게 보면 죽음의 원인이자 정의이기도 하다.

〈근접한 사인을 입력하세요.〉 시스템이 요청했다.

데이터베이스는 환자의 심정지를 일으킨 원인을 정확히 설명하는 2차 진단을 요구하고 있었다. 이전의 내 답변이 무의미할 정도로 모호했던 것을 고려하면 정당한 지적이었다.

「심정지의 원인은……」 컴퓨터 모니터에 펜을 두드리며 누군가가 내 말을 완성해 주길 바라며 생각나는 대로 말했다. 나는 그 질문에 인질로 잡혀 있었다(시스템이 만족할 때까지 진행할 수 없었으니까). 나는 롤라의 검사 결과를 보고 단서를 찾기로 했다.

위독하거나 불안정한 환자들이 급히 이송되어 응급실에 도착하자마자 우리는 언제나 정맥 주사를 놓고 피를 뽑는다. 하지만 혈액 검사는 우리에게 즉각적인 도움을 주지 않는다. 혈액이 검사실로 보내지고, 원심 분리기에서 회전하고, 광도계 및 유세포 분석기로 분석하는 데 시간이 걸린다. 우리 환자들에게는 그럴 시간이 없다. 이 검사실 표본을 채취하는 이유는, 응급실에서 즉시 소생술을 안내하는 데 도움이 되지는 않지만, 환자가 초기의 중요한 순간에 생존하면 이 결과가 나중에 치료를 안내하는 데 도움이 되길 바라서다. 달리 말해 환자들이 바로 사망하지 않고 중환자실까지 갈 수 있다면, 응급실에서 채취한 혈액 검사는 나중에 중환자실에서 중환자실 의료 팀이 미리 대비할 것임을 경영진에게 알리는 데 도움이 된다.

검사 결과가 나오기 전에 사망 판정을 받은 롤라에게 이 결과는 형식적인 것에 지나지 않았다. 기능적인 목적이 없었기 때문에 나는 검사 결과를 확인하지 않았다. 하지만 그 결과가 서류 작업에 도움이 될지도 모른다는 생각이 들었다. 아마도 유난히 높은 백혈구 수치가 감염을 가리킬 수도 있고, 극히 낮은 헤모글로빈 수치가 일종의 빈혈이 원인임을 나타낼 수도 있었다. 나는 〈결과 검토〉라고 표시된 탭을 클릭했다.

그때 나는 비정상적인 결과를 표시하는 빨간색 느낌표를 보았다. 그것은 롤라의 임신 테스트 항목 옆에 나타났다. 평소에 나는 우리의 전자 의료 기록이 임신을 〈비정상적인 결과〉로 분류하는 것이 탐탁지 않았다. 하지만 이번에는 컴퓨터에 동의했다. 롤라의 임신 호르몬 수치는 꽤 낮았지만 모호한 역치를 넘어선 수준이었다.

모든 것이 제자리를 찾았다. 롤라의 가장 유력한 사망원인이 즉시 분명해졌다. 롤라는 임신했지만, 자궁 밖 어딘가에 착상한 자궁 외 임신이었다. 자궁은 성장하는 태아를 키우고 적응시키도록 설계되지만 다른 장기는 그렇지 않다. 그래서 몸 안의 작은 태아가 자라면서 잘못 착상한 태아 옆의 조직을 밀어서 늘리고 긴장시킨다. 이 때문에 롤라가 이틀간 알 수 없는 복통을 겪은 것이다. 마침내 더 이상 늘어날 수 없게 된 조직이 파열되어 롤라가 내출혈을 일으켰고, 그래서 그녀가 호흡 곤란과 가슴 통증을 호소하다가 결국에는 쓰러진 것이다.

〈모든 출혈은 결국 멈춘다.〉 외과 전문의의 말이다. 하지만 롤라의 출혈이 멈춘 것은 출혈이 조절되고 바로잡혔기 때문이 아니라 몸에 피가 고갈되었기 때문이었다.

이것은 단지 유효한 가설이었지만 꽤 괜찮은 가설이었다. 젊고 건강한 사람들은 뚜렷한 이유 없이 죽지 않는다. 예상치 못한 발견은 일반적으로 눈속임이 아니라 해답이다. 내 환자는 복통이 있었고, 예상치 못하게 임신 중이었고, 갑자기 죽었다. 오컴의 면도날*이 날카로워졌고 나는 갑자기 그녀가 죽은 원인을 꽤 확신하게 되었다. 그런데도 나의 〈아하!〉 순간은 즐겁지 않았다.

아까 소생술을 시도하는 북새통 속에서 내가 롤라가

---

* 영국 철학자 윌리엄 오컴의 원리로, 다른 모든 요소가 같을 때 가장 단순한 설명이 최선이라는 뜻.

임신했을 가능성이 있느냐고 물었을 때 앤서니가 뭐라고 대답했는지 생각났다. 그는 자신과 아내가 임신을 시도했지만 〈임신이 되지 않았다〉라고 말했다. 잔인한 운명의 장난으로 이 커플이 원했지만 이룰 수 없었던 바로 그 일이 마침내 일어난 것이다. 그래서 롤라가 죽었다.

응급 의학에 입문하면서 나는 〈도전적이고 성취감을 주는 다양한 경험〉을 할 수 있는 직업을 약속받았다. 그 후 몇 년이 지나서도 나는 어느 날 갓 홀아비가 된 남편에게 그가 알지 못했던 태어나지 않은 아기가 방금 아내를 죽였다고 설명해야 할 거라고는 생각하지 못했다.

제15장
아는 것은 힘이고 무지는 축복이다

정보가 정말로 고통스러울 때 〈아는 것은 힘이다〉와 〈무지는 축복이다〉의 미세한 경계선은 희미해진다. 둘 중 어느 쪽에 속할 것인가는 두 가지 요소에 달려 있다. 첫째는 정보가 얼마나 고통스러운가, 둘째는 당면한 상황에 미치는 우리의 영향력이 어느 정도인가다. 우리는 당장 알고 싶을 때가 있는가 하면 잠시 모르고 싶을 수도 있다.

수련하는 레지던트로서 나는 아는 것이 힘이 될 수 없다고는 전혀 생각하지 않았었다. 내 직업에서 가장 좋아하는 부분은 항상 환자의 스토리를 알게 되는 것이었다. 내 직업을 풍요롭게 하고 나를 계속 일하게 한 것은 그들의 이야기였다. 뼈를 맞추고 상처를 꿰매는 법을 배우면서 나는 상처 뒤에 숨겨진 이야기를 아는데 능했다.

환자의 말을 듣는 이 과정은 어느 정도 우리 직업의 필수적인 요소다. 우리가 환자들에게 적절한 치료를 제공하기 위해서는 이러한 뒷이야기를 알아야 한다. 예를 들어, 환자가 깨끗한 부엌칼에 베였는지 아니면 생굴 껍질의 울퉁불퉁한 가장자리에 베였는지 알지 못하면 손가락 열상을 확실히 치료할 수 없다. 가족의 반려동물인 치와와에게 물렸는지 아니면 쓰레기를 버리다가 마당에 있던 너구리에게 물렸는지 알기 전에는 동물에게 물린 환자를 제대로 치료할 수 없다. 올바른 치료는 예를 들어, 항생제를 처방해야 하는지 광견병 주사를 놔야 하는지 같은 부상 뒤에 감춰진 이야기에 달려 있다. 따라서 우리 환자들이 저녁으로 무엇을 요리하고 있었는지, 반려동물이 있는지 없는지를 아는 것이 중요하다.

그러나 우리 직업의 즐거움 중 일부는 이런 기본적인 사항을 한 단계 넘어 환자를 알게 되는 데서 온다. 그들이 누구인지, 어떤 사람인지, 세상을 어떻게 인식하는지 말이다.

나만 유독 환자의 이야기를 좋아하는 건 아니다. 의사 대부분은 일을 통해 얻는 성취감과 만족감의 주된 원천이 환자라고 말한다.[60] 그리고 사회의 의료 최전선인 응급실은 인간의 경험을 폭넓게 목격할 수 있는 이상적인 장소다. 거액의 유산을 상속받을 집안에 태어난 박애주의자에서 급료를 받기 위해 열심히 일하는 불법 가정부까지 각

계각층의 사람들이 휠체어를 타고 응급실로 들어온다. 우리는 그들 모두에게서 배울 수 있는 호사를 누린다. 그리고 좋아하는 음악가에 대해 더 많이 알면 왠지 음악을 더 즐겁게 들을 수 있듯이, 환자를 더 많이 알게 되면서 환자를 치료하는 내 일이 더 풍요로워진다.

물론 환자 이야기 대부분은 다소 평범하다. 우리는 때때로 스카이다이빙을 즐기다가 부상했다거나 성행위를 주도하는 여성과 잠자리하다가 잘못되었다는 등의 색다른 이야기를 들을 수 있지만, 대부분은 평범한 일로 응급실을 방문한다. 우리는 총상이나 칼부림보다 변비로 인한 복통으로 방문하는 사람들을 훨씬 더 많이 본다. 그런데도 우리가 이 직업에서 더 강한 목적을 발견하는 것은 이러한 평범한 이야기들에서다. 결국, 부러진 뼈를 붙이거나 상처를 꿰맬 때 그 이면에 담긴 사람의 이야기를 모른다면 결국 공장 작업처럼 느껴지기 시작할 수 있다. 그러나 뒷이야기가 가미되면 같은 부러진 뼈나 열상이 생동감을 얻는다. 예를 들어, 술에 취해 세 계단 아래로 떨어져 발목이 부러졌다고 하면 지루해지고 침묵의 징계까지 불러올 수 있다. (과음하지 마세요! 다치십니다!)

그러나 계단에서 넘어져 발목이 부러진 이 70대 환자가 예를 들어 대학 룸메이트들과 일요일 브런치를 즐기면서 술에 취해 있었다는 사실을 알게 되면, 굉장히 다른 반응을 끌어낸다. 이 정보는 내가 그녀의 발목 골절을 치료하는 데 도움이 되지 않을 수도 있지만, 내가 받는 느낌을 바꾼다. 몇 가지 자세한 이야기만 더 들어도 판단을 적게 하고 환자를 더 이해하게 된다. 그때 나는 이렇게 생각할지 모른다. 〈음, 조심하셨어야겠지만 친구들과 즐겁게 시간을 보내고 있을 때라 다행이네요.〉 이런 이야기들은 치유의 직업을 로봇 같은 일에서 인간의 활동으로 바꾼다.

생명을 위협하는 상황조차도 안정을 찾은 후에는 사랑스러울 수 있다. 나는 피스타치오에 알레르기 반응 이력이 있는 여섯 살짜리 소년을 치료한 적이 있다. 소년의 어머니는 바로 그 이유로 아들을 급히 응급실로 데려왔다. 그의 얼굴은 부풀어 올랐고 온몸에 두드러기가 돋아 있었다. 그는 호흡 곤란이 있다고 말했다. 처음에는 상황이 걱정되었다. 하지만 그의 상태가 나아지고 어머니의 공황 상태가 진정되자 그가 우리에게 이야기를 들려주기 시작했다. 나는 웃음을 참기가 힘들었다.

소년은 우리에게 피스타치오를 먹으면 안 된다는 걸 알았지만 아주 간단하게 어쨌든 먹고 싶었다고 말했다. 「전 피스타치오를 진짜 아주 좋아하거든요.」 이 문장 하나로 그는 하면 안 되는 행동을 한 이유를 정당화했다. 친

구에게 피스타치오 한 봉지가 있다는 걸 알고 그는 어머
니가 싸준 간식을 견과 한 줌과 바꿨다.

뚫어질 듯 눈을 맞추며 반항기가 역력한 목소리로 실
토하는 그는 조금도 후회하는 기색이 없었다. 그는 건강
에는 관심이 없는 것 같았다. 나는 정말로 그의 대답을 알
고 싶었지만 질문을 참았다. 「그럴 가치가 있었니?」

나는 그의 대답이 〈그렇다〉일 거라고 느꼈기 때문에 묻
고 싶었다. 소년은 모험가 정신을 발산하고 있었다. 〈물론
그럴 가치가 있었죠. 인생은 즐기라고 있는 거잖아요?〉
나는 그가 이렇게 말하는 모습을 상상했다.

그러나 몇 년 경력을 쌓고 나서는 모든 환자의 이야기
들이 들을 가치가 있을까 생각하기 시작했다. 가슴 따뜻
한 이야기들은 사기를 북돋웠지만 차갑고 질척한 이야기
를 들으면 기운이 빠졌다. 이런 이야기들의 무게를 느끼
며 그들 앞에서 무력해진 나는 〈무슨 의미가 있지?〉라고
자문하기 시작했다. 내가 그들의 이야기를 듣고 싶어 하
는 걸까 묻기 시작했다.

언젠가 내 예상을 점점 깼던 환자를 돌본 적이 있다. 이
환자는 뉴욕시 거리와 지하철, 공원에서 사는 노숙자였
다. 매일 3리터의 독한 술을 마시는 그는 알코올 사용 장
애를 겪었다. 불행한 현실을 말하자면, 알코올 의존증으

로 고통받는 노숙자 환자는 뉴욕시 응급실에 드물지 않다. 뉴욕의 노숙자 대다수가 알코올 의존증이거나 응급실에 자주 가는 것은 아니지만 알코올 의존증으로 고통받는 많은 사람이 응급실에 자주 나타난다.

이 환자들은 일반적으로 자신의 의지로 응급실에 오지 않는다. 공원 벤치나 지하철에서 술에 취해 반응 속도가 느려진 그들을 구급대원이나 경찰관이 데려온다. 때로는 누군가가 소란하다고 신고해서 경찰이 출동하기도 하고, 지하철에서 노숙자 환자가 자고 있으면 누군가가 병원에 데려오기도 한다.

이 환자는 우리 응급실 직원들이 익히 알고 있었다. 그의 전자 의료 기록에서 그가 매일 방문했고 하루에 여러 번 오는 날도 있었다는 걸 알 수 있었다. 타임스탬프를 보고 나는 그가 불과 몇 시간 간격으로 방문한 적도 많다는 것을 알아챘다. 동료들이 작성한 메모를 읽어 보니 그가 방문한 이유는 거의 같아 보였다.

종종 이 환자는 술에 취해 길거리에 쓰러져 있다가 발견되곤 했는데, 그때 지나가던 행인이 걱정한 나머지 구급차를 부르곤 했다. 구급대원들이 도착하면 그들은 그를 들것에 실어 트럭에 태웠다. 응급 환자 분류소에 도착하면 누군가가 그의 활력 징후를 확인하고 혈당을 측정했다.[61] 휠체어를 타고 응급실로 간 후에는 의사의 진료를 받았다. 의사는 장갑을 낀 손으로 환자의 머리카락을 빗어 넘기며 부딪쳐서 생긴 혹이나 함몰 부위를 찾고, 최근에 낙상했다는 증거가 될 수 있는 새로운 출혈 흔적을 확인했다.[62] 상처가 확인되지 않으면 어떻게 응급실로 오게 되었는지 물어보려고 취중 수면 중인 이 환자를 깨웠다. 우리는 우리가 그에게 어떻게 해주면 좋겠냐고 질문했다. 그런 일을 여러 번 겪어 우리의 절차를 잘 알고 있던 그는 종종 한마디로 대답했다. 그는 〈보드카!〉라고 소리치며 그저 보드카를 마셨을 뿐이며 다른 어떤 것도 그를 괴롭히지 않는다고 말했다. 그는 우리가 무엇을 알고 싶어 하는지 알고 있었고, 그가 술을 마셨을 뿐 다른 부상이나 질병이 없다고 빨리 알릴수록 더 빨리 다시 잠을 잘 수 있다는 걸 알았다. 그가 서너 시간 동안 쉬고 나서 술이 깨면 우리가 다시 한번 그를 깨웠다. 우리는 그의 말에 일관성이 있는지, 그리고 그가 안정적으로 서 있는지 확인했다. 우리는 그가 〈임상적으로 술이 깼다〉고 판단해 다시 거리로 내보냈다. 결국 그는 다시 술을 마시기 시작할 것이고 걱정하는 사마리아인이 또다시 기절하고 쓰러진 그를 발견하자마자 911에 전화를 걸 것이다.

이런 삶을 사는 환자가 수없이 많다. 뉴욕시에서 우리

는 그런 사람들을 많이 만나게 된다. 우리는 그들의 이름을 알게 되고 그들과 종종 복잡한 관계를 맺는다.

이러한 복잡한 관계를 잘 구현한 렌더 씨라는 환자가 있었다. 우리 병원을 매일 방문했던 렌더 씨는 종종 구급차 들것에 묶여 우리 응급실에 들어오곤 했다. 응급실에 들어서자마자 그는 안전장치에서 팔을 풀어 크게 벌리고 넓은 이빨을 보이며 미소를 지었다. 「아빠가 왔다!」 그는 누구랄 것도 없이 모든 사람에게 큰 소리로 외쳤다. 사랑받는 어느 시트콤 캐릭터처럼 그것은 그의 캐치프레이즈가 되었다. 종종 그는 처음 눈에 띄는 간호사에게 건네줄 찌부러진 꽃다발을 품에 안고 있었다. 렌더 씨가 응급실에서 편안함을 느끼는 게 분명했다. 그는 다른 환자가 간호사와 의사를 힘들게 하는 것을 우연히 듣기라도 하면 종종 그 환자를 위협하며 그곳에서 일하는 우리를 변호했다. 그는 그들에게 욕을 하면서 소리를 지르곤 했다. 「이분들이 널 도우려고 하잖아. 가서 처 앉아 있어!」 우리는 환자들끼리 언쟁을 벌이는 것을 원치 않았지만 그 뜻에 감사했다.

그러나 렌더 씨는 예측 불가능한 사람이었다. 그는 공격적일 수 있었고 여러 번 선을 넘었다. 술에 취해 정신이 몽롱한 그가 나의 동료 누군가에게 주먹을 느릿느릿 휘두르는 모습은 유별난 장면이 아니었다. 그는 몇 번 나를 때리려고 했고 종종 나중에 사과했다. 렌더 씨가 특별한 이유도 없이 혼자 앉아서 울고 있는 모습을 볼 때도 있었다. 그를 조심하라고 한 간호사가 내게 경고한 적이 있었다. 그는 렌더 씨가 살인죄로 10년 넘게 수감 생활을 했고 내가 그를 너무 편하게 대해서는 안 된다고 말했다. 그 말이 사실인지 확인할 길은 없었다.

렌더 씨가 어디에서 꽃을 얻었는지, 거리에 사는 그가 어떻게 항상 꽃다발을 쉽게 가져올 수 있는지 나는 알지 못했다. 나는 조만간 누군가가 911에 전화를 걸어 그를 응급실로 데려올 것을 알았고, 우리 간호사들에게 건네줄 수 있도록 그가 의도적으로 꽃다발을 팔이 닿는 곳에 두는 것인지 궁금했다. 몇 주 동안, 응급실 일정이 예측 불가능한 까닭에 나는 렌더 씨를 아내보다 더 자주 보았다. 왠지 나는 그가 내 인생의 중요한 부분처럼 여겨졌다. 그러나 동시에 나는 그를 경계했다.

우리는 렌더 씨와 같은 환자들에게서 많은 것을 배운다. 사실 그들의 삶의 경험이 우리의 삶과 크게 다르다는 점을 고려하면, 우리는 그들에게서 가장 많이 배울 수 있다. 우리의 노숙자 환자들, 우리가 진료하는 수감자들, 정신 질환으로 고통받는 사람들이 나에게 가장 놀라운 통찰력을 제공했다.

〈보드카〉라는 한 단어로 대답하는 환자도 다르지 않았
다. 거리에 사는 환자들이 늘 그렇듯이, 그의 머리카락에
이가 득실거렸고 손톱 밑에 때가 끼어 있었다. 그는 사람
들이 예상하는 바로 그 냄새를 풍겼다. 그는 여러 개의 티
셔츠, 스웨트 셔츠, 심지어 여러 개의 재킷을 입고 있었다.
맨 안쪽에 입은 옷이 바스러져 있었고 오랫동안 갈아입지
않은 것 같았다. 그의 발에서는 살 썩는 냄새가 났다. 대
개는 정말로 살이 썩고 있기 때문이었다. 그의 다리는 당
뇨병과 공원 벤치나 지하철 칸에서 똑바로 앉은 자세로
수년간 잠을 자면서 발생한 부기인 만성 정맥 울혈의 변
화로 고통받고 있었다. 그래서 생존에 필요한 영양분이
혈액을 통해 그의 다리로 공급되지 않았다. 그 결과 그의
몸과 연결된 다리 부위들이 썩기 시작했다. 그는 그와 비
슷한 상태에 있는 다른 많은 환자처럼 몸에 구더기를 키
우지는 않았지만 그건 단지 시간문제로 보였다. 그는 뉴
욕의 전형적인 노숙자 환자였다. 그를 알고 나서 텔레비
전이나 영화에서 노숙자 연기를 볼 때마다 실소가 나왔
다. 분장 전문가가 손톱 밑에 낀 묵은 때를 가짜로 만들거
나 가발 속에 이를 모방해 넣을 수는 있지만, 수년간 온몸
에 찌든 남루함과 고생의 흔적을 재현할 배우는 아마도

없을 것이다.

　나는 이 환자의 활력 징후와 혈당을 컴퓨터 시스템에서 확인했다. 정상이었다. 나는 그의 머리맡으로 갔다. 응급실에 있는 많은 사람처럼 알코올 의존증 환자인 그는 내가 다가갔을 때 편안하게 잠을 자고 있었다. 장갑 낀 손가락으로 그의 머리카락을 훑어 보니 진드기와 서캐는 찾았지만 피나 머리뼈 골절의 흔적은 없었다. 우리가 모든 환자에게 물어보듯이, 나는 그날 무엇 때문에 그가 응급실로 실려 왔는지 물어보기 위해 그의 잠을 방해했다. 컴퓨터에 거의 똑같은 이유로 수백 번 방문했다고 기록되어 있었기 때문에 무슨 이유일지 충분히 짐작이 갔다. 그래도 오늘은 달랐을지 모를 일이었다. 이런 환자들이 언젠가는 달라질 수 있다는 희망이 항상 있기 때문이다. 그래서 내가 물었다.

　깨어날 때 그는 눈을 비비고 하품을 하며 조용히 일어나지 않고 주먹을 허공에 마구 휘두르며 벌떡 일어난다. 나는 몇 년 동안 노숙자 환자들이 본능적으로 공중에 주먹을 휘두르며 잠에서 깨어나는 모습을 관찰했다. 그들은 자기를 깨웠을지 모르는 사람을 찾아 미친 듯이 머리를 좌우로 움직였다. 길거리에서 잠을 자면 공격받기 쉬워진다. 모든 것이 위협이다. 의식이 깨어나는 순간 폭력에 대한 반사적인 방어 기제가 작동한다.

나는 그에게 응급실로 오게 된 이유를 다시 물었다. 내가 그의 전자 의료 기록에서 읽은 내용과 일관되게 그의 유일한 대답은 〈보드카〉였다. 내가 바로 옆에 서 있는데도 그는 소리를 질렀다. 그는 여기저기 이가 빠져 있었다. 그는 입맛을 다시더니 다시 잠을 잤다.

나는 그가 쉬도록 내버려두고 응급실에서 평가받기 위해 기다리고 있는 다른 환자들을 보러 가면서 그 만남에 대해서는 거의 생각하지 않았다.

몇 시간 후, 그가 안정적으로 서서 퇴원할 준비가 되었는지 확인하기 위해 그를 재평가할 때 나는 다시 물어보기로 결심했다. 나는 그에게 어떻게 지내는지, 우리가 그를 위해 무엇을 할 수 있는지 물었다. 「보드카, 보드카!」 그가 또다시 대답하며 고개를 가로저으며 나를 뿌리쳤다. 나는 그에게 휴식을 취하고 기분이 나아졌는지, 다른 괴로운 일이 있는지 물었다. 「나가실 준비가 되셨나요?」 그는 그렇다며 고개를 끄덕였다. 그러나 그가 떠나기 전에 나는 이날 그에게 〈왜?〉라고 묻고 싶은 충동을 느꼈다. 왜 그는 매일, 매일 그렇게 술을 마실까? 우리가 도울 일은 없을까?

처음에 그는 대화를 거부했다. 그는 다시 나를 무시했

다. 내가 포기하지 않자 그가 다시 저항했다. 나는 내가 그를 도울 수 있다고 말했다. 결국 그는 자신의 이야기를 들려주었다.

그는 자신이 어찌어찌해서 뉴욕에 오게 된 아프가니스탄 이민자라고 말했다. 자신이 아프가니스탄에서 저격수였다고 했다. 그는 라이플을 뺨에 대는 시늉을 하더니 입으로 총소리를 냈다. 그는 상상 속의 라이플이 강력한 반동을 일으킨 듯 어깨를 뒤로 젖혔다.

그는 수년 전에 수많은 러시아인을 죽였고, 최근 몇 년 동안에는 아프간 사람들도 무수히 죽였다고 말했다. 그는 미국인도 죽였다고 했다. 그는 이렇게 말했다. 「이제 모두가 나를 죽이려고 해요. 신마저 보드카로 나를 죽이려 하고 있어요.」 한 단어로 된 그의 답변이 갑자기 훨씬 더 의미심장하게 느껴졌다.

그는 직계 가족이 아프가니스탄에서 죽었다고 말했다. 한때 대가족이 있었지만 그들 중 많은 가족 역시 죽었다고 했다. 그는 술이 깰 때마다 자살할 생각밖에 없었다고 말했다. 그가 자살 생각을 피할 수 있는 유일한 방법은 술을 마시는 것이었다. 그래서 그는 계속 살기 위해 온종일, 매일 술을 마셨다. 그는 자신이 사는 이런 삶이 죽음의 한 형태라고 믿는다고 말했다. 음주 중단 프로그램에 대한 정보와 가장 가까운 노숙자 보호소 목록, 그가 언급한 자살 충동에 대한 정신과적 평가를 제공하는 우리의 통상적인 치료 계획은 그에게 불충분할 것이 분명했다. 그래도 나는 달리 어떻게 해야 할지 몰라서 그것들을 제안했다.

그는 내 제안을 비웃다가 내가 정신과 의사를 들먹였다고 화를 냈다. 그는 자기를 내버려두라고 요구했다. 결국 평가를 마친 후 그는 퇴원했다.

그 후 몇 주 동안 나는 그를 몇 번 더 보았다. 그때마다 나는 그에게 무엇을 더 제공할 수 있을지 몰랐다. 그러나 내가 할 수 있는 일은 아무것도 없었고, 내가 제공할 수 있는 것도 없었으며, 실질적인 변화를 일으킬 수 있는 말도 할 수 없었다.

아마도 나는 단순히 나의 창조적 사고의 한계를 목격하고 있었을 것이다. 아마도 내가 알지 못한 해결책이 있었을 것이다. 하지만 이 환자는 자신의 음주를 평가하거나 단주를 고려하는 데는 관심이 없었다. 정신과 의사는 그가 입원 환자에게 제공하는 자살 충동 평가의 혜택을 받지 않을 거라고 판단했다. 도시의 보호소에서 생활하는 다른 사람들이 예측 불가하고 위험하며 보호소 자체가 너무 많은 제한과 규칙을 부과한다고 주장하며 이 환자는 노숙자 보호소로 거처를 옮기는 것도 거부했다. 그는 내게 도시의 공원 벤치와 지하철의 독립성과 자유를 선호한다고 말했다. 그는 대화에도 관심이 없었다. 「당신은 이해 못 해요.」 내가 그에게 말을 걸려고 할 때마다 그는 〈당신은 이해 못 해요〉라고 말했다. 그러고는 병원 침대에서 돌아 누워 내게서 등을 돌리곤 했다.

그 후 몇 년 동안 나는 교대 근무 중에 이 환자를 아주 자주 보았다. 모든 대화는 전과 비슷했다. 그는 술에 취해 응급실에 도착했고 나는 그를 깨우러 갔다. 나는 그의 주먹을 피하고, 그의 활력 징후와 혈당을 재측정하고, 손가락으로 그의 머리카락 사이를 쓸었다. 내가 그에게 응급실에 왜 오게 되었는지 물으면 그는 〈보드카〉라고 대답했다. 나는 그를 이해하며 엄지손가락을 치켜세우고는 술이 깰 시간을 주며 걸어 나갔다. 몇 시간 후 나는 그의 퇴원 서류를 인쇄했고 그를 내보냈다.

내가 그의 이야기를 듣고 나서 일어난 유일하고 진정한 변화는, 내가 그에게 식사를 갖다줄 때 그의 상황에 미안함을 느끼지만 달리할 수 있는 일이 없어 여분의 샌드위치나 우유 팩을 주는 것이었다. 그러면서 나는 왜 내가 그에게 이야기해 달라고 졸랐을까 생각했다. 어떻게 보면 그런 나의 고집이 왠지 잔인하게 느껴졌다. 그는 내가 도울 수 없을 거라고, 더는 물어보지 말라고 말했었고 그 말이 맞는 것 같았다.

그의 이야기는 나를 한발 물러서게 했다. 한동안 나는 환자들에게 추가적인 세부 사항을 묻지 않고 내 일을 수행하는 데 필요한 최소한의 것만 받아들이기 시작했다. 대답이 실망만 불러일으키고 도울 기회가 없을 것 같다고 느끼면 나는 더 질문을 하지 않았다.

물론 내 접근 방식의 변화가 그의 문제 또는 다른 문제에 대한 실제 해결책이 아니라는 것을 알고 있었다. 나는 듣기가 힘들어 무언가를 무시해도 그것이 사라지지 않는다는 것을 알고 있었고, 내 경험을 검열해 삭제하는 것이 옳은 일이라고 착각하지 않았다. 하지만 아주 단순히 나는 휴식이 필요했다.

그 경험으로 나는 아는 것은 힘이지만 그것을 감당하기 힘들 수 있음을 알게 되었다. 우리 중 일부는 차가운 수영장에 머리부터 다이빙해서 들어가기를 선호할 수 있지만, 발가락부터 담그며 천천히 들어가야 하는 사람도 있다. 우리는 각자 어디까지 견딜 수 있는지에 대한 역치를 가지고 있다. 이런 식으로, 한 번에 암담하거나 너무나 엄청난 뉴스를 경험하기를 선호하는 사람이 있는가 하면, 정보를 조금씩 처리할 시간을 주면서 더 천천히 전달해야 하는 사람도 있다.

앤서니가 어느 쪽을 더 좋아할지 궁금했다.

이미 아내의 죽음으로 황폐해진 그가 롤라가 죽었을 때 임신 중이었다는 소식을 어떻게 받아들일까? 그녀를 죽인 것이 임신이라는 소식을 그는 어떻게 받아들일 것인가? 확실히 그 정보는 듣기 어려울 것이다. 그리고 그는 상황에 전혀 영향을 미칠 수 없었다. 그의 역치는 어디쯤일까? 아는 것이 힘이 될까, 아니면 내가 그에게 말하려는 진실을 모르는 채 살기를 바랄까? 알 길이 없었다.

숨은 문제는, 한계점을 넘어서기 전에는 한계점이 어디인지 알 수 없다는 것이다. 물론 한계를 넘어서면 되돌리기에 너무 늦다. 일단 우리가 정보에 노출되면 그것을 잊어버리기는 불가능하다.

그러나 결국 이는 순전히 철학적인 질문들이었다. 나의 의무는 분명했다. 나는 앤서니가 아내의 죽음을 이해하는 데 꼭 필요한 중요한 정보를 갖고 있었다. 나는 그가 어떻게 받아들일지 몰랐지만, 그것을 말해야 했다.

제16장
죽은 환자의 허락을 구하는 방법에 관하여

나는 다시 한번 이야기를 나누려고 앤서니를 찾았다. 그는 롤라의 방에 서서 말없이 그녀를 바라보고 있었고, 내가 들어가자 나를 올려다보았다.

「방해해서 죄송해요.」내가 말을 시작했다.「우리가 실시한 혈액 검사 결과가 몇 가지 나왔고 부인에 대해 알게 된 정보가 더 있다는 걸 알려 드리고 싶었어요. 괜찮으시다면 같이 검토해 보고 싶었어요. 언제가 좋을지 알려 주세요.」

「네, 물론이죠. 지금 괜찮아요.」그는 나를 따라 천천히 문밖으로 나가면서 말했다.

방 밖에서 기다리면서 나는 롤라의 임신 사실을 그에게 털어놓는 것이 어떤 의미일지 곰곰이 생각해 보았다. 앤서니는 아내가 죽은 원인을 알 권리가 있었다. 그에게 그 정보를 숨기는 것은 비윤리적일 것이다. 그는 그녀가 그의 아이를 뱄다는 걸 알 권리도 있었다. 그 정보는 분명히 그에게도 영향을 미쳤다.

하지만 다른 문제가 있었다.

응급실에서 일하다 보면 때때로 환자의 임신을 우연히 알게 된다. 예를 들어, 임신한 환자가 CT 스캔과 엑스레이에서 나오는 불필요한 방사선을 쐬지 않고 우리가 처방하는 약물이 혹시 존재할지 모를 태아에게 해를 입히지 않게 하려고 응급실에서는 늘 임신 검사를 한다. 종종 우리는 예기치 않게 임신이라는 결과를 얻는다.

일반적인 상황에서, 예를 들어, 발열 환자가 실제로 응급실에 도착해 검사한 결과 임신을 발견한다면, 우리는 목적을 갖고 이 상황을 처리한다. 그러한 환자에게 동행자가 있다면, 우리는 먼저 그 환자의 방으로 돌아가서 동반자에게 밖으로 나가 달라고 요청한다. 환자가 홀로 있어야만 우리가 임신 소식을 알릴 수 있다. 이 일이 끝난 후에 우리는 환자에게 동행자를 다시 방으로 불러도 괜찮은지 물어볼 수 있다.

너무나 많은 경우에 이 과정은 과하다. 우리가 나가 달라고 요청하는 사람이 그들의 반려자일 때 환자들은 그 행동이 지나치다고 생각해 종종 우리의 섬세한 접근법을 비웃는다. 그들은 〈당연히 말해도 되지요, 그가 아빠니까요)라고 말할지 모른다.

하지만 환자가 우리의 방식이 과하지 않다고 생각하는 상황도 있다. 이 환자들은 우리에게 그들의 반려자에게 임신 소식을 알리지 말라고 요청할지 모른다. 앤서니와 이야기를 나누기 전에 이런 생각이 머리를 스쳤다.

물론 롤라에게 그녀가 임신 때문에 죽었다고 앤서니에게 말해도 되는지 간단히 물어보는 것이 이상적이었을 것이다. 내 경험에 따르면 그녀가 남편에게 이 소식을 알리기를 원할 가능성이 압도적이었다. 그녀는 무엇이 그녀를 죽게 했는지 남편이 알고, 그래서 그가 해답을 찾고, 아마도 사태를 마무리하기를 원했을 것이다. 기간이 아무리 짧더라도 그녀가 그의 아이를 잉태했다는 것을 그가 알기를 원했을 것이다.

그러나 드물게 임산부가 우리가 그들의 반려자에게 알리기를 원하지 않는다면 상황이 혼란스러울 수 있다. 이러한 상황은 종종 원치 않는 임신이나 외도, 가정 폭력의 섬세한 역학 관계에 기인한다. 만약 롤라가 그런 상황이었다면?

만약 앤서니는 아내의 임신 사실을 몰랐지만, 그녀가 내내 알고 있었다면? 결국 내가 롤라에 관해 아는 모든 정보는 앤서니에게서 얻은 것이었다. 만약 롤라가 자신이 임신했다는 사실을 알고 있었고, 임신을 중단할 계획이었기 때문에 의사를 방문해 복통을 치료하기를 거부하고 있었다면? 만약 롤라가 자신이 임신했다는 사실을 알았지만, 앤서니의 아이가 아니라는 것을 알았다면? 희박하지만 그럴 가능성이 실제로 있으므로 슬퍼하는 남편에게 아내가 죽은 원인을 말하지 않는 것이 옳을까?

다시 한번 우리는 애매한 상황에 놓였다. 나는 윤리나 원칙, 규범에 근거한 명확한 지침 없이 상황을 처리해야 했다.

확실한 지침이 없는 상태에서 나에게 영향을 끼친 과거의 환자 사례가 떠올랐다.

내가 몇 년 전에 돌봤던 그리스 노인이 있었다. 그녀는 영어를 전혀 하지 않았고 그녀를 대신하여 통역하는 딸과 함께 응급실에 도착했다. 우리는 친구나 가족이 의료 통역하는 것을 피하라고 배운다. 능력이 된다면 우리는 가능할 때마다 중립적인 전문 번역기 사용을 권장받는다. 우리가 번역기를 사용하는 이유는 틀림없이 내가 곧 만날 노인과 같은 환자와 대화하기 위해서다.

나는 두 개의 수화기가 달린 전용 번역기 전화기에 손을 뻗었다. 수화기 하나는 환자에게 주고 다른 하나는 내 귀에 댔다. 이 전화기는 수십 개의 언어와 방언을 통역할 수 있는 의료 통역 서비스를 호출한다. 하지만 그러는 동안 내 환자는 손사래를 치며 나를 거부했다. 대신 그녀는 나를 보며 자기 딸 쪽을 가리켰다. 나는 전화를 끊고 환자가 딸이 통역하는 것을 허락했다고 생각해서 그 말을 따랐다. 환자의 딸은 왜 엄마를 병원에 데려왔는지 내게 말하기 시작했다.

「엄마가 난소에 c-a-n-c-e-r을 가지고 있는데, 엄마가 영어로 그 단어를 알고 있으니 단어를 말하지 마세요. 그것 때문에 복수가 차서 엄마가 고통을 겪고 있어요. 암 전문의가 여기에 와서 물을 빼라고 해서 온 겁니다. 우리는 이미 여러 번 그렇게 했고 엄마가 그 후에 훨씬 더 기분이 좋아졌기 때문에, 우리는 복수를 빼러 온 거고 그다음에 집에 갈 거예요.」

그녀가 말하는 시술은 치료 천자술이라고 불린다. 체액은 다양한 질환의 결과로 복부에 쌓일 수 있다. 난소암 환자의 경우, 이렇게 체액이 쌓이는 이유는 종종 몸의 체액을 배출하는 림프샘이 막히고 몸에서 만들어지는 단백질이 변화하기 때문이다. 환자의 배 속에 복수가 차면, 그 위에 있는 피부가 늘어나는 속도보다 더 빠르게 피부가 마치 북의 겉가죽처럼 팽팽하게 느껴지기 시작하고 끊임없이 쪼이는 듯한 통증을 유발한다. 이 문제에 대한 해결책은 간단하다. 우리가 복수를 빼내면 된다. 이를 위해 튜브에 연결된 속이 빈 바늘을 복부에 꽂아 여분의 체액이 주머니로 배출되도록 한다. 압력이 빠지면 환자들은 곧바로 안도감을 느낀다고 말한다.

나는 내 환자가 그 시술의 혜택을 받을 것이라는 데 동의했지만, 곧바로 이행하기가 불편해졌다. 자기 병을 모르는 환자에게 침습적인 의료 시술을 실행하라는 요청을 받는 것 같았다. 이 환자는 영어를 말하는 능력이 부족할지 모르지만, 확실히 자신을 위해 결정을 내릴 수 있는 능력을 유지했다. 이처럼 환자에게 암이라고 알리지 않는 것은 그녀의 자율권을 심각하게 침해하는 것이다. 양심상 나는 이유를 말하지 않고는 어떤 환자에게도 바늘을 꽂을 수 없었다.

나는 딸에게 어머니의 복수를 빼낸다는 계획이 합리적인 듯하지만, 먼저 모든 사항을 확인하기 위해 어머니와 직접 이야기하고 싶다고 말했다. 내가 통역 전화기의 휴대폰을 집으려고 다가가자 그녀가 내 앞을 가로막아 전화기에 손을 대지 못하게 했다.

「저기, 저는 선생님이 엄마와 통화하지 않았으면 좋겠어요. 왜냐하면 엄마는 c-a-n-c-e-r에 걸렸다는 걸 모르니까요. 선생님이 엄마에게 c-a-n-c-e-r이라고 알리시겠다면 엄마를 모시고 여기를 나갈 겁니다.」

이 환자의 딸은 어머니의 건강을 으르대며 내 행동을 바꾸려고 했다. 그녀는 어머니에 대한 우리의 공통된 우려를 이용하여 그녀가 옳다고 생각하는 일을 내가 하도록 했다.

그것은 효과가 있었다.

나는 전화기를 내려놓고 내 선택지를 생각해 보았다.

그녀는 말을 이었다. 「엄마가 아시면 엄청난 충격을 받으실 거예요. 감당하지 못하실 겁니다. 어쨌든 우리는 한동안 엄마를 치료해 왔고 아무도 치료 때문에 문제가 없었어요. 제 말을 못 믿겠다면 컴퓨터 시스템에 있는 기록을 확인해 보세요.」

나는 방에서 나와 생각을 정리하고 접근 방법을 결정했다. 나는 컴퓨터 단말기에 앉아 딸의 제안을 받아들였다. 환자의 건강 기록을 훑어보던 나는 딸의 이야기가 사실임을 알고 놀랐다. 담당 종양 전문의의 기록과 복수를 빼기 위해 이전에 방문했을 때의 기록에 따르면 그녀는 병에 관해 전혀 알지 못한 채 암 치료를 받는 듯했다. 그녀는 화학 요법도 받은 것 같았지만 암 진단에 대해 전혀 알지 못했다.

상황이 점점 더 불편해지자 나는 상황을 더 잘 알기 위해 환자의 종양 전문의에게 전화를 걸기로 했다. 나는 우리의 자료에 적힌 번호로 전화를 걸었다. 비서나 응답 서비스 없이 그가 바로 전화를 받았다. 나는 자기소개를 하고 〈난소암에 걸린 P 씨〉를 대신해 전화를 걸었다고 밝혔다. 그가 내 말을 끊었다.

「아, 네, 전화 주셔서 감사합니다. 치료 천자술을 받으시라고 보냈습니다.」 그가 말했다. 「배가 다시 커지고 있어서 환자가 매우 불편해하고 있었어요. 저는 선생님이 그녀를 도와줄 수 있기를 바랐어요. 그녀는 아주 친절한 숙녀이자 소중한 제 친구입니다.」 그는 그리스 억양이 강했고 경험이 많은 의사 같았다.

나는 그녀가 암이라는 걸 모르냐고 물었다.

「네, 맞아요. 가족들이 그녀가 모르는 편이 나을 거로 생각했어요. 그녀는 연세가 많아서 알게 되면 무척 힘들어하실 겁니다.」 나는 아무 말도 하지 않았다.

「그리스 문화에서는 암이 무척 나쁜 겁니다.」 그는 이어 마치 암이 없는 문화가 존재하는 것처럼 말했다. 「나쁜 낙인이 찍혀 있어요.」 그는 〈낙인〉이라는 단어를 천천히 발음하면서 모음을 강조했다. 그것은 억양의 산물이었지만 어쩐지 그가 그 단어에 특별한 존경심을 품고 있다는 인상을 주었다. 「하지만 그녀에게는 좋은 가족이 있고 그들은 그녀를 아주 잘 돌보고 있어요. 걱정하지 마세요, 게다가 우리가 있잖아요. 내일 제 진료실에서 그녀를 다시 볼 수 있어요.」 그가 결론을 내렸다.

나는 반박하려고 했다.

「두 사람이 화목한 가족이라는 데는 의심의 여지가 없고, 선생님이 그녀의 암을 치료하는 데 필요한 일을 모두 하고 계시는 것 같군요.」 내가 말하기 시작했다. 「그러나 자기 병이 무엇인지 모르는 환자에게 내가 시술을 시행하면 마음이 정말로 편할지 모르겠어요. 내가 그녀에게 바늘을 꽂을 거라면, 적어도 그녀가 그 이유를 알아야 해요, 안 그래요?」

「네, 네, 그게 문제라는 건 알겠어요. 선생님이 불편하시다면 우리가 내일 할 수 있어요. 그녀가 불편하겠지만 하루 더 기다려도 위험하지 않아요. 제 진료실에서 그녀를 볼 수 있고 그때 우리가 모든 걸 해결할 수 있어요.」

그는 확실히 상냥했다. 그는 내 염려도 이해하는 것 같았다. 그러나 그는 환자에 대한 윤리적 의무라는 골치 아픈 문제를 해결하지 않고 내 책임을 면할 수 있는 방법을 찾음으로써 그것을 해결했다. 우리의 환자가 자기가 암에 걸렸다는 걸 모르고 있다는 문제는 여전히 남아 있었다.

나는 그에게 내가 무엇을 할 수 있는지 알아보겠다고

말하고 시간을 내줘서 감사하다고 했다.

나는 아까보다 좀 더 불편해져서 전화를 끊었다. 환자를 가장 잘 아는 사람들은 모두 동의하는 것 같았다. 그녀의 가족과 의사는 그녀가 알거나 동의하지 않은 채로 그녀를 치료하는 것이 편하다고 생각했다. 실제로 그들은 이미 얼마 동안 그렇게 하고 있었다. 게다가 그들은 그녀와 같은 언어를 말하고 문화를 공유했다. 의심할 여지 없이 그들은 나보다 그녀를 더 잘 알았다.

나는 아직 그녀와 이야기를 나누지 못했고 전화 통역사의 도움을 받지 않고는 그렇게 할 수도 없었다. 그러나 점점 이 불쌍한 여인에게 암에 걸렸다고 말하고 싶은 사람은 나 혼자인 것 같았다. 이 환자와 가까운 모든 사람, 즉 그녀를 잘 알고 그녀를 돌보는 모든 사람이 틀리고 내가 옳다고 생각하는 것이 대담하게 느껴졌다. 나는 이전의 내 도덕적 확신을 의심했다.

나는 생각을 모으고 결국 상황을 더 잘 이해하기 위해 적어도 환자와 직접 이야기해야 한다고 판단했다. 나는 그녀가 상황을 어떻게 생각하는지 더 잘 알기 위해 그녀와 이야기하기로 결심했다. 적어도 그녀가 어떻게 반응하는지 내가 안 후에 다른 일을 할 수 있다고 생각했다. 나는 다시 방으로 들어갔다. 나는 환자의 딸에게 적어도 직접 말하지 않고는 어머니를 대하기가 불편하다고 말한 후에 통역사에게 전화를 걸기 시작했다. 딸은 나에게 심각한 눈빛을 보냈지만 놀랍게도 말리지 않았다.

나는 한쪽 수화기를 귀에 대고 다른 쪽 수화기를 환자 옆에 놓으며 말을 시작했다. 「안녕하세요, P 환자님, 저는 이곳 응급실 의사 중 한 명인 나비 박사이고 오늘 당신을 돌보는 팀의 일원입니다. 혹시?」

그녀는 내 말을 끊고 딸에게 방에서 나가라고 했다. 나는 그리스어를 한마디도 모르지만, 틀림없이 꾸짖는 어머니의 말투였다.

「들어 보세요, 젊은 의사 양반. 난 늙었지만 멍청하지는 않아요. 무슨 일인지 알아요. 내가 암에 걸렸다는 걸 알지만 우리 가족은 내가 모르기를 바라죠. 그들은 내가 그 소식을 감당하지 못할 거로 생각해요. 괜찮아요, 저들이 하라는 대로 해주세요. 내 딸은 바보일 수 있지만, 최선을 다하고 있어요.」 그녀의 말투는 엄격하면서도 다정했다. 그녀는 통역사가 나에게 말하는 동안 전화기에 대고 말하면서 친절하게 안심시키는 듯 내 손을 잡았다.

「하지만 들어 보세요.」 그녀는 말투를 바꾸더니 더 진지해졌다. 그녀는 내 눈을 똑바로 바라보며 계속 내 손을 잡고 있었다. 「내가 암에 대해 안다고 내 딸에게 말하지 말아 주세요. 내가 알고 있다는 걸 알면 무척 속상할 거예요. 아셨죠?」

나는 우리 어머니에게 꾸지람을 들은 것처럼 고분고분 고개를 끄덕였다.

「젊으신데, 아이가 있으신가요?」 그녀가 물었다.

나는 고개를 저었다.

「이해 못 하실 거예요. 언젠가는 이해하겠지만 지금은 이해하지 못하실 겁니다.」 그녀는 말을 멈추더니 다시 내 손을 잡고 말을 이었다. 「아주 친절하세요. 감사합니다.」 그녀는 미소를 지으며 착한 일을 하는 아이를 북돋듯이 내 손을 토닥였다. 우리는 전화를 끊었다.

나는 생각을 정리하려고 애썼다. 나의 당면한 딜레마는 해결되었다. 나는 더 이상 그녀에게 암에 걸렸다고 말할지 말지를 결정할 필요가 없었다. 실제로는 아무것도 숨겨진 게 없었기 때문에 아무것도 밝힐 게 없었다. 환자의 딸, 주치의, 그리고 내가 환자에게 말해야 할지 말지 동의하지 않은 가운데 그녀 자신은 암 진단을 오래전부터 알고 있었기에 우리의 토론 전제를 깡그리 무의미하게 만든 것 같았다.

이 이야기에서 내가 놀란 부분은 각 결정이 잘못되었거나 더뎌 보일지라도 결국 갈등이 저절로 해결되는 것 같다는 점이다. 이 이야기의 각 참여자는 판단에 중대한 오류를 범하는 듯 보이면서도 일을 망치지 않았다. 개인의 어떤 결정보다 더 중요한 건 결정 뒤에 숨겨진 인간의 진정한 염려와 연민인 것 같았다. 그래서 상황을 계속 움직인 것은 터무니없는 위장이 아니라 타인에 대한 각자의 진정한 염려였다.

모든 단계에서 각 참여자는 다소 유연해 보였다. 밝혀졌듯이 유일하게 타협할 수 없었던 것은 모든 일이 올바른 의도로 행해져야 한다는 점이었다. 사랑하는 사람을 위해 최선이라고 생각하는 일을 하겠다는 의도가 결국 가장 중요해 보였다. 나는 자신이 난소암임을 잘 알고 있는 P 씨에게 시술을 진행했다.

앤서니와 다시 한번 이야기를 나누기 위해 개인실로 걸어가면서 나는 그와 롤라에 대한 나의 책임이 무엇인지 생각했다. 내가 롤라에게 임신 사실을 알리지 못했으니 앤서니에게도 말하지 않아야 할까? 또는 내가 그에게 말해주기를 그녀가 바랄 가능성이 압도적이고 그에게 아내의 사인을 알 권리가 있다는 점 때문에 임신은 내가 비밀에 부치기에는 단순히 너무 중요한 정보일까?

게다가 롤라는 죽었어도 앤서니가 여전히 살아 있다는 사실이 중요하게 느껴졌다. 그들에 대한 의무를 고려할 때 존재의 상태가 중요할까? 죽은 자보다 산 자에 대한 의무가 더 클까? 나는 나의 그리스 희극을 따르기로 했다. 결국 어떤 결정을 해도 마음이 완전히 편치 않을 터였다. 내가 앤서니에게 말하든, 그에게 숨기든 내가 불안해질 걸 알고 있었다. 내가 어떤 행동을 하든 롤라에게 잘못을 저지를 위험을 감수해야 하거나 앤서니에게 잘못을 저지를 위험을 감수해야 할 것이다. 그래서 그리스 환자와 그 가족처럼 나는 내 의도를 믿을 수밖에 없다고 판단했다.

앤서니는 마침내 방에서 걸어 나와 준비가 되었다고 신호를 보냈다. 우리는 다시 한번 앉았다.

내가 말하기 시작했다. 「남편께서 도착했을 때 우리가 롤라의 팔에 정맥 주사를 꽂았다는 걸 알아채셨을 수 있어요. 처음에 구급대원들이 롤라를 응급실에 싣고 왔을 때 우리가 그녀에게 약을 주입하려고 정맥 주사를 꽂았지만, 혈액 검사를 위해 혈액을 채취하려는 목적도 있었어요. 하지만 결과가 속속 밝혀지면서 예상치 못한 결과도 나왔습니다.」

나는 잠시 말을 멈추었다. 「두 분이 몇 년 동안 임신을 시도했지만 안 되었다고 말씀하셨잖아요?」 나는 침을 꿀

껵 삼켰다. 「매우 놀라시겠지만, 검사 결과를 살펴보니 롤라의 임신 테스트 결과가 양성으로 나왔어요. 그녀는 임신 중이었어요.」

그는 아무 말도 하지 않았다.

「더 있어요.」 내가 말을 이어 갔다.

「제가 지금 알려 드리려는 내용이 아직 확인된 건 아니어서 사실이 아닐 가능성도 있지만, 아마도 임신이 이 모든 일이 일어난 이유일 겁니다. 부인은 이틀간 복통을 겪다가 오늘 훨씬 더 심해졌어요. 임신으로 인해 내내 통증을 겪었을 가능성이 커요. 이를 자궁 외 임신이라고 하죠.」 나는 계속해서 그에게 태아가 자라서 롤라의 나팔관을 파열했고 그로 인해 내출혈이 발생해 사망에 이르렀을 가능성이 있다고 설명했다.

많은 응급실 의사와 간호사들은 미신을 믿게 된다. 나와 함께 일하는 간호사들은 가끔 보름달이 뜰 때마다 〈오늘 밤은 힘들겠는데요〉라고 말한다. 그리고 일하면서 그들이 교대 근무가 유독 조용하다고 말하면 누군가가 질책받는 일이 드물지 않다. 응급실에서 〈조용〉하다는 단어를 내뱉으면 나머지 근무 시간이 특히 바쁠 수 있다는 것은 일반적인 믿음이다. 언젠가 환자의 인품에 따라 누가 살고 누가 죽을지를 예측할 수 있다고 믿는 동료가 있었다.

「좋은 사람인 것보다 운 좋은 게 나아요.」 그녀는 진지하게 말했다. 「좋은 사람만 일찍 죽어요. 영원히 사는 건 개자식들이죠.」

나는 미신을 믿지 않는다. 그러나 그 순간 나는 앤서니에게 롤라가 좋은 사람이었다는 걸 안다고 말하고 있었다.

제17장
〈응급실에서 본 것 중에 가장
이상한 게 뭐예요?〉

마침내 일어서서 방에서 걸어 나갈 때가 되었다. 나는 굳이 작별 인사를 하지 않고 조용히 나가며 문을 닫았다.

내 근무 시간은 공식적으로 한참 전에 끝났고 주간 의사는 이미 도착해 있었다. 더 이상 응급실에 남아 있을 필요가 없어서 나는 머릿속을 정리하기 위해 밖으로 나가기로 했다. 몇 분 동안 추위 속에 서서 찬 공기에 서리는 입김을 보면서 나는 특별히 어떤 생각도 하지 않았다. 화창한 아침이라 병원 창문에 새벽 햇살이 반사되었고, 근처 교회의 뜰에는 새들이 모여 지저귀고 있었다. 병원 안과 밖에서 내가 무슨 일을 겪든 삶은 다를 거 없이 흘러갔다.

그런 엄청난 격렬함이 좁은 장소 안에서만 일어날 수 있다는 게 이상하게 느껴졌다. 응급실의 에너지는 종종 전 세계가 마음을 졸여야 할 것처럼 느껴진다. 긴급하게 응급실에 실려 온 환자들의 상태가 매우 심각해서 실제로 잠시 멈추고 뉴스를 확인했던 어느 근무일이 기억난다. 분명히 재앙에 가까운 대사건이 일어났을 거라고 나는 생각했다.

물론 허리케인이나 테러리스트가 자행한 폭파로 환자들이 장 허혈이나 대동맥류 파열을 일으키지는 않는다. 나는 일반적인 머리기사를 찾기 위해 뉴스를 로딩했다. 굵은 글씨체는 없었다. 응급실 안팎이 모두 평소와 다름없던 날이었다.

길 건너편에서 한 노인과 그를 뒤따라 걷는 늙은 비글이 지나갔다. 늙은 개는 몇 걸음마다 멈춰 서서 그들이 무언가를 마주칠 때마다 어김없이 살펴보았다. 화분에 심은 식물, 관목 덤불, 뭔지 모를 액체가 새어 나오는 찢어진 쓰레기봉투에 모두 똑같은 관심을 보였다. 나는 개의 본능이라고 생각했다. 무시하고 지나칠 만큼 너무 흔하거나, 너무 지루하거나, 너무 불쾌한 것이 개에게는 전혀 없었다. 노인은 개를 재촉하지 않았고, 개가 적합하다고 생각하는 대로 개의 세계를 탐험할 수 있게 했다. 그들은 서로를 이해하는 것 같았다.

노인과 개를 보니 카타르시스 같은 것이 느껴졌다. 서두르지 않고 기분과 충동에 의해서만 행동하는 그들은 단순히 순간을 즐기는 중요한 임무에 충실했다. 그들은 일종의 지혜를 발산하는 것 같았다.

나는 숨을 내쉬고 한 번 더 나오는 입김을 바라보다가 마지막 행정 업무를 포함한 잔업을 마무리하기 위해 다시 안으로 들어갔다. 롤라의 온라인 문서를 작성한 후에 나는 검시관과 통화를 해야 했다. 매번 사망이 발생한 후에는 수석 검시관 사무실에 전화해 논의하는 것이 우리의 임무다. 우리는 함께 부검 여부를 결정한다.

물론, 검시관이 단순히 죽음의 수수께끼를 풀기 위해 존재하는 건 아니다. 시에서 고용하고 공익을 염두에 두고 임무를 수행하는 수석 검시관은 주로 사망을 방지하기 위해 사망을 조사한다. 검시관들은 단서를 찾기 위해 인체를 해부한다. 그들은 염증 조직을 확인하고, 질병에 생체 검사를 실시하며, 총알의 궤적을 정확히 파악한다. 그들은 보건부, 독극물 관리 센터, 경찰서와 같은 다른 정부 기관들에 결과를 알린다. 그들이 일한 결과로 뇌막염으로 사망한 사람과 밀접 접촉한 사람은 예방적 항생제를 처방받을 수 있고, 근처에 레지오넬라 발병이 확인된 학교는 상수도를 멸균할 수 있으며, 살인 용의자는 더 큰 피해를 주기 전에 체포될 수 있다.

이런 이유로 보통 검시관은 젊고 건강한 사망 환자나 의심스러운 상황에서 사망한 환자, 폭력적인 수단의 결과로 사망한 환자를 부검한다. 이런 사건들은 단서를 제공하고, 답을 찾고, 생명을 구할 가장 큰 잠재력을 지닌다. 그러나 대부분의 다른 사망자 — 실제로 발생하는 사망자 대부분 — 는 검시관에게 보내지 않는다. 이 시신들은 장례식이 준비될 때까지 또는 연고자라고 주장하는 사람이 아무도 없다는 것이 확실해질 때까지 시체 안치소에 보관된다. 예를 들어 환자가 심장 마비, 뇌졸중, 천식 악화로 사망했는지는 결국 확신할 수 없지만, 특별한 이유가 없는 한 우리는 대개 환자의 사인을 알아내는 단계를 밟지 않는다.[63]

초보 의사 시절, 나는 검시관이 실제로 접수하는 사례가 극소수라는 사실에 충격받았다. 내 환자들이 나이가 많고, 당뇨병과 고혈압 병력이 있으며, 이제 고인이 되었다는 점 외에는 내가 아는 게 아무것도 없었을 수 있다(종종 이것으로 충분하다). 검시관은 고혈압과 당뇨병을 앓고 있는 노인들이 가끔 죽는다는 얕은 지식에 근거하여 내 환자의 죽음이 충분히 합리적이라고 생각하고, 〈네, 말이 되네요〉라고 말하곤 했다.

의학에 입문하기 전에 나는 우리의 시스템이 내가 지금 아는 것보다 더 정교하다고 항상 생각했었다. 자동차 정비사가 컴퓨터 진단을 이용하여 〈점검 엔진〉 표시등이

켜진 이유를 정확히 알 수 있다면, 우리의 의료 시스템에는 인체의 오작동을 식별할 수 있는 유사한 도구 세트가 있을 거로 생각했었다. 그러나 사실은 의학의 너무나 많은 부분이 모호하고 부정확하다. 우리는 인터넷에서 주문한 피자가 오븐에서 나오는 순간부터 문 앞에 배달되는 순간까지 추적할 수 있지만, 종종 사랑하는 사람을 죽게 한 정확한 원인을 그 가족에게 말할 수 없다.

나는 검시관에게 전화를 걸어 롤라의 인구 통계 자료를 읽어 주고 그녀의 상황을 간략하게 요약했다. 「와, 흥미로운데요.」 그녀가 대답했다. 별나고 폭력적인 죽음만 다루는 사람의 입에서 나온 말인지라 그 의미가 남달랐다. 롤라가 젊었고 추측되는 사망 원인이 흔치 않았기 때문에 검시관은 이 사건을 접수했다.

나는 롤라가 누워 있는 방으로 돌아갔다. 나는 검시관의 결정을 간호 팀에 알려야 했다. 검시관이 부검을 요청하지 않으면 시체를 안치소와 장례식장으로 보낼 수 있도록 모든 튜브, 정맥 주사 선, 기타 테이프 조각을 제거해야 한다. 이런 상황에서 중요한 것은 해답이 아니라 겉모습이다. 반면에 부검이 요청되면 모든 것이 그대로 유지된다. 이 도시는 사망 원인을 밝히기 위해서 가능한 모든 것을 이용해 힌트와 단서를 찾는다.

나는 롤라를 다시 한번 보았다. 그녀의 몸은 이제 하얀 시트로 덮여 있었다. 그녀의 피부는 다소 보랏빛을 띠고 있었다. 그녀는 더 차갑고 더 부어 있었지만, 소란 속에서 소생술을 실시하는 상황이 아니다 보니 마침내 그녀가 더 확실하게 보였다.

그녀의 손에 눈이 갔다. 매니큐어가 새로 칠해져 있었다. 그녀가 최근에 매니큐어를 칠했는지 궁금해졌다.

사람은 총상이나 자상, 기괴하게 일그러진 두부 외상에 익숙해질 수 있다. 이런 부상은 아무리 보기 흉하더라도 환자가 어떻게 죽었는지를 알려 준다. 반면에 최근에 바른 매니큐어와 갓 자른 머리는 훨씬 더 눈길을 끈다. 환자의 지갑에서 발견된 가족사진이 그렇듯이 그것들은 삶의 흔적이다. 그것들은 환자가 어떻게 죽었는지가 아니라 어떻게 살았는지 생각하게 한다.

내가 몇 년 전에 돌봤던 환자는 시 위생국에서 일하다가 근무 중에 사망했다. 그의 동료들이 구급차를 불러 그를 응급실로 이송했다. 그의 의료를 둘러싼 세부 사항들은 시간이 흐르면서 기억에서 흐릿해졌지만, 그의 몸에 새겨져 있던 문신의 모양은 기억에 남아 있다. 그에게 소생술을 실시하는 중에 나는 그의 가슴 오른쪽에 특별한 행동 없이 으르렁거리는 커다란 세이버 이빨 호랑이를 보았던 것을 기억한다. 문신 위에 여전히 셀로판 랩이 덮여 있어 그가 최근에 문신을 완료했다는 것을 알 수 있었다. 시체에 새겨져 있는 새 문신을 보니 기분이 이상했다. 문신은 영구적이라고 생각했던 기억이 난다. 문신하는 사람 대부분은 아마도 문신이 수십 년 동안 지워지지 않기를 기대할 것이다. 며칠 후에 지워지는 문신은 흔치 않다. 이런 식으로, 환자의 실제 죽음을 대면하고 있는데도 삶의 덧없음을 진정으로 드러낸 것은 그의 문신이었다.

젊지만 어머니 같은 간호사 알렉산드리아에게 내가 롤라의 손에 매니큐어가 발라져 있다고 말했다.

「와, 예쁜데요.」 롤라의 손이 흔들거리자 그녀가 진지하게 말했다.

그녀의 대답을 어떻게 받아들여야 할지 잘 몰랐지만, 또 한편으로는 내 말을 어떻게 받아들여야 할지도 잘 몰랐다. 특별한 상황을 마주하고 있는데도 우리의 관심을 끄는 것은 항상 일상적인 것들이다.

내 직업을 알고 나서 사람들은 응급실에서 일하는 스트레스를 어떻게 감당하느냐는 질문 외에도 늘 〈응급실에서 본 것 중에 가장 이상한 게 뭐예요?〉라고 묻기를 좋아한다. 그들은 응급실을 배경으로 한 텔레비전 프로그램에 나올 법한 이야기를 듣고 싶어 하는 것 같다. 나는 대개 환자의 직장에서 물건을 꺼낸 다른 이야기나 외상 외과 의사들이 겪을 법한 더 극적인 성공담 하나를 들려준다.

그렇긴 해도 그런 이야기들은 내 흥미를 거의 끌지 않는다. 이 질문에 대한 나의 가장 정직한 대답은 가장 평범하기도 하다. 식료품 목록, 커피숍 적립 카드, 새로 새긴 문신, 새로 바른 매니큐어 같은 것들이 우리의 모든 경험을 정말로 반영하는 것들이다.

나는 다음번에 이 질문을 받으면 〈식료품 목록과 문신이요. 정말이라니까요. 정말 뜻밖일 수 있어요〉라고 대답하겠다고 결심했다.

제18장
로토 복권

치료 중인 환자들을 주간 의사에게 넘겨주고 나는 남은 일을 마무리했다. 해가 겨울 하늘에 더 높이 떠올라 근무 시간이 끝나고 나서도 내가 한참을 꾸물거렸다는 걸 상기시켜 주었다. 마침내 나는 나설 준비가 되었다. 나는 탈의실로 가서 수술복을 벗고 평상복으로 갈아입었다.

내가 다니엘라에게 말했다. 「오늘 밤 도와줘서 고마웠어요. 오늘 일이 많았던 거 알아요. 그중에 뭐 물어볼 게 있나요?」 그녀는 고개를 저으며 내게 확신에 찬 미소를 지었다. 머릿속이 생각으로 온통 뒤죽박죽이어도 아무렇지 않은 듯 자신만만한 태도를 보였던 내 수련 시절이 생각났다.

앤서니를 마지막으로 찾아보니 다시 아내 방에 있었다. 이제는 두 남자가 그와 함께 있었다. 아마 그가 가족이나 친구들에게 전화를 걸었을 것이다. 나는 그들에게 조심스러운 미소를 지어 보였다. 혼자서 가족의 죽음을 감당해야 하는 사람들은 낙담한다. 그에게 와줄 사람들이 있어 다행이라고 생각했다. 나는 작별 인사 겸 퇴근한다고 말하려고 그에게 걸어갔다.

아주 잠깐 그는 어리둥절한 표정으로 나를 바라보았다. 옷을 갈아입은 내 모습에 그가 당황한 게 틀림없었다. 환자들은 종종 흰 가운이나 수술복을 입지 않은 우리를 알아보지 못한다.

몇 번인가 응급실에서 오랜 시간 환자와 소통한 후에 귀가하던 중에 길거리에서 그들을 보고 손을 흔들자, 종종 그들이 눈을 가늘게 뜨고 나서야 나를 알아보고 잠시 후에 다시 손을 흔든 적도 있었다. 이런 일을 이미 여러 번 겪었기 때문에 나는 클라크 켄트*가 옷을 바꿔 입고 안경을 써 변장했다는 것을 더 이상 의심하지 않는다.

그러나 환자에 대해 더 많이 알수록 환자를 더 잘 이해하듯이, 이렇게 잠깐 마주침으로써 환자들이 우리를 더 잘 이해하게 된다고 생각한다.

어렸을 때 나는 슈퍼마켓에서 담임 선생님을 본 적이 있다. 그곳에서 그녀를 보고 깜짝 놀랐던 기억이 난다. 나

* 〈슈퍼맨〉의 인간 이름.

는 선생님이 학교에서 산다고 추측했던 것 같다. 그녀가 학교 구내식당에서 저녁을 먹고 잠잘 시간이 되면 체육관에서 침낭을 펼 거로 생각했다. 항상 보던 익숙한 환경이 아닌 곳에서 선생님을 보고 나서 나는 그녀를 새로운 시각에서 이해하게 되었다.

나는 앤서니에게 더 필요한 것이 있느냐고 물었다. 그는 고개를 저으며 다시 한번 나에게 감사했다. 나는 조의를 표하며 고개를 숙였고 걸어 나가며 손을 흔들었다. 힘겨운 밤이 거북하게 끝났지만 내가 그와 작별할 좋은 방법은 없었다.

알렉산드리아, 다리스, 대니, 나와 함께 열심히 일하며 오늘 밤의 경험을 공유한 다른 사람들에게 나는 짧게 작별 인사를 했다. 이렇게 멋진 팀과 함께 일하게 된 것은 행운이었다. 알렉산드리아가 미소를 지으며 손을 흔들자 다리스가 경례했다. 「이따 2차 때 봬요!」 엄밀히 말하면 그가 옳았다. 나는 그날 늦게 그들을 모두 만날 것이다. 야간 근무할 때는 근무 일정이 달력과 맞지 않는다. 우리는 수요일 아침에 병원에서 걸어 나왔고, 수요일 저녁에 다시 만날 것이다. 야간 근무를 마치고 잠을 잘 때도, 우리가 잠자리에 든 그날 깨어나기 때문에 다시 깼을 때 하루를 다시 시작한다는 느낌이 없다. 어제의 근무가 여전히 오늘이기에 어제의 근무를 지난 일로 일단락짓기가 어렵다.

「이따 봐요, 대니.」 내가 미소를 지으며 말했다.

마침내 나는 구급차 차고지로 통하는 자동문을 통과했다. 바로 밖에 주차된 구급차 안에 윈스턴과 루이스가 보였다.

「우리가 이송해 온 마지막 여자 환자 어떻게 됐나요?」 그들이 물었다. 「꽤 젊었잖아요, 그렇죠?」

「여러분이 떠난 후에도 바뀐 건 없었어요. 그대로 사망했어요.」 나는 살짝 어깨를 으쓱했다. 「한데 그녀가 임신했다는 걸 알게 되었어요. 자궁 외 임신 같아요.」

「와, 전혀 뜻밖인데요. 조심히 들어가세요.」

「그래요, 완전 말도 안 되죠? 도와줘서 고마워요. 오늘밤에 봬요.」

차가운 공기에 손가락이 시렸지만 태양의 온기가 내 얼굴을 달래 줬다. 나는 헬멧과 헤드폰을 쓰고, 자전거의 체인을 푼 후에 올라탔다.

자전거를 타고 거리를 질주하면서 앞다투어 떠오르는 생각들을 날려 버렸다. 그러나 더 깊은 차원에서, 환자와의 만남은 모두 마음에 남는다. 환자를 만날 때마다 삶과 삶에 대한 이해에 새로운 묘미와 느낌, 그리고 풍요로움이 더해진다.

나는 빨강 신호등을 무시하고 달렸다. 어느 운전자가 경적을 울리며 창문에서 내게 욕설을 내뱉었다. 나는 미소로 답했다. 나는 인터버러 다리를 건너면서 헉헉거렸다. 나는 공원을 지나 집으로 가는 먼 길을 택하기로 했다. 아이들이 운동장에서 놀고 있었고 개들은 이른 아침 시간에 목줄 없이 걸어 다니고 있었다.

우리 아파트에 가까워지자 모퉁이에 있는 식료품 잡화점 옆에 번쩍이는 뉴욕 복권 간판이 눈에 들어왔다. 나는 로토를 사는 사람이 아니지만 오늘은 왠지 끌렸다.

내가 계산대에서 1달러를 내자 안내원이 복권을 건네주었다. 「행운을 빌어요.」 내가 문밖으로 걸어 나갈 때 그가 말했다.

나는 미소를 지었다.

〈모르겠어요? 우린 이미 당첨되었다고요.〉 내가 속으로 생각했다.

에필로그

마지막 〈아니오〉 후에 〈예〉가 온다.
그리고 그 〈예〉에 미래의 세계가 달려 있다.
— 월리스 스티븐스 「수염을 기른 잘 차려입은 남자
The Well Dressed Man with a Beard」 중에서

나는 언젠가 가슴 통증을 호소하며 응급실에 도착한 환자
를 돌본 적이 있다. 40대 젊은 여성인 그녀는 다른 의학적
문제를 동반하지 않았으며, 그녀가 호소하는 통증은 심장
마비나 혈전, 가슴 통증이 발생하는 다른 위험한 질환에
서 나타나는 증상과는 거리가 멀었다. 간단히 말해 그녀
가 심각한 질병을 앓는 것 같지 않았다.

그런데도 응급실에서 우리는 환자가 주장하는 가슴 통
증을 심각하게 받아들인다. 응급실에서 일하는 우리는 모

두 교과서에서 배운 상황이 아닌데도 심장 마비를 앓는 환자를 적어도 한 번은 보았다. 그래서 내 직감을 사실로 확증하기 위해 심전도, 흉부 엑스레이, 몇 가지 기본적인 혈액 검사로 구성된 간단한 의학적 검사를 했다. 검사 결과는 모두 정상이었다.

나는 이 환자에게 결과가 정상이라고 알리고, 심장과 폐가 건강해 보인다고 안심시키고, 집으로 돌아가도 안전하다고 말한 것이 기억난다. 그녀는 이해한다는 듯 고개를 끄덕이고 떠날 준비를 하다가 머뭇거리며 내게로 돌아섰다.

「저는 못 가요, 못 가요.」 그녀가 긴박하게 말했다. 「뭘 못하신다고요?」 내가 물었다.

「돌아갈 수 없어요.」 그녀는 흐느끼기 시작했다. 「어디로 돌아가실 수 없다는 거죠?」 내가 또 물었다.

「거기로 돌아갈 수 없어요. 전 못 가요, 못 간다고요!」 그녀는 이제 소리치며 감정에 복받쳐서 대답했다.

그녀가 가정 폭력이나 자살, 다른 숨겨진 위험으로 고통받나 걱정이 되어 나는 구체적으로 현재 어떤 위협에 처했는지 물었다. 그녀는 자신이 당장 해를 입고 있는 건 아니라고 주장하며 내 말을 일축했다. 그녀를 그토록 두렵게 했던 〈거기〉는 그저 매일의 일상이었다. 그녀는 가사 도우미로 일하며 두 아이를 부양하는 미혼모라고 말했다. 「저는 끝없이 일하고, 일주일에 7일 일하고, 절대 일을 쉬지 않아요. 그런데 제가 일을 안 하면 우린 알거지가 돼요. 고용주들이 너무 무자비하게 저를 끝없이 몰아붙이지만 제가 일을 해야 하니 어쩌겠어요? 이건 삶이 아니라 고문이에요.」 그녀는 다시 병원 들것에 앉더니 내 어깨에 기대어 울었다.

나는 아무 말도 하지 못했다. 무슨 말을 해야 할지 몰랐다. 내가 말을 했을 때, 그녀에게 동정을 표하고 응급실에서 우리가 제공할 자원을 제공해야겠다는 생각밖에 할 수 없었다. 정신과 의사의 진단서, 범죄가 일어났다고 생각되면 그녀가 신고할 수 있도록 경찰에 전화해 두는 일, 그녀가 사회 복지 서비스를 받을 자격이 있는지 사회 복지사에게 알아보는 일 같은 것들이었다. 그녀는 이 제안을 모두 거부했다. 아프고 다친 환자들이 몇 시간씩 기다리며 응급실을 가득 메우고 있는 상황에서, 나는 그녀에게 시간이라는 자원조차 제공할 수 없었다. 나는 그녀와 앉아서 긴 대화를 나눌 수 없었다. 결국 그녀는 평정을 되찾고 못난 꼴을 보여서 미안하다고 말했다. 「죄송해요. 선생님이 할 수 있는 일이 아무것도 없다는 걸 알아요. 선생님의 문제가 아니에요.」 그녀는 일어서서 눈물을 닦았다.

「전 괜찮을 거예요.」 그녀가 출구 쪽으로 걸어가면서 나를 안심시켰다.

또 한번은 자살을 시도한 젊은 여자를 돌본 적이 있다. 성매매 범죄의 희생자였던 그녀는 중앙아메리카에 있는 고국에서 뉴욕으로 끌려왔다. 그녀가 경찰에 신고하지 못하도록 인신매매범들은 그녀의 가족을 해치겠다고 위협했다. 그녀는 정부 기관에 달려가지 않고 플라스틱 용기에 든 가정용 표백제를 마시면서 이 상황을 벗어나려고 했다. 그녀가 살아남은 것은 단지 정보가 부족해서라고 나는 믿는다. 다양한 제품으로 판매되는 가정용 표백제는 보통 섭취하더라도 심각한 손상을 입힐 정도로 독하지 않다. 내가 의심하지 않는 건, 그녀가 이 중요한 정보를 알았더라면 죽었을 거라는 것이다.

그녀의 이야기를 듣고 나는 당황했을 뿐만 아니라 또다시 내가 무엇을 도와야 할지 난감했다. 결국 그녀의 근본 문제는 의학적인 것이 아니었다. 그녀가 우울감을 느껴 자신을 해하게 된 것은 뇌의 화학적 불균형 때문이 아니었다. 그녀의 신체에 호르몬 장애는 없었다. 사실 그녀는 당연하게도 그 깊이를 상상조차 하기 어려운 끔찍한 생활 환경에 반응하고 있었다. 그녀의 자살 시도는 그녀의 문제가 아니라 그녀 주변 세계의 문제를 반영했다.

그러나 다른 선택지가 없고 단순히 그녀를 집으로 퇴원시키는 것은 재앙이 될 것임을 알기에 우리는 자살 시도에 실패한 모든 환자와 마찬가지로 그녀를 정신과 층에 입원시켰다. 그곳에서 그녀는 항우울제를 투여받았고 자해 시도에 사용될 수 있는 단단하거나 날카로운 물건을 모두 압수당했다.

이런 대화는 현대 응급실에서 흔하지 않다. 하지만 그런 일들은 우리에게 특별한 불안감을 남긴다. 롤라와 앤서니, 이 책에 소개한 수많은 이야기에서처럼 인간의 가장 원초적인 상태에 가까이 다가가는 일은 곤혹스러우며 진정한 해결책과 깔끔한 마무리 없이 걸어 나와야 한다.

그러니 이 책은 그러한 곤혹스러운 순간들에 대한 내 반응이다.

몇 년 동안 응급실에서 일하면서 나는 계속해서 환자나 그들의 가족과 대화를 마치고 나서 바로 이 곤혹스러움을 느꼈다. 그때 나는 〈이제 어쩌라고? 이 경험은 분명히 중요하지만 내가 어떻게 해야 하지? 내가 여기서 얻을 수 있는 교훈은 무엇이고 내가 세상을 이해하는 데 얼마나 도움이 될까?〉라고 질문하며 종종 격분과 혼란을 동시에 느꼈다.

나는 이런 경험을 내려놓기가 힘들었다. 나는 응급실

에서 겪은 일들을 집으로 가져왔다가 다음 날 다시 일하러 갔다가 다시 집으로 돌아오곤 했다. 나는 그 일들을 곰곰이 생각하며 많은 밤을 안절부절못하며 보냈다. 개와 산책하거나, 자전거를 타고 도시를 가로지르거나, 영혼 없이 앉아 있던 사교 모임에서 나는 이 질문들을 이해해서 어떻게든 답하려고 애썼다.

물론 이런 질문들은 해답이 존재하지 않기 때문에 답할 수 없었다. 결국 나는 나의 접근이 근시안적임을 알게 되었다. 내가 어떤 것을 이해하려고 한다면 내 질문들, 그리고 그것들과 함께 나의 전체 관점을 재구성해야 한다는 것을 깨달았다. 그래서 〈세상에 대한 나의 이해를 고려할 때 이런 경험이 어떻게 이치에 맞을 수 있지?〉라는 질문은 결국 〈이런 경험의 진실을 알고 있다면 나는 세상을 어떻게 이해할까?〉로 바뀌었다.

이리하여 이 책에서 탐구한 생각과 주제는 나에게 단순히 더 큰 무언가를 위한 출발점이었다. 여러분도 나처럼 될 수 있기를 바란다. 나는 해결되지 않은 딜레마와 답이 없는 질문들이 여러분에게 어느 정도 불편함을 줄 수 있기를 바란다. 이 불편함이 인생에서 가장 중요한 질문들, 즉 엄청나게 중요하지만 우리가 종종 아주 쉽게 무시하는 질문들을 생각하도록 자극할 수 있기를 바란다. 이 질문들이 여러분을 어떤 여행으로 이끌고 여러분이 어떤 결론을 내리든, 여러분도 우리의 불편한 경험을 헤아리는 법을 배우고, 그 뉘앙스와 미묘함을 기꺼이 받아들이며, 불확실성을 즐기기를 바란다.

인생은 날것이며, 취약하고, 아름답다. 종종 인생은 불쾌하다. 우리가 그렇게 느낀다면, 박물관에서 조각품을 다루듯이 이 불쾌한 삶의 조각들을 다루어야 한다. 우리는 삶을 점검하고, 시간을 들여 삶을 모든 각도에서 분석하며, 모든 빛줄기가 삶의 다양한 표면에 각각 어떻게 비추는지 헤아려야 한다. 우리는 한 관점에서 평범해 보일 수 있는 것이 다른 관점에서는 특별할 수 있음을 알게 될지 모른다.

우리의 일상은 의미심장하고 심오하다. 속도를 늦춰 자세히 들여다볼 가치가 있다.

감사의 말

75쪽의 〈평결은 이미 내려졌고 의학이 제공하는 최선의 것도 호소력을 발휘할 수 없었다〉라는 대목은 앙투안 드 생텍쥐페리의 『인간의 대지: 바람과 모래와 별들』(〈운명은 호소력이 없는 결정을 내렸다〉)에서 영감을 얻은 것입니다. 이 책의 기초가 된 아이디어를 짜면서 생텍쥐페리의 책과 14세기 페르시아 시인 하페즈의 시를 읽게 되었어요. 다른 시대와 대륙, 문화에서 이 작가들은 삶에 대한 사랑과 무엇이 삶을 가치 있게 만드는가에 대한 명확한 비전을 공유합니다. 나는 그들을 영감을 주는 사람일 뿐만 아니라 친구라고 생각해요.

이 일을 가능하게 해준 몇몇 사람에게도 순서와 상관없이 감사하고 싶습니다.

서로를 돌보는 가장 인간적인 행동에 참여할 기회를 준 내 환자들에게 감사합니다. 삶에 관해 많은 것을 가르처 줘서 고맙습니다. 간호사, 보조원, 사무원, 서기관, 관리 직원, 호흡기 치료사, 환자 기사, 레지던트, 의대생, 그리고 나와 함께 일한 다른 많은 사람에게 감사해요. 나와 함께 일해 줘서 고맙고 나를 위해 그곳에 있어 줘서 고맙습니다.

이 책에 열정을 쏟고 처음부터 나를 믿어 준 에이전트 앨리스 마르텔에게 감사합니다. 나의 편집자 밥 벤더에게 감사해요. 당신의 인내심과 초기 단계에서도 내가 이 책으로 무엇을 성취하려고 하는지 분명히 이해해 줘서 고맙습니다. 지칠 줄 모르고 일한 것과 작가로서의 나를 신뢰해 줘서 감사합니다.

이 책의 첫 번째 편집자일 뿐만 아니라 내 인생의 편집자가 되어 준 여동생 바린에게 감사해요. 이 책의 초고를 읽고 나서 나를 지지해 줘서 고마워. 우리의 사랑으로 협력한 아내 비비언에게 감사합니다. 무의미한 것을 이해하려고 노력하는 나의 끝없는 시도를 들어줘서 고맙고, 내 인생을 당신과 함께 보내게 해줘서 고마워요. 어머니 아그다스와 아버지 메흐디에게 감사해요. 두 분의 가치관과 지칠 줄 모르는 조건 없는 사랑으로 모범을 보여 주셨어요. 부모님이 계시지 않았다면 이 책도 나도 존재하지 않았을 겁니다.

루이스 골드프랭크 박사, 아난드 스와미나단 박사, 이나 레이벨 박사에게 감사합니다. 나의 멘토가 되어 주고 초기 원고 단계에서 이 책을 읽어 줘서 감사해요. 응급 의학을 펼치는 방법을 가르쳐 주시고, 더 중요하게 숙련된 의사뿐만 아니라 좋은 의사의 모범을 보여 주셔서 감사합니다.

이 책의 프롤로그에 등장하는, 문자 메시지를 주고받은 또래 동료들에게 감사합니다. 여러분이 훌륭하고 재능 있는 사람들이 되어 줘서 고맙고, 지난 10년 동안 여러분과 함께, 그리고 여러분으로부터 배울 수 있게 해줘서 고마워요.

그리고 이 책의 많은 부분을 쓸 수 있도록 공간을 제공한 뉴욕 공립 도서관에 감사합니다.

주

1 호흡은 신체에 산소를 공급하고 폐에서 이산화탄소를 제거하는 두 가지 기능을 한다. 호흡 장애는 이 두 가지 기능 중 하나가 상실되었을 때 발생한다. 이때 환자는 저산소 호흡 기능 상실이 발생해 산소가 전달되지 못했다.

2 코 삽입관과 산소 호흡 마스크는 환자에게 산소를 공급하는 두 가지 방법이다. 산소 호흡 마스크는 코 삽입관보다 더 높은 농도의 산소를 제공할 수 있다. 그럼으로써 치료가 확대된다. 누군가에게 〈튜브〉를 삽입하는 것이 삽관인데, 이는 호흡 지원의 가장 공격적인 형태다.

3 〈Vents〉는 인공호흡기를 의미한다.

4 S. M. Lim, W. C. Cha, M. K. Chae, and I. J. Jo, "Contamination during doffing of personal protective equipment by healthcare providers," *Clinical and Experimental Emergency Medicine*, 2(3) (2015): 162–67; doi: 10.15441/ceem.15.019; PMID: 27752591; PMCID: PMC5052842.

5 H. Kanamori, D. J. Weber, and W. A. Rutala, "The role of the healthcare surface environment in SARS-CoV-2 transmission and potential control measures," *Clinical Infectious Diseases*, September 28, 2020; ciaa1467; doi: 10.1093/cid/ciaa1467; e-pub ahead of print; PMID: 32985671; PMCID: PMC7543309.PTRv2_Nahvi_CodeGray_

6 고유량 코 삽입관은 환자에게 산소를 전달하는 또 다른 방식이다. 그것은 일반 코 삽입관보다 높은 농도의 산소를 제공하지만 인공호흡기보다는 호흡 지원이 약하다.

7 이 동료는 호흡 기능 상실을 겪었는데, 호흡의 첫 번째 기능(몸에 산소를 공급하는 것)이 아니라 두 번째 기능인 이산화탄소를 제거하는 기능을 상실했기 때문이다. 이는 그녀의 폐가 제대로 호흡(팽창 및 수축)하지 않아 이산화탄소가 몸에 〈남아 있어〉 혈액이 산성화되어 발생했다. 이 일련의 사건들로 그녀와 피를 나눈 태아가 위협받지 않게 하려고, 그녀를 돌보는 의사들은 그녀가 의학적으로 유도된 혼수상태에 있을 때 제왕절개 수술로 아기를 출산시키기로 했다.

8 통계적 힘은 연구가 우연히 관찰되었을 수도 있는 실제 효과와 다를 가능성을 판단하기 위해 연구에 사용된다. 일반적으로 연구의 표본 크기에 따라 나타나는 결과다.

9 N. van Doremalen et al., "Aerosol and Surface Stability of SARS-CoV-2 as Compared with SARS-CoV-1," *New England Journal of Medicine*, 382(16) (2020): 1564 – 67; doi: 10.1056/NEJMc2004973; e-pub March 17, 2020; PMID: 32182409; PMCID: PMC7121658.

10 "Treated Like Trash: Mt. Sinai Nurses Wearing Garbage Bags as Coronavirus Supplies Dry," *New York Post*, March 26, 2020, cover page.

11 Somini Sengupta, "A N.Y. Nurse Dies. Angry Co-Workers Blame a Lack of Protective Gear," *New York Times*, March 26, 2020.

12 Kenneth G. Langone, Robert I. Grossman, Steven B. Abramson, Robert J. Cerfolio, Fritz François, Joseph Greco, and Bret J. Rudy, Letter to the Editor: "NYU Must Compensate Its Medical Workers Fairly," *Washington Square News*, April 20, 2020. PTRv2_Nahvi_

CodeGray_EP.indd.

13 Emily Baumgaertner, "COVID-19 doctors running out of masks? Try a bandanna, the CDC says," *Los Angeles Times*, March 21, 2020.

14 K. A. Hill et al., "Assessment of the Prevalence of Medical Student Mistreatment by Sex, Race/Ethnicity, and Sexual Orientation," *JAMA Internal Medicine*, 180(5) (2020): 653 – 65; doi:10.1001/jamainternmed.2020.0030; PMID:32091540; PMCID: PMC7042809.

15 Matt Richtel, "At the Hospital, a Face-Off Over Face Masks," *New York Times*, April 7, 2020, Section D, Page 7.

16 Akela Lacy, "Kaiser Permanente Threatened to Fire Nurses Treating Covid-19 Patients for Wearing Their Own Masks, Unions Say," *Intercept*, March 24, 2020.

17 Ashley Hiruko, "This Anesthesiologist Was Told to Not Wear a Face Mask Amid COVID-19 Crisis," KUOW, Puget Sound Public Radio, March 27, 2020.

18 Leila Fadel, "Doctors Say Hospitals Are Stopping Them from Wearing Masks," National Public Radio, April 2, 2020, special series: The Coronavirus Crisis.

19 Nicholas Kristof, "We're Betraying Our Doctors and Nurses," *New York Times*, April 2, 2020, Section A, Page 24. 20. Testing was also available for those who had directly returned from a handful of countries including China, South Korea, Iran, Macau, and several others.

20 중국, 한국, 이란, 마카오 등 소수의 국가와 지역에서는 직접 귀국한 사람들에게도 테스트가 가능했다.

21 펜타닐은 통증 조절에 사용되는 오피오이드 약물이다.

22 프로포폴은 환자를 진정시키는 데 사용되는 약물이다. 삽관 중인 환자에게 자주 사용된다.

23 〈펌프〉는 주입 펌프를 의미한다. 이는 정맥 주사 선에 부착되어 환자의 정맥에 약물을 조정하여 전달할 수 있는 기계다.

24 〈아지트로〉는 아지트로마이신을 말한다. 세균성 폐렴을 치료하는 데 자주 사용되는 항생제다.

25 〈Portable vents〉는 휴대용 인공호흡기를 말한다. 배터리로 작동되는 소형 이동식 인공호흡기이며 종종 중환자실 인공호흡기의 전체 세트에 필요하다. 정상적인 상황에서는 짧은 시간 동안 사용되며 병원 엘리베이터에서 환자를 이송할 때와 같이 대형 인공호흡기를 사용할 수 없는 경우에 사용된다.

26 Ayesha Rascoe, "Trump Resists Using Wartime Law to Get, Distribute Coronavirus Supplies," *Morning Edition*, National Public Radio, March 25, 2020.

27 Zeynep Tufekci, "Why Did It Take So Long to Accept the Facts About Covid?" *New York Times*, May 7, 2021.

28 Lena Sun, "Face Mask Shortage Prompts CDC to Loosen Coronavirus Guidance," *Washington Post*, March 10, 2020.

29 Zeynep Tufekci, "Why Did It Take So Long to Accept the Facts About Covid?" *New York Times*, May 7, 2021.

30 Jane Spencer and Christina Jewett, "12 Months of Trauma: More Than 3,600 US Health Workers Died in Covid's First Year," *Kaiser Health News*, April 8, 2021.

31 J. Y. Choi, "COVID-19 in South Korea," *Postgraduate Medical*

Journal, 96(1137) (2020): 399 – 402; doi: 10.1136/postgrad medj-2020-137738; e-pub May 4, 2020; PMID: 32366457.

32 Michael Sullivan, "In Vietnam, There Have Been Fewer Than 300 COVID-19 Cases and No Deaths. Here's Why," National Public Radio, April 16, 2020.

33 L. Morawska and D. K. Milton, "It Is Time to Address Airborne Transmission of Coronavirus Disease 2019 (COVID-19)," *Clinical Infectious Diseases*, 71(9) (2020): 2311 – 313; doi: 10.1093/cid/ciaa939; PMID: 32628269; PMCID: PMC7454469.

34 Amelia Wade, "Prime Minister Jacinda Ardern on Govt's extra millions on PPE," *New Zealand Herald*, June 28, 2020.

35 Mario Parker and Josh Wingrove, "Trump Suggests a New York Hospital Is Losing Masks Because of Crime," *Bloomberg News*, March 29, 2020. PTRv2_Nahvi_CodeGray_EP.indd.

36 Jemima McEvoy, "'We've Done Worse Than Most Any Other Country': Fauci Says 500,000 Covid-19 Deaths Didn't Need to Happen," *Forbes*, February 22, 2021.

37 Lisa Schnirring, "CDC unveils new PPE guidance for Ebola," CIDRAP News, Center for Infectious Disease Research and Policy, University of Minnesota, October 20, 2014.

38 R. M. Ratwani, A. Fong, J. S. Puthumana, and A. Z. Hettinger, "Emergency Physician Use of Cognitive Strategies to Manage Interruptions," *Annals of Emergency Medicine*, 70(5) (2017): 683 – 87; doi: 10.1016/j.annemergmed.2017.04.036; PMID: 28601266.

39 비침습 인공호흡기는 환자의 호흡을 돕기 위해 외부 안면 마스크 (입에 집어넣는 튜브가 아닌)를 사용하는 인공호흡기다.

40 P. Chen et al., "SARS-CoV-2 Neutralizing Antibody LY-CoV555 in Outpatients with Covid-19," *New England Journal of Medicine*, 384(3) (2021): 229-37; doi: 10.1056/NEJMoa2029849; e-pub October 28, 2020; PMID: 33113295; PMCID: PMC7646625.

41 D. M. Weinreich et al., "REGN-COV2, a Neutralizing Antibody Cocktail, in Outpatients with Covid-19," *New England Journal of Medicine*, 384(3) (2021): 238-51; doi: 10.1056/NEJMoa2035002; e-pub December 17, 2020; PMID: 33332778; PMCID: PMC7781102.

42 코로나 전염병 이전의 증거에 따르면, 모든 응급실 의사의 약 절반이 에너지 소진을 겪어 많은 사람이 일찍 퇴직했다. 전염병 이전의 증거에 따르면, 또한 의사들이 일반 인구의 두 배나 되는 비율로 우울증과 자살로 고통받고 있다. 많은 사람이 코로나19 대유행으로 보건 의료 종사자들의 2차 위기가 이어질 거로 전망한다. 이것이 사실일 수도 있지만, 더 큰 진실은 우리가 이미 그 위기에서 몇 년 동안 살고 있다는 것이다. 다음을 보라. C. R. Stehman, Z. Testo, R. S. Gershaw, and A. R. Kellogg, PTRv2_Nahvi_CodeGray_EP.indd "Burnout, Drop Out, Suicide: Physician Loss in Emergency Medicine, Part I," *Western Journal of Emergency Medicine*, 20(3) (2019): 485-94; doi: 10.5811/westjem.2019.4.40970; e-pub April 23, 2019; errata in, *Western Journal of Emergency Medicine*, 20(5) (2019): 840-41; PMID: 31123550; PMCID: PMC6526882; Q. Zhang, M. C. Mu, Y. He, Z. L. Cai, and Z. C. Li, "Burnout in emergency medicine physicians: A meta-analysis and systematic review," *Medicine* (Baltimore), 99(32) (2020): e21462; doi: 10.1097/MD.0000000000021462; PMID: 32769876; PMCID: PMC7593073; A. Boutou, G. Pitsiou, E. Sourla, and I. Kioumis, "Burnout syndrome among emergency medicine physicians: An update on its prevalence and risk factors," *European Review for Medical and Pharmacological Sciences*, 23(20) (2019): 9058-65; doi: 10.26355/

eurrev_201910_19308. PMID: 31696496; Pauline Anderson, "Physicians Experience Highest Suicide Rate of Any Profession," *Medscape Medical News*, May 7, 2018; Blake Farmer, "When Doctors Struggle with Suicide, Their Profession Often Fails Them," *Morning Edition*, National Public Radio, July 31, 2018.

43 〈워키토키Walkie-talkie〉는 〈걷고 말한다〉는 뜻의 의학 전문 용어로 환자가 이러한 기본적인 삶의 기능을 수행할 수 있다는 것을 약식으로 알리는 방법으로 큰 곤경에 처하지 않은 상태를 나타낸다(예: 심한 호흡 문제가 있는 환자는 종종 말을 할 수 없으며 뇌졸중과 같은 심각한 신경학적 문제가 있는 환자는 종종 걷지 못한다). 〈안테큐브Antecube〉는 antecubital fossa의 줄임말로 쉽게 접근할 수 있는 큰 정맥이 종종 발견되는 팔꿈치의 부드러운 면을 말한다. 심장 무수축Asystole은 심장이 전기적 또는 기계적 활동을 중단한 심장 리듬이다. 〈에피Epi〉는 사망한 환자의 소생 노력에 일상적으로 사용되는 많은 목적을 가진 약물인 에피네프린의 약자다.

44 글라이드스코프GlideScope는 광섬유 비디오 후두경의 상표 이름으로 삽관할 때 환자의 기도를 시각화하는 데 사용된다. 〈ET 튜브〉는 기관 내 튜브의 줄임말이다. 이것은 환자의 기관에 집어넣는 인공호흡기에 연결된 실제 플라스틱 튜브의 이름이다.

45 포도당, 즉 혈당은 죽은 환자에게 항상 즉시 검사된다. 너무 높거나 너무 낮은 포도당 수치는 바로잡을 수 있고 되돌릴 수 있는 흔치 않은 사망 원인 중 두 가지다.

46 대니는 코로나19 사태 때 우리 팀의 한 명이었는데 죽을 고비를 넘겼다. 호흡 기능 상실이었던 그는 예측 사망률이 약 85퍼센트로 추정되는 시기에 중환자실에서 삽관술을 받았다. 그의 회복은 축하할 만한 일이었다.

47 IV는 정맥 주사 선을 의미하는 반면, IO는 골수 주사 선, 즉 환자의 뼈를 직접 뚫고 들어가는 튜브를 의미한다. IO는 다소 더 공격적인 방법이

지만 IV와 IO는 모두 혈액, 체액 또는 약물 투여에 똑같이 효과적이다. 골수 주사 선은 중대한 상황에서 정맥 주사 선을 신속히 얻을 수 없는 경우에 자주 사용된다.

48 The research I refer to in this chapter includes: P. Jabre et al., "Family presence during cardiopulmonary resuscitation," *New England Journal of Medicine*, 368(11) (2013): 1008 – 18; doi: 10.1056/NEJMoa1203366; PMID: 23484827. C. De Stefano et al., "Family Presence during Resuscitation: A Qualitative Analysis from a National Multicenter Randomized Clinical Trial," *PLoS One*,11(6) (2016): e0156100; doi:10.1371/journal.pone.0156100; PMID: 27253993; PMCID: PMC4890739. P. Jabre et al., "Offering the opportunity for family to be present during cardiopulmonary resuscitation: 1-year assessment," *Intensive Care Medicine*, 40(7) (2014): 981 – 87; doi: 10.1007/s00134-014-3337-1. e-pub May 23, 2014; PMID: 24852952.

49 소생술을 진행하면서 의료진이 해야 할 일은 다섯 가지 H(저혈당증, 저산소증, 수소 이온, 고칼륨 혈증, 저체온증)와 다섯 가지 T(심장 눌림증, 독소, 폐 혈전증, 관상 동맥 혈전증, 긴장성 기흉)로 알려진 가역적인 사망 원인을 찾는 것이다. 질병, 약물 사용, 실제 또는 있음 직한 임신, 혈전의 개인 병력은 모두 잠재적인 〈H〉 또는 〈T〉를 식별하는 데 도움이 되는 중요한 단서를 제공할 수 있다.

50 이산화 탄소는 신체의 세포 대사의 정상적인 부산물이다. 우리는 소생술을 하는 동안 이산화 탄소를 측정하여 신체의 세포가 여전히 기능하는지 아닌지를 결정한다. 적절한 이산화 탄소 수치가 측정되지 않을 때, 우리는 신체가 세포 수준에서 사망했다고 이해한다. 심장 초음파 검사ECHO는 심장 초음파 또는 맥박을 느끼는 시각 보조 장치 역할을 하는, 침대 옆에 있는 심장 초음파를 나타낸다. 이는 사망의 몇 가지 가역적인 원인을 진단하는 데 도움이 될 수 있다. 포도당에 대한 언급은 다섯 가지 H 중 하나인 저혈당 또는 고혈당을 의미한다. 〈칼륨 문제〉는 저칼륨 또는 고칼륨 혈증

(칼륨 수치가 낮거나 높은)을 말하며 다섯 가지 H 중 하나다. 저산소증, 즉 낮은 산소 농도는 세 번째 H를 가리킨다.

51 폐색전은 폐 혈전증으로도 알려져 있으며, T 중 하나다.

52 1986년 응급 의료 및 활동 노동법은 응급실에서 진료를 요청하는 모든 환자가 보험 상태나 지급 능력과 관계없이 건강 검진 검사를 받으며, 그들의 상태를 안정시키도록 규정하고 있다. 이 법은 응급실 치료와 임신과 출산 층에서만 적용되며 병원의 다른 지역, 개인 의원, 암 센터, 재활 시설과 같은 다른 시설에서 치료를 원하는 환자에게는 적용되지 않는다.

53 특히 이 기준은 성인 환자에게만 적용된다. 대부분 아이가 이 기준을 통과할 수 있지만 이 규칙이 적용되지 않는다.

54 M. W. Rabow and S. J. McPhee, "Beyond breaking bad news: How to help patients who suffer," *Western Journal of Medicine*, 171(4) (1999): 260 – 63; PMID: 10578682; PMCID: PMC1305864.

55 G. K. Vandekieft, "Breaking bad news," *American Family Physician*, 64(12) (2001): 1975 – 78; PMID: 11775763.

56 Emergency Medicine Practice Committee, American College of Emergency Physicians, "Emergency Department Crowding: High Impact Solutions," May 2016, https://www.acep.org/globalassets/sites/acep/media/crowding/empc_crowding-ip_092016.pdf, retrieved May 14, 2021.

57 A. J. Singer, H. C. Thode, Jr., P. Viccellio, and J. M. Pines, "The association between length of emergency department boarding and mortality," *Academic Emergency Medicine*, 18(12) (2011): 1324 – 29; doi: 10.1111/j.1553-2712.2011.01236.x; PMID: 22168198.

58 B. C. Sun et al., "Effect of emergency department crowding on outcomes of admitted patients," *Annals of Emergency Medicine*, 61(6)

(2013): 605 – 11.e6; doi: 10.1016/j.annemergmed.2012.10.026; e-pub December 6, 2012; PMID: 23218508; PMCID: PMC 3690784.

59 공평하게 말하자면, 내가 수석 검시관 사무국과 함께 롤라의 사망 진단서를 작성한 이후로 뉴욕의 데이터베이스는 완전히 개선되었다. 이제 그것은 앱 기반이고 얼굴 인식 기술을 사용한다. 실제로 그것은 확실히 현대적이다.

60 Martin Keith, "Medscape Internist Compensation Report 2021," *Medscape*, May 14, 2021.

61 혈당을 검사하는 이유는 당이 극도로 높거나 극도로 낮은 환자를 술에 취했다고 오인하지 않기 위해서다. 혈당이 매우 높거나 매우 낮으면 말이 불분명하고, 정신 상태가 느려지고, 술에 취한 것처럼 보일 수 있다.

62 다수의 음주 환자는 술에 취한 상태에서 눈에 띄지 않을 수 있는 두부 손상을 입기 때문에 우리는 모든 음주 환자에게 최근에 입은 두부 외상의 징후가 있는지 확인한다. 또한, 높거나 낮은 혈당 수치가 그렇듯이 두부 외상은 숙취의 결과처럼 보일 수 있다. 머리를 부딪혀 비정상적으로 졸려 보이는 환자는 실제로 생명을 위협하는 뇌출혈이 있을 때 술에 취했다고 여겨질 수 있다. 따라서 우리는 술에 취한 모든 환자에게 두부 외상의 징후가 있는지 확인하여 술에 취한 상태에서 무의식적으로 머리를 부딪히지 않았는지, 심한 부상 환자인데 술에 취한 것으로 보이는 건 아닌지 확인한다.

63 검시관이 부검을 거부하면 가족은 개인 비용으로 개인 부검을 요청할 수 있다. 개인 부검은 일반적으로 건강 보험의 적용을 받지 않으며 2천 달러에서 5천 달러 사이의 비용이 들 수 있다. 그러한 부검은 거의 이루어지지 않는다.

옮긴이 **이문영**

이화 여자 대학교 영문학과를 졸업한 후 한국 IBM에서 근무하다 새로운 도전을 위해 캐나다로 건너가 밴쿠버 커뮤니티 칼리지에서 국제 영어 교사 자격증(TESOL Diploma)을 취득했다. 한국 외국어 대학교 실용 영어과 겸임 교수를 역임했다. 현재 다양한 장르의 책을 우리말로 옮기는 전문 번역가로 활동하며 한겨레 교육 문화 센터에서 번역 강의를 하고 있다. 옮긴 책으로는 『설탕 중독』, 『로저 페더러』, 『자가포식』, 『지방을 태우는 몸』, 『저탄고지 바이블』 등이 있다.

나는 어떤 죽음에도 익숙해지지 않는다

지은이 파존 A. 나비 **옮긴이** 이문영 **발행인** 홍예빈·홍유진

발행처 사람의집(열린책들) **주소** 경기도 파주시 문발로 253 파주출판도시

대표전화 031-955-4000 **팩스** 031-955-4004

홈페이지 www.openbooks.co.kr **email** webmaster@openbooks.co.kr

Copyright (C) 주식회사 열린책들, 2024, *Printed in Korea.*

ISBN 978-89-329-2456-4 03840 **발행일** 2024년 7월 30일 초판 1쇄

사람의집은 독자 여러분의 투고를 기다리고 있습니다. 좋은 기획안이나 원고가 있다면 home@openbooks.co.kr로 보내 주십시오.